古典文獻研究輯刊

十五編

曾永義　主編

第2冊

元代陸學與江西文壇
——以劉壎、李存爲研究中心（上）

劉建立　著

國家圖書館出版品預行編目資料

元代陸學與江西文壇——以劉壎、李存為研究中心（上）／劉
建立 著 — 初版 — 新北市：花木蘭文化出版社，2017〔民 106〕
目 4+160 面；19×26 公分
（古典文學研究輯刊 十五編；第 2 冊）
ISBN 978-986-404-894-6（精裝）
1.（元）劉壎 2.（元）李存 3. 學術思想 4. 文學評論
820.8   106000803

ISBN-978-986-404-894-6

9 789864 048946

古典文學研究輯刊
十五編　第二冊　　　　　　ISBN：978-986-404-894-6

元代陸學與江西文壇——以劉壎、李存爲研究中心（上）

作　　者　劉建立
主　　編　曾永義
總 編 輯　杜潔祥
副總編輯　楊嘉樂
編　　輯　許郁翎、王筑　美術編輯　陳逸婷
出　　版　花木蘭文化出版社
社　　長　高小娟
聯絡地址　235 新北市中和區中安街七二號十三樓
　　　　　電話：02-2923-1455 ／傳眞：02-2923-1452
網　　址　http://www.huamulan.tw 信箱 hml 810518@gmail.com
印　　刷　普羅文化出版廣告事業
初　　版　2017 年 3 月
全書字數　270390 字
定　　價　十五編 18 冊（精裝）新台幣 32,000 元

元代陸學與江西文壇
——以劉壎、李存爲研究中心（上）

劉建立　著

作者簡介

劉建立（1984～），河南太康人。2003年考入浙江大學中文系，2007年本科畢業，進入北京師範大學古籍研究所（後更名爲「古籍與傳統文化研究院」），師從魏崇武先生，攻讀碩士學位。2009年獲得本院碩博連讀資格，師從李軍先生，攻讀博士學位，博士論文《元代陸學與江西文壇》得到「北京師範大學優秀博士論文培育基金」立項資助。2012年畢業，獲「北京師範大學優秀畢業生」稱號。現爲華中師範大學國際文化交流學院教師，研究方向爲中國傳統文化與對外漢語教學。

提　　要

　　本文以元代陸學與江西文壇的交叉爲切入點，以劉壎與李存爲重點研究對象，在介紹元代前、後期社會思想潮流與江西文壇風氣的基礎上，分析了劉壎與李存的陸學思想，以及在陸學思想影響下的文學理論與詩文創作，力求做到點面結合、文道合一。本文採用個案研究的方式，分劉壎、李存爲上、下兩編。

　　上編以劉壎爲研究中心，分爲三章。第一章論述元代前期的陸學發展狀況，以及劉壎的陸學思想。第二章論述元代前期的江西文壇，以及劉壎的文章理論與創作。第三章論述元代前期的江西詩壇，以及劉壎的詩歌理論與創作。下編以李存爲研究中心，也分爲三章。第四章論述元代中後期的陸學發展狀況，以及李存的陸學思想。第五章論述元代中後期的江西文壇，以及李存的文章理論與創作。第六章論述元代中後期的江西詩壇，以及李存的詩歌理論與創作。

　　本文上、下兩編結構相似，總體佈局上呈現出對稱的特徵。正文六章之外，又有緒言、餘論各一章，從更加宏觀的角度呈現元代陸學與江西文壇的風貌。

　　在元代的學術界，朱學佔據了統治地位，陸學相對式微，當時並沒有著名的學者，今天更缺少相應的研究。本文討論元代陸學，不僅理清了陸學在元代的發展脈絡，更注重探討元代陸學對江西文學的影響，這樣交叉的研究方法，既尊重幾千年來「文道合一」的歷史傳統，更符合元代理學「流而爲文」的客觀現實。

致　謝

　　經過一年多的撰寫與修訂，時至今日，我的畢業論文終於完稿，再過一兩個月，我在北京師範大學古籍與傳統文化研究院的五年學生生涯也將正式結束，在工作單位已經確定的情況下，這同時也更意味著，我的人生從此就要翻過最厚重的一頁。

　　在這人生的重要時刻，我自然有很多感謝的話要說。古人曾有「天地君親師」的排序，然而如今唯物主義的哲學觀念，已經徹底否認了天地的人格化存在，社會主義的民主制度，也已經徹底擊碎了君主的神像。因此我首先還是要感謝我的父母，感謝他們頂著計劃生育種種制裁的壓力，在已經有了六個女兒之後，毅然決然把我帶到了這個世界，並且含辛茹苦一把屎一把尿拉扯我成人。然而我並不打算把這篇論文，當作送給二老的一件禮物，因為對於他們來說，更好的禮物，其實是一個漂亮賢惠的兒媳，外帶一個聰明活潑的孫子——當然如果能夠不止一個的話，老人家肯定會更加高興。我同時也要感謝我的六個姐姐，正是她們對父母的照顧，才讓我安心一口氣讀了二十年書，另外，我更要向她們表示崇高的歉意，因為正是我這個小弟，不僅搶走了最美的衣服最好的食物，並且也搶走了最珍貴的上學機會，儘管實事求是地講，她們每個人都要比我更聰明得多。

　　接下來我要感謝我生命中的各位老師，當然這裡並不是指孔子、孟子等至聖先師，也不是指王國維、陳寅恪等精神導師，而是指那些曾經親身授我知識的老師，其中最重要的，就是我的碩士生導師魏崇武先生，以及博士生導師李軍先生。

　　2007 年 9 月，我正式考入北京師範大學古籍研究所，有幸投在魏崇武先

生門下，開始了自己的碩士生活。記得開學之初，老師詢問我們的學習規劃，我當時衝口而出，道出了自己對宋明理學的興趣，當時老師衝我一笑，略一沉吟，便隨手開出了一串書目，由是開啓了我的學術生涯。在以後的學習生活中，魏老師要求我們每月交一份彙報，隨時瞭解我的思想動態和學習進展，並不斷敦促我更加努力地學習。在魏老師的不斷敦促下，我順利完成了碩士課程，並於 2009 年提前一年獲得了攻讀本院博士研究生的資格。因爲提前考了博士，我沒有機會寫一篇碩士論文，只好將這篇博士論文，同時也當作碩士論文，算是自己對老師多年教誨的一點彙報。

進入博士生活以後，我師從李軍先生繼續學習。記得李老師第一次以導師的身份單獨召見我，便開始幫我一起設計論文題目。我很感謝李老師，充分尊重我的學術興趣，知道我對學術史的問題情有獨鍾，題目便主要限定在經學、理學的範疇，然後還向我提出建議，因爲專業的原因，不要單純去作思想史，最好是做思想史和文學史的交叉研究。確定了這個大方向以後，李老師還把每個地區、每個學派的人物，從他們的別集存佚到今人的研究現狀，都如數家珍一般耐心給我分析。在李老師的耐心指導下，我最終將研究視野放在「元代陸學與江西文壇」這個交叉點上，並選取劉壎、李存二人作爲重點研究個案。由於論文起步較早，我在寫作的時候還算比較從容，當然由於在最後關頭，又要天南海北地四處求職，因此最後成型這論文，還有很多欠火候的地方，未必能達到老師的期望。

需要特別感謝的是，兩位老師不僅注重培養我的專業知識，還注重鍛鍊我的實踐能力。早在研二時，魏老師就引薦我去本校漢語文化學院參與對外漢語教學，博士階段，李老師又介紹我去中央民族大學預科班代課。通過這些年的長期實踐，我逐漸掌握了一套屬於自己的教學方法，也更加堅定了自己未來的職業規劃，後來我在找工作的時候，注意力便主要集中在高校，並且最終如願以償。老師幫我得到的實踐機會，不僅爲我的求職就業提供了一把金鑰匙，更讓我一直以來的笨嘴笨舌，得到了一定程度的救治，記得剛進北師的那一年，有一次去聽陳鼓應先生的講座，提問的時候還結結巴巴，幾乎不能成句。

有時候我會忍不住思考，碩博階段的這兩位老師，究竟給了我什麼不一樣的影響。然後得出的結論是：魏老師對我的殷切期望，每次都讓我不敢懈怠；李老師給我的熱情鼓勵，又每次都讓我不致灰心。我知道這麼說或許不

是很妥帖，回顧兩位老師的教導，我突然想起了美國作家巴迪講過的那則「棒極了」與「糟透了」的故事，並且也像作者一樣真切地體會到：「這兩個極端的斷言有一個共同的出發點——那就是愛。」

我得感謝老師，正是在他們的殷勤教育下，我才能獲得今天的這一點成績。如今我已即將畢業，踏上自己理想的工作崗位。今後，我一定會像兩位老師一樣，盡心盡力對待自己的學生，將老師教會我的知識和思想繼續往下傳承。

除了兩位導師之外，我還要感謝院裏的其它老師，如李修生先生，韓格平院長，都在我的學生生活中提供了很多幫助，李先生更以八十歲的高齡，參加了我的論文答辯，並提出了很多積極有益的意見。同時也要感謝參與我論文答辯的其它老師：清華大學的謝思煒老師，中國社會科學院的湯曉青老師，以及北京師範大學文學院的李真瑜老師，每個老師的專業建議，我都會努力去吸收借鑒，並在以後對論文進一步修改。

同樣，我也要感謝身邊的各位同學，正是和他們的相處和交流，讓我在學習之餘更好地享受了生活的樂趣，讓我在這五年之中，不僅能夠學得踏實，同樣也能玩得痛快！我特別要感謝我的同門高妍，正是她對我的包容與照顧，讓我在離家千里的北京，同樣能感受到姐姐一般的關懷。另外也要感謝師弟和師妹，能夠包容我的大男子主義和小孩子脾氣，同時你們的樂觀和調皮（請各自對號入座），也感染並豐富了我的喜怒哀樂。

在本次論文完成的最後關頭，施賢明、張欣、黃雲生、花興、呂東超、羅琴、徐振寰等同學，參與了文稿的校訂工作，在此一併表示感謝。

記得在 2004 年的雅典奧運會上，羅雪娟獲得了女子 100 米蛙泳金牌，在接受媒體採訪的時候，她曾充滿真情地說道：「我要感謝所有人，包括那些恨我的人！」我很佩服她一個小女子的寬廣胸襟，並願意在此基礎上更進一步：不僅感謝那些恨我的人，還要感謝那些，確切地講是那個，我恨的人。感謝你讓我認清了現實世界的無常與無奈，並且一次性過足了嬉笑怒罵的戲癮。

劉建立

2012 年 5 月 28 日書於美難小屋

目

次

緒　言

　　中國文化從先秦開始，便立下了文史哲不分的傳統，尤其是文學和哲學，從來都沒有眞正意義上的界分。〔註1〕上下五千年的中華文明史，很少有純粹而完整的哲學著作傳世，同樣，在中國的文學史上，也向來反對爲文學而文學的純文學，唐宋古文家提出「文以載道」，更將文學與哲學熔爲一爐。既然古人在創作時秉持文道合一的觀念，那麼後人在研究時，自然也應該將文學與哲學相互交叉，相互融合。

　　具體到元代，文學與哲學（理學）的關係也十分緊密。理學經過兩宋的發展，在義理上已經難有突破，於是理學家逐漸「流而爲文」，並憑藉思想的優勢佔據了文壇的主流地位。元代重要的理學家，基本上都留下了豐富的文學著作，而元代文壇的一批干將，也基本上都有一定的理學背景，因此將元代文學與理學放在一起綜合研究，不僅在理論上成爲一種可能，而且在現實中更是一種必然。

　　在元代的理學派別中，與政治緊密結合的朱學佔據了統治地位。早在公元 1235 年，蒙古軍隊進攻南宋德安，俘獲宋儒趙復北上，趙復在北方積極傳播程朱之學，使朱學的影響由南方延展到北方，並逐漸得到蒙元統治者的認可。信奉朱學的許衡入主國學，確定了元代官學的基本思路，元仁宗時期恢復科舉，完全以程朱之學作爲科舉考試的標準。相比而言，陸學則顯得格外凋零，學者們即便想研習陸學，也多是採取「朱陸合流」的形式，單純信奉

〔註1〕雖然古文運動多取法史部的《左傳》和《史記》，然而不可否認的是，自「前四史」而後，很少有人再注意正統史書中的文學色彩與哲學思想。相反，文學與哲學卻從未徹底分開，古人的文學創作，多是出於傳道的目的；而他們的哲學思想，也多是保留在文集之中。

−1−

陸學的學者並不多見。但正是這些不多見的學者，更應該引起我們的重視，因為有了他們的堅持，才保留了陸學最純正的火種，豐富了元代學術的面貌。陸學本來發源於江西，可是在陸九淵去世以後，楊簡、袁燮等「甬上四先生」，成為發展陸學的骨幹力量，陸學的重鎮逐漸轉移到浙東。宋末元初，浙東學者黃震重振朱子之學，陸學在浙東失去主導地位。進入元代以後，在外地發展普遍受阻的陸學，開始出現向江西回流的明顯傾向，江西不僅出現了「和會朱陸」的吳澄及其草廬學派，還出現了堅守陸學本質的劉壎，以及陳苑和他的靜明學派。因此研究元代陸學，自然要將目光更多地投入到江西這塊土地。

中國歷史悠久，幅員遼闊，在漫長的發展進程中，出現了不成文的地域分工，北方常常作為政治中心，南方逐漸成為文化中心，北方多出帝王將相，南方盛產才子佳人。元代作為中國傳統歷史的一環，自然也逃脫不了這一規律，反而將這一規律發揮得更加明顯。公元 1279 年，元世祖統一全國，京城大都成為全國的政治中心，但是除了劉因、姚燧之外，北方卻少有知名的文學家。相反，南人在政治上受到歧視的同時，卻繼承了兩宋文人的優良傳統，創作出大量的壯麗詩文。

元代南方文壇有兩個重鎮，分別是浙東和江西。浙東著名的文章大家，基本上源於崇奉朱學的金華學派，清人黃百家在《宋元學案》中曾有按語：「北山一派，魯齋、仁山、白雲既純然得朱子之學髓，而柳道傳、吳正傳以逮戴叔能、宋潛溪一輩，又得朱子之文瀾，蔚乎盛哉！」〔註2〕句中北山指何基，魯齋指王柏，仁山指金履祥，白雲指許謙，是宋元金華學派的代表人物，可惜許謙之後的金華學者，如柳貫、吳師道、戴良、宋濂，都已經只是以文學名家了。相比而言，江西文壇的繁榮，則是更多地受到了陸學的影響，如劉辰翁、劉岳申、劉詵等，包括前期的劉壎和後期的李存，文學創作中都有師心獨創、直抒性情的主張；另一些江西作家則受到朱、陸學說的共同影響，如吳澄、虞集、揭傒斯等，思想上都是「和會朱陸」的大家。研究陸學與文學的關係，自然要將目光放在江西，其中最值得關注而又缺乏關注的，是以陸學名家的江西人劉壎和李存。

為了深入研究劉壎、李存的陸學思想和文學創作，首先需要對元代陸學及其影響下的江西文壇做一個總體的勾勒。

〔註2〕（清）黃宗羲《宋元學案》卷八十二《北山四先生學案》，清道光刻本。

第一節　元代陸學的分佈與傳播

　　陸學是宋代理學的重要分支，陸九淵在世之時，便與朱熹反覆論辯，大體上算是勢均力敵。可惜自陸九淵死後，陸門弟子一則名位不顯，二則義理上也少有發揮，陸學逐漸淪落。只有楊簡、袁燮、舒璘、沈煥等「甬上四先生」，將陸學從江西帶到了浙東，從此朱學「行於天下」，而陸學只「行於四明」，在與朱學的抗衡中全面處於劣勢。宋元之交，浙東黃震尊奉朱學，四明學風隨之一變，陸學失去了最後一塊根據地。儘管如此，陸學卻並未就此絕跡，而是在各地頑強地生存繁衍，一直到元代，甚至出現了中興的局面。元代陸學的分佈範圍，主要在江西、浙東、新安三地，並曾做過北傳的努力。

一、江西陸學

　　陸學在浙東四明失去主流地位，但仍在各地繼續發展，其中最重要的一個地方，便是其發源地江西。陸九淵當年曾在江西象山講學，「五年間，弟子屬籍者至數千人」，不過眞正能得到陸學精髓的，「則傅夢泉而已」，其餘那麼多人，都不過是「旅進旅退之徒耳」〔註3〕。南宋末年，江西鄱陽有湯氏家族（湯巾、湯漢等），最爲陸學大宗，另外還有包恢，是象山弟子包揚之子，也繼承了陸學直求本心的精神。

　　進入元代以後，江西南豐人劉壎，在陸學已漸式微的形勢下毅然堅守，爲元代陸學在江西的復興奠定了堅實的基礎。今人徐遠和在《理學與元代社會》一書中，對劉壎的陸學思想分三個方面進行了論述：一是「立道統遺論，證朱陸合轍」。劉壎對陸學不是一般的推崇，而是「直接把陸九淵置於由周敦頤『成始』的理學『成終』的正宗地位」，由於朱學影響巨大，劉壎也常常援朱以證陸，強調朱陸合轍，開了王陽明「朱子晚年定論」的先河。作者還特別提到劉壎對「陸學近禪」和「陸不講學」的辯護，認爲「劉壎關於『性命之學不能不與禪相近』的論斷，道出了理學的融合儒釋的眞諦」。二是「尚陸學本心，論虛實互形」。作者認爲劉壎的心學思想包含著「內在矛盾」，即在本體論上基本贊同陸九淵，在心物關係上，卻吸收了程朱理學的許多內容，譬如承認「理生氣」、「氣生物」的生成論，打破了陸學「心即萬物」的論斷，「當劉壎進入對自然界具體事物的觀察時，傾向於承認外界事物的客觀性及

〔註3〕　（清）黃宗羲《宋元學案》卷七十七《槐堂諸儒學案》「傅夢泉」後黃宗羲按語，清道光刻本。

其發展變化」。作者認爲，劉壎思想的這種矛盾，正是他「改造陸學」的「初步的嘗試」。三是「體妙悟境界，繹思維理論」。作者提到劉壎對「小悟」和「妙悟」的區分，並指出二者的共同點在於「去蔽」。作者認爲，劉壎把「悟」作爲一個思維方法，「屬於理性認識的範圍」。他還通過劉壎所舉的一系列事例，總結出達到「悟」的三條途徑：久聞、久思、頓悟。劉壎對「頓悟」、「妙悟」的境界有所保留，但是其學仍「以悟爲宗」，這既是對許多社會現象解釋的需要，也是陸學崇尙簡易的內在要求，何況自古以來，儒、釋、道三家皆有許多論「悟」的文字。〔註4〕

到了元代中期，上饒士人陳苑，更是從陸九淵及其弟子的遺書中體悟到陸學的眞諦，陳苑門下弟子有祝蕃、舒衍、吳謙、李存，時稱「江東四先生」，形成了頗具聲勢的「靜明學派」，促進了陸學在元代的中興。陳苑沒有文字著作傳世，李存卻留下一部三十一卷的《俟庵集》，成爲研究靜明學派的重要文本依據。陳高華在《元代陸學》一文中，引用陳苑弟子之言，介紹「陳苑的學說『大抵謂聖賢之業之見於言語文字者，無非明夫人心，而學焉者亦必於此乎究』。可見他所倡導的，正是『陸氏本心之學』。」至於李存的思想，文中則引用四庫館臣的判詞，稱其「論學以省察本心爲主」。〔註5〕李存的弟子危素，長年混跡於大都官場，未能進一步發揮師說，而是更多地以文學和史學名家。

元代陸學的發展，常常是在「朱陸合流」的大背景下實現的，而主張「朱陸合流」的最知名大家，當屬江西人吳澄。吳澄是有元一代的儒學宗師，與許衡並稱「南吳北許」，在思想界擁有極大的影響力和號召力。吳澄的學術背景比較複雜，不過最終還是以「和會朱陸」爲思想的歸宿，他和他的眾多弟子，形成了聲勢浩大的「草廬學派」，通過「朱陸合流」的形式，爲陸學爭取到了很大的生存空間。可以說，吳澄雖不以純粹的陸學家知名，但是他對陸學在元代的發展所作的貢獻，遠遠超過了任何一位純粹的陸學家。

二、浙東陸學

元代陸學的另一個重鎮，就是曾出過楊簡、袁燮等「四先生」的浙東四明（今浙江寧波）。「四先生」不僅在義理上對陸學有所發揮，更重要的是培

〔註4〕徐遠和《理學與元代社會》頁215～232，人民出版社，1992年10月。
〔註5〕陳高華《元代陸學》，《元史研究論稿》頁352，中華書局，1991年12月。

養了一大批陸學後勁，「自淳熙以後，慶元一路悉宗陸子之學，名公卿良士莫非楊、袁、舒、沈四君子之弟子」〔註6〕。清代學者全祖望曾經不無驕傲地表示：「槐堂之學，莫盛於吾甬上，而江西反不逮。」〔註7〕宋元之際的王應麟更是直言：「朱文公之學行於天下而不行於四明，陸象山之學行於四明而不行於天下。」〔註8〕可惜，「四先生」在浙東打下的陸學根基，並沒有持續太長時間，到了宋末元初，慈谿人黃震大力提倡朱學，浙東學術風氣發生重大轉折。

不過，陸學並未在浙東絕跡，袁燮之子袁甫，在宋末仍以陸學名家，到了元代，袁甫族裔袁桷，仍然對陸學有相當的信仰。袁桷除受到家學影響以外，還曾受學於戴表元，而戴表元師從王應麟，王應麟則是宋末融彙貫通的思想家：「四明之學多陸氏，深寧（王應麟）之父亦師史獨善以接陸學，而深寧紹其家訓，又從王子文以接朱氏，從樓迂齋以接呂氏，又嘗與湯東澗遊，東澗亦兼治朱、呂、陸之學者也。和齊斟酌，不名一師。」〔註9〕戴表元認為，朱、陸二家雖然具體主張不同，不過終極追求卻沒什麼不同：「自洛學東行，諸大儒各以所聞分門授徒，晦庵朱文公在閩，東萊呂成公在浙，南軒張宣公在湘，象山文安公在江西，其徒又皆各有所授，往往散佈遠近，殊途同歸。」〔註10〕袁桷受此影響，也有「和會朱陸」的主張，他曾為龔霆松《四書朱陸會同舉要》作序，詳細闡述了自己的觀點：

> 曩朱文公承絕學之傳，其《書敘》疑非西京，於《孝經》則刊誤焉，《詩》去其敘，《易》異程氏，《中庸》疑於龜山楊氏。程、楊、朱子，本以傳授者也，審為門弟子，世固未以病文公也。陸文安公生同時，仕同朝，其辨爭者，朋友麗澤之益，朱、陸書牘具在。不百餘年，異黨之說興，深文巧鬪，而為陸學者不勝其謗，屹然墨守，是猶以丸泥而障流，杯水以止燎，何益也？〔註11〕

〔註6〕 （清）李紱《陸子學譜》卷十七「門人下」袁韶傳後，清雍正刻本。
〔註7〕 （清）黃宗羲《宋元學案》卷七十七《槐堂諸儒學案》，清道光刻本。
〔註8〕 （元）方回《送家自昭晉孫自庵慈湖山長序》引，《桐江續集》卷三十一，清《文淵閣四庫全書》本。
〔註9〕 （清）黃宗羲《宋元學案》卷八十五《深寧學案》，清道光刻本。
〔註10〕 （元）戴表元《題新刻袁氏孝經說後》，《剡源集》卷十八，《四部叢刊》景明本。
〔註11〕 （元）袁桷《龔氏四書朱陸會同序》，《清容居士集》卷二十一，《四部叢刊》景元本。

袁桷一方面承認朱熹遍注經典的努力，另一方面，也承認陸九淵直指本心的思想。他認爲，即使在朱學內部，每個人的思想也有不同之處，何況朱陸二家之間。學者應該兼取所長，而不應該「屹然墨守」，更不應該黨同伐異，互相攻擊。

到了元代中期，浙東慈谿又出現了一位專主陸學的大家，他就是南宋皇室的後裔，寶峰先生趙偕。趙偕通過閱讀楊簡的《慈湖遺書》，恍然有所悟，自此隱居鄉野，一心研習陸學，有《趙寶峰先生文集》二卷傳世，從中可以解讀其思想的大概。徐遠和《理學與元代社會》一書對趙偕有簡單介紹，認爲他的思想近師楊簡，遠師陸九淵，「同樣預設了一個心即理的前提，以心爲宇宙的本體」。徐遠和認爲，「究明心體是趙偕心學思想的重要內容之一」，同時，「重視直覺體驗是趙偕心學思想的又一重要內容」，出於儒家知識分子的社會關懷，趙偕又「要求將所得之學見於政事」。〔註12〕陳高華在《元代陸學》一文中，強調了趙偕心學思想的主觀特徵：「應該說，在宣揚主觀唯心的直覺方面，趙偕比起劉壎和陳苑來，要突出得多。劉壎始終不敢說自己達到『悟』的境界，趙偕不但自己『事此，良驗』，而且經他指點，門生弟子也能輕而易舉地實現。後人批評他『近於禪』，確實是很有道理的。」〔註13〕趙偕與陳苑一道，是元代陸學中興的重要功臣，他的弟子有烏斯道、桂彥良等，在明初仍有重要影響。

三、新安陸學

元代陸學的另一個重鎮是新安（今安徽黃山市），或者說是嚴陵～新安一帶。這一支陸學勢力的形成有一段複雜的歷史。早在南宋時期，嚴陵就有趙彥肅私淑象山，研習陸學：「趙彥肅，字子欽，嚴之建德人也。少志聖賢之學，窮理盡性，深造自得弗措也……宗師象山，嚴陵之爲陸學者，自先生始。」〔註14〕趙彥肅精於易學，曾著《復齋易說》六卷。南宋末年，楊簡門下高足錢時，曾經前往嚴陵講學，進一步播下了陸學的火種，直到元代仍然不滅：「嚴陵自融堂講學後，弟子極盛。入元則夏自然爲大師，而先生（吳暾）接之而出。」〔註15〕夏自然名希賢，「淳安人，究明性理，洞詣本原，而會其極於象山、慈湖之要，杜門不出者三十餘年。家雖貧甚，泰然自如，有君子風，學者稱之曰

〔註12〕 徐遠和《理學與元代社會》頁235～239，人民出版社，1992年10月。
〔註13〕 陳高華《元代陸學》，《元史研究論稿》頁354，中華書局，1991年12月。
〔註14〕 （清）黃宗羲《宋元學案》卷五十八《象山學案》，清道光刻本。
〔註15〕 （清）黃宗羲《宋元學案》卷八十五《慈湖學案》，清道光刻本。

自然先生。子清之、大之、潛之，皆承家學。」〔註16〕嚴陵在今浙江杭州附近的富春江一帶，淳安是其屬縣。淳安夏氏四人，皆入《宋元學案‧慈湖學案》，其中尤以夏溥（大之）最爲知名，元末新安趙汸曾向其問學。夏希賢之後的吳暾，「字朝陽，淳安人，八歲能詩文，不屬稿而成。泰定間登第，出丞番陽。時邑賦雲南葉金，民患之，暾言於朝，始得輸常金，民賴以甦。歷轉峽州路經歷，未幾歸，授徒講學，從之者戶履雲集，若方道叡輩皆其門人」〔註17〕。元代中期，淳安地區還有一位洪震老，「私淑慈湖之學。延祐中，以薦入上都，與時相書陳時事，鯁直不諱。已而棄去，隱居不仕，講道授徒」〔註18〕，促進了這一地區陸學的傳播。直到元順帝至正年間，淳安還有洪賾（字本一）鍾情於陸學，「淳安自融堂錢氏從慈湖楊氏遊，而本一之族祖衢州府君夢炎，亦登其門，淳安之士，皆明陸氏之學」，洪本一受家族影響，「其爲學也，必要於本領端厚，不使支離曲碎，破壞其心術」〔註19〕。

　　新安與嚴陵相隔不遠，其下轄的休寧縣更是與淳安接壤，淳安學者的陸學思想，也逐漸傳到了新安地區，並在新安發揚光大。新安本是朱熹祖籍所在，名家大儒皆讀朱子之書，不過到了宋末元初，已經有了陸學的影響。新安休寧的主靜先生汪深，即能打破時人喜好，曾說「今學者之病，在於未有灑然融釋處，知所持守，只是苟免顯然尤悔而已」，又強調「古道修明，人心純一，後世文藝之工，展轉沉痼，幾於蠹蝕不存。然而理之在人心者，不容泯也」，帶有明顯的陸學特色。南宋晚期，「近臣以先生薦於國學，而議者以主靜之學，陸學也，非朱子之學也，遂罷其事。」〔註20〕汪深卒於元成宗大德八年（1304），見證了陸學在新安地區由宋向元的過渡。不過元代新安地區的陸學，主要還是從淳安一帶傳入，譬如新安最知名的兩位學者，鄭玉和趙汸，都曾從淳安學者問學。趙汸曾求學於夏溥，鄭玉早年也「得遊淳安諸先生間。吳暾先生則所師也，洪震老先生、夏溥先生則所事而資之也，洪賾先生則所友也」〔註21〕。

〔註16〕　（明）徐象梅《兩浙名賢錄》卷四「理學‧夏自然先生」，明天啓刻本。
〔註17〕　（清）嵇曾筠《（雍正）浙江通志》卷一百八十二，清《文淵閣四庫全書》本。
〔註18〕　（清）黃宗羲《宋元學案》卷七十四《慈湖學案》，清道光刻本。
〔註19〕　（元）鄭玉《洪本一先生墓誌銘》，《師山集》卷七，清《文淵閣四庫全書》本。
〔註20〕　（元）陳櫟《汪主靜先生墓誌銘》，《定宇集》卷九，清康熙刻本。
〔註21〕　（元）鄭玉《洪本一先生墓誌銘》，《師山集》卷七，清《文淵閣四庫全書》本。

鄭玉和趙汸皆以融彙朱陸而著稱。鄭玉曾從個人性格入手分析朱陸的異同，認爲二家雖入門不同，最終卻能殊途同歸：「陸子之質高明，故好簡易；朱子之質篤實，故好邃密。蓋各因其質之所近而爲學，故所入之塗有不同爾。及其至也，三綱五常，仁義道德，豈有不同者哉？況同是堯舜，同非桀紂，同尊周孔，同排釋老，同以天理爲公，同以人欲爲私，大本達道無有不同者乎？」〔註22〕後世學者應當求同存異，而不是相互攻訐，「學者自當學朱子之學，然亦不必謗象山也」〔註23〕。相比之下，趙汸在和會朱陸時更傾向陸學。他從學術淵源的角度分析朱陸異同，認爲「朱子之學實出周、程，而周子則學乎顏子之學者也」，而「陸先生以高明之資，當其妙年，則超然有得於孟氏立心之要，而獨能以孟子爲師」，由於師承關係的不同，「其入德之門固不能無異」。趙汸又從鵝湖之辯，談到二人的異中之同：「墟墓而哀也，宗廟而欽也，即孟子所謂人見孺子將入井之心，而朱子所謂『介然之頃，一有覺焉，則其本體已洞然』者也。原其所指，皆由已發之心而悟其未發之性，則其要歸，亦有不容於不同者。」趙汸也認爲兩家後學應該取長補短，並針對當時「朱子之書，家傳人誦」，而「陸氏之學，則知之者鮮」的不均衡現狀，大力宣揚和提倡陸學。〔註24〕

四、陸學的北傳

在元代，陸學除了在江西、浙東、新安發展之外，還曾做過北上傳播的努力。張帆作有《關於元代陸學的北傳》一文，專門就此問題進行了探討。與朱學相比，陸學傳入北方的時間較晚，「從大蒙古國到忽必烈在位期間，北方學者似乎對陸學都不甚了然，未見有人提到過陸九淵的名字」。作者援引方回《送繆鳴陽六言》詩的序言：「鳴陽重刊《象山集》，流佈北方，所至作詩，盛稱其學。」認爲這是「目前所知較早明確述及陸九淵著述北傳的材料」，並考證出方回此序作於元成宗元貞二年（1296），繆鳴陽刊刻《象山集》，當在此前。不過，繆鳴陽所刻「三十三卷本《象山集》是不包括語錄的，直到十四

〔註22〕（元）鄭玉《送萬子熙之武昌學錄序》，《師山集》卷三，清《文淵閣四庫全書》本。

〔註23〕（元）鄭玉《與汪眞卿書》，《師山集・遺文》卷三，清《文淵閣四庫全書》本。

〔註24〕（元）趙汸《對問江東六君子策》，《東山存稿》卷二，清《文淵閣四庫全書》本。

世紀，才有材料表明陸氏語錄在北方出現」，作者引用吳澄《陸象山語錄序》
裏的說法：「至治癸亥（1323），金溪學者洪琳重刻於青田書院，樂順攜至京
師，請識其成。」如此則陸九淵語錄出現在北方，應當在此之後。至於北方
是否有學者通過這些書關注陸學，作者認爲實在「鳳毛麟角」，經過一番費心
的查證，才找出劉因與胡祗遹二人。他認爲「劉因確曾接觸到陸九淵的學說」，
不過「對陸學的瞭解仍然比較有限」，胡祗遹雖然可能受到陸學的一定影響，
不過其「思想的主流是朱學，只是有可能混雜了一些陸學成分而已」。綜合上
述材料，作者得出結論：「陸學北傳較之朱學相當晚，而且傳播效果很不明顯。」
〔註25〕

魏崇武在《論家鉉翁的思想特徵～兼論其北上傳學的學術史意義》一文中，
找到了元代陸學北傳的另一位學者。家鉉翁本是四川眉州人，宋末曾簽書樞密
院事，南宋滅亡後，家鉉翁義不事元，長期羈縻河間（今河北河間），開館授書。
「家鉉翁十分推崇朱熹」，不過顯然「更爲服膺陸學」，《四庫全書總目》稱其「學
問淵源，則實出金溪」，《宋元學案補遺》也將其列入「象山續傳」。文章分析家
鉉翁宗陸兼朱的思想特徵：一是「心之外，無他學也」；二是「善性天所命，物
欲惡之源」；三是「格物實爲格心，博學須知返約」；四是「知行無先後，敬靜
可合一」。文章還將家鉉翁與趙復相比，強調他對陸學北傳的重要意義：「與約
半個世紀前被俘北上的趙復不同，家鉉翁不曾在書院公開傳播理學，也沒能刊
印宣傳理學的著作並輾轉各地去散發。然而，雖然身受羈管，家鉉翁還是很注
意利用與河間儒士接觸的機會傳播理學（廣義的）思想。」結合家鉉翁的學術
特色，這裡廣義的理學思想，當然主要是指陸學，而「家鉉翁在元代理學史上
的意義，首先在於他作爲一位『象山續傳』學者，最早將陸學帶到北方，並與
部份北方儒士有過一些交流。其次，家鉉翁的宗陸兼朱的思想特徵，不管它是
北上前就已經眞正形成的，還是北上後針對朱學的絕對強勢地位而行權的結
果，都使他不愧爲北方學術圈和會朱陸的先驅」。〔註26〕

當然元代陸學的北傳，絕不止於上述三人，僅僅吳澄在江北的弟子，就
有大名清河人元明善，河南人姜道源、張恒，河間人廉克、張岳，燕人史師
魯，晉州人趙宏毅，藁城人王祁等。這些人大多沒有文集流傳，其思想到底

〔註25〕張帆《關於元代陸學的北傳》，《鄧廣銘教授百年誕辰紀念論文集》，中華書局，
　　　　2008 年 11 月。
〔註26〕魏崇武《論家鉉翁的思想特徵——兼論其北上傳學的學術史意義》，《西南民
　　　　族大學學報》（人文社科版），2006 年第 3 期。

受吳澄影響有多深也無從考究，況且吳澄的思想本是「和會朱陸」，這些弟子從他身上學到的究竟是「朱」還是「陸」，自然影響到其在學術思想史上的意義。總之就像魏崇武所言，「縱觀整個元代，陸學始終沒有成規模北傳的現象」，「如果說蒙元初期北方學者的思想中有一定的心學因素的話，應該不是來自陸九淵及其後學的影響，而是另有來源」。張帆也曾反覆強調，「不能對陸學北傳的速度和程度作不恰當的估計，特別是不能把北方學者與陸九淵言論相近的隻言片語不加分析地貿然判定爲『吸收』了陸學」。二位學者批判的研究現象，在羅立剛《宋元之際的哲學與文學》一書中表現得十分突出，該書認爲，元代前期北方的哲學家，包括許衡在內，都不同程度地沾染了陸學的風氣。作者好爲驚人之語，議論多有牽強之處，茲不贅引。

雖然不斷有學者對陸學北傳作出努力，可惜北方卻一直存在著一股反對陸學的風潮。元武宗至大年間，吳澄曾到國子監任職，其後不久，即受到當地學者的指責：「近臣以先生薦於上，而議者曰：『吳幼清，陸氏之學也，非朱子之學也，不合於許氏之學，不得爲國子師，是將率天下而爲陸子靜矣。』遂罷其事。」〔註27〕由於不能得到當地學者的認可，吳澄被迫於元仁宗皇慶元年（1312）南下歸鄉，從此再不曾踏足京師，陸學北傳錯過了最好的時機。吳澄的弟子虞集等人，雖然長期在京師做官，不過一來他們多以文學見長，不再以理學名家，二來有了吳澄的前車之鑒，他們似乎也不再敢於挑戰京師的學術風氣，因此北方大部份學者，仍然只知朱學而不知陸學。元文宗至順二年（1331），玄教大宗師吳全節出於鄉誼之念，「進宋儒陸文安公九淵語錄，世罕知陸氏之學，是以進之」〔註28〕。到了元順帝至正年間，陳苑的再傳弟子危素，成爲大都文壇的一時盟主，但是仍不敢在人前宣揚陸學，甚至在朋友面前，也「不自言其學之所自」〔註29〕。北方學術界的頑強抵抗，是元代陸學不能成規模北傳的重要原因。隨著蒙元初期趙復的北上，元代統治者率先接受了程朱理學，此後又將其作爲科舉考試的標準。學者因此無不以朱學爲尊，自然對陸學抱有排斥心理。

〔註27〕 （元）虞集《送李擴序》，《道園學古錄》卷五，《四部叢刊》景明景泰翻元小字本。

〔註28〕 （元）虞集《河圖仙壇之碑》，《道園學古錄》卷二十五，《四部叢刊》景明景泰翻元小字本。

〔註29〕 （明）胡翰《送祝生歸廣信序》，《胡仲子集》卷五，清《文淵閣四庫全書》本。

第二節　陸學影響下的元代江西文壇

　　江西是中國文學史上的一個重鎮，自古以來就出現了很多文學大家，尤其是到了宋代，引領古文運動的歐陽修，創造江西詩體的黃庭堅，都將江西文壇的影響擴展到了全國。元朝統一全國之後，江西文壇保持了興盛的勢頭，在反對宋末卑陋時文的運動中，江西人率先進行了嘗試，並引領了全國的復古風潮。到了元代中後期，虞集、揭傒斯等進入大都的江西人，又積極提倡「盛世文風」、「治世之音」，成爲有元一代的代表文風和詩風。元代江西文壇的一眾干將，都同時兼具理學家的身份，因此創作受理學影響較深。關於元代理學與文學的相互影響，查洪德曾著《元代理學「流而爲文」與理學文學的兩相浸潤》一文進行探討：「其一是造就了一批精於理學的詩文作家和文采斐然的理學家，也就是說，許多人有著學者與文人雙重色彩；其二是形成了具有鮮明時代特色的詩風文風；其三是在文學理論中文、理並重，要求融會文、理成爲時代潮流。」〔註 30〕我們分析陸學影響下的江西文壇，也正可以從這幾方面著手，考慮到文、理並重不獨是受陸學一家的影響，所以這裡只就前兩點展開論述。

一、陸學家與文學家

　　理學家與文學家的身份交融，其實是一個很容易理解的話題，因爲無論文學，還是理學，歸根結底都是人學，而且古人向來就有文道合一的傳統。具體到元代陸學與江西文壇的關係，也需要從這兩個方面進行分析：陸學家的文學創作和文學家的陸學背景。

　　元代江西以陸學名家者，首先要從劉壎說起。劉壎一生橫跨宋元兩個朝代，是宋元之際的文學大家，與同鄉前輩謙祐爲忘年之交，皆以古文名噪一時。他不僅工古文，並且也工四六，既能以散體爲四六，又能以四六爲散體，這顯然帶有宋代文壇的習氣。劉壎因爲是江西人，所以論詩時極重江西詩派。一定意義上我們可以說，劉壎作爲一個文人，仍是南宋的遺民，儘管在其人生的最後幾年，政治上未能「保住晚節」，出任了元朝的儒學教授。

　　關於劉壎的文學思想，鄧國光作有《劉壎〈隱居通議〉的賦論》，作者通過對《隱居通議》所收古賦以及劉壎所作評語的分析，歸納出劉壎對辭賦創作

〔註30〕　查洪德《元代理學「流而爲文」與理學文學的兩相浸潤》，《文學評論》，2002
　　　　年第 5 期。

的基本主張，即「風骨蒼勁，義理深長」，並且要「從悲怨之情自然流出」。作者還列舉了劉壎對歷代賦家的評論，最重先秦的離騷體，批評漢魏大賦「組織傷風骨，辭華勝義味」，並認爲隋唐各家均未脫此窠臼，直到宋代李覯、黃庭堅，才重新恢復了高古的風格。劉壎雖然反對六朝賦體的結構纖巧，推崇《離騷》的悲愴眞情，但這絕不說明劉壎只重感情不重文字，相反，劉壎十分重視文字的錘鍊，作者認爲，「這可以說是江西派詩風在賦學上的體現」。〔註31〕

張紅、饒毅合作《劉壎詩學思想初探》一文，文中認爲，與元代「舉世宗唐」的詩學風氣不同，劉壎受江西詩派影響，屬於「溫和的『折衷唐宋』派」，是「江西詩壇之衍流餘風與宗唐得古之時風相結合的產物」，「沾染有較濃厚的心學色彩」。作者還提煉出劉壎論詩「四層次」之說：「由唐之體格，追漢魏之風骨，再由漢魏風骨，直溯風雅之遺旨。但劉壎不止於此，他由風雅之遺，最終歸宿於天地根源、生人性情。」〔註32〕鄔烈波作《試論劉壎詩論的兼收並蓄傾向》，指出劉壎論詩既重勁健，也重清麗；既重法度，又講靈活，要求詩歌創作「鍛鍊與自然並重，博學與悟入結合」〔註33〕。閆群作《竹樹晚涼，星河夜橫～劉壎詩文試論》，首先介紹了劉壎的身世背景，然後才是「文學創作與評論」，指出劉壎在宋元易代的時代背景下，逐漸養成了「對『蒼勁』、『風骨』，甚至對『悲涼』的偏好」。〔註34〕

上述論文在論述劉壎文學思想的時候，明確指出了其詩文創作的「悟入」特徵及「心學色彩」，這也可以看作陸學家身份對文學創作的滲透。

元代另一位以陸學名家且有豐富文集傳世的江西人是李存。今人對李存的文學成就尚缺乏深入的研究，但是李存絕對應該在元代文學史上佔據一席之地。這麼說不是因爲他的文學成就有多高，而是他作爲隱逸文人的一個代表，屬於元代主流盛世文風之外的另一個類型，豐富了元代文壇的全貌。元代文學之所以經常被人忽視，不是元代文學的成就不高，而是學者的研究視線不夠寬廣。以詩文研究爲例，大家最關注的，往往只是最主旋律的廟堂臺

〔註31〕鄧國光《劉壎〈隱居通議〉的賦論》，《文學遺產》，1997年第5期。

〔註32〕張紅、饒毅《劉壎詩學思想初探》，《中南大學學報（社會科學版）》，2006年6月。

〔註33〕鄔烈波《試論劉壎詩論的兼收並蓄傾向》，《江西教育學院學報（社會科學）》，2000年2月。

〔註34〕閆群《竹樹晚涼，星河夜橫——劉壎詩文試論》，《牡丹江師範學院學報（哲社版）》，2010年第3期。

閣之作，對於江湖草野之士卻很少注意。而與江湖體相比，臺閣體向來少有
佳作：一方面，從創作的角度來說，「歡愉之詞難工，而窮苦之言易好」，臺
閣文臣要承擔黼黻盛世的責任，很難寫出有眞情實感的詩文；另一方面，從
欣賞的角度來說，「文帝以位尊減才，思王以勢窘益價」，無論出於什麼心理，
一般讀者都更喜歡讀那些淒涼悱惻的作品。筆者認爲，元代詩文研究要進一
步發展，就要突破臺閣盛世文風的窠臼，大力挖掘鄉野隱逸之士，分析他們
的林下之風。而作爲其中的傑出代表，李存絕對是一個上佳的人選。

　　上面介紹了江西陸學家的文學創作，下面再探討一下江西文學家的陸學背
景。宋末元初，江西文壇出現了一位影響巨大的文學家，他就是劉辰翁。劉辰
翁以險峭鋒利的文風，一掃南宋末年的時文萎靡之氣，他曾廣泛點評前人詩
歌，詩學主張中又特別重視自然情趣，其實無論是險峭還是自然，都與其思想
中的師心自用不無關係。劉辰翁曾向歐陽守道問學，歐陽守道的思想則較爲複
雜，清代四庫館臣稱其「崛起特立，不由依託門戶而來，故所見皆出自得也」，
〔註35〕雖然不立門戶，但是這裡的「自得」，便是陸學的思想精髓。《宋元學案》
在「不知所自」的情形下將其歸入「晦翁再傳」〔註36〕，實在只是一種權宜之
計。劉辰翁學習了歐陽守道獨立自得的學術精神，故能在文學創作中打破前人
格局，自成一家。劉辰翁這種精神頗有陸氏心學的特色，後人在解釋這一現象
時，又有「須溪少遊陸象山之門」的說法，儘管這一說法未必符合史實〔註37〕，
卻能說明劉辰翁在思想上與陸九淵確有不少契合之處。

　　與劉辰翁相比，宋元之際的另一位文學大家，江西愛國詩人謝枋得，則
有著更爲清晰的陸學背景。清人全祖望對其學術淵源有詳細敘述：「陸文安公
弟子在江南西道中最大者有鄱陽湯氏」，三湯子之中，「息（湯干）、存（湯中）
二老仍主朱學，稱大小湯，而晦靜（湯巾）別主陸學」，「晦靜之學傳者，其
一爲東澗（湯漢），其一爲三衢徐公徑畈（徐霖）」，「徑畈之弟子曰謝文節公
疊山（枋得），乃忠臣」。〔註38〕謝枋得選評前人作品，著有《文章規範》，此
書與朱學後人眞德秀《文章正宗》有一致的地方，都重視文章的教化功能，

〔註35〕　（清）永瑢等《四庫全書總目》卷一百六十四「巽齋文集」，清乾隆武英殿刻
　　　　　本。

〔註36〕　（清）黃宗羲《宋元學案》卷八十八《巽齋學案》全祖望按語，清道光刻本。

〔註37〕　詳見焦印亭《劉辰翁研究》，四川大學博士學位論文，2007年3月。

〔註38〕　（清）全祖望《奉答臨川先生序三湯學統源流箚子》，《鮚埼亭集》卷三十四，
　　　　　《四部叢刊》景清刻本。

但卻打破了《文章正宗》「論理而不論文」的缺陷，重視文章的風骨和格法。綜合上述兩點，也可以看出其理學家而非朱學家（當然是陸學家）的文學觀點。

到了元代中期，最著名的思想家和文學家吳澄，以及吳澄的弟子虞集，更是文學與理學相互浸潤的最佳例證，不過吳澄、虞集在思想上都主張「和會朱陸」，因此其文學創作究竟是受朱學的影響多一些，還是受陸學的影響多一些，並不能夠籠統地進行定性。另外，在江西頗有影響的文人劉岳申，思想中也有陸學的影子，甚至還對陸學有進一步的發揮。他曾經爲友人作《尊陸堂記》，指出陸學的精髓就在於自明本心、不擬古人：

> 自有文字以來，孰不尊《易》、《詩》、《書》、《禮》、《樂》、《春秋》，而陸氏未嘗尊之；自有聖人以來，孰不尊伏羲、神農、黃帝、堯、舜、禹、湯、文、武、周公、孔子，而陸氏未嘗尊之，子之尊陸，非陸學本意也。

他認爲眞正的尊陸不在於尊敬陸九淵本人，而在於「尊德性而已。此群聖所以爲群聖者也，群聖與我所同尊者，不過此耳。此學問之大本大原也」。〔註39〕劉岳申雖然沒有清晰的陸學背景，不過通過這一段話可以看出，他其實已得到陸學的精髓。

元代晚期，江西人危素到大都做官，成爲大都文壇一時之盟主，影響及於全國，危素身上，更有著清晰的陸學背景。危素是江西人祝蕃的弟子，祝蕃則是元代陸學中興功臣陳苑的門人，危素向祝蕃問學期間，受到祝蕃的高度賞識：「與之語，或終夕不寐。去輒目送之，以爲興吾教者，必斯人也。」〔註40〕徐遠和在《理學與元代社會》一書中也提到了危素，明確指出其「對於兩宋程朱理學持批評態度」，不過後來又進行澄清，「危素所批評的僅僅是朱學末流」。在朱學佔據統治地位的情形下，危素反對侈言朱陸異同，「表面上看，他對朱陸不偏不倚，態度是公允的；實際上，他的立場是右陸的。」當然作者也敏銳地看到，「哲學並非危素的特長」，「危素之所長在於文學和史學」。〔註41〕對於危素的文學特色，李超作有《危素文章「太音元酒」論》一文，他認爲危素的文學觀，「概括說來是一種明體適用治學思想下的實用文學觀」。危素把他「作爲史

〔註39〕 （元）劉岳申《尊陸堂記》，《申齋集》卷五，清《文淵閣四庫全書》本。
〔註40〕 （明）胡翰《送祝生歸廣信序》，《胡仲子集》卷五，清《文淵閣四庫全書》本。
〔註41〕 徐遠和《理學與元代社會》頁 240～242，人民出版社，1992 年 10 月。

家的歷史觀念融會於他的文學觀念中」，主張文章是載道之器，與時陞降，有補世道。危素的文章在思想上重視忠孝道義，在語言上長於敘述，平實無華。〔註42〕與其它陸學家相比，危素的陸學背景對其創作風格的影響並不是太大。

二、陸學與江西文風

談及元代陸學對江西文風的影響，有一個問題需要首先解釋清楚，這裡並不是在講元代江西文人對陸九淵文學思想的直接繼承，而是在講陸九淵的哲學思想對元代江西文人的浸潤。事實上，陸九淵本身的文學思想與朱熹並無太大區別，都是秉持理學家道先文後的基本立場。朱熹曾說：「道者，文之根本；文者，道之枝葉。惟其根本乎道，所以發之於文皆道也。三代聖賢文章，皆從此心寫出，文便是道。」〔註43〕這裡的心是指聖賢道心，不是指普通人心。陸九淵也說：「文字之及條理，粲然弗畔於道，尤以爲慶。第當勉致其實，毋倚於文辭，不言而信，存乎德行，有德者必有言。誠有其實，必有其文。實者本也，文者末也。」〔註44〕文章也以「弗畔於道」爲最高標準。

後人研究陸學，常常要以朱學作爲背景，才能見出陸學的精髓。同樣，要理解陸學對元代江西文壇的影響，也要先拿朱學影響下的文人創作進行對比。朱熹本人既以理學名家，同時也精於文學創作，不過朱學後人卻對文學創作基本持反對態度。南宋眞德秀選編《文章正宗》，論理而不論文，便是朱學家文學觀念的一大代表。元代最知名的朱學後人，北方大儒許衡，也堅持程朱「作文害道」的理念，認爲文人往往只是紙上論道，並不能眞正付諸實踐：「今者能文之士，道堯、舜、周、孔、曾、孟之言，如出諸其口，由之以責其實，則霄壤矣。」因此他們所傳達的道，並不是眞道，而只是對道的模仿：「文章之爲害，害於道。優孟學孫叔敖，楚王以爲眞叔敖也，是寧可責以叔敖之事？文士與優孟何異？」〔註45〕許衡將文士比作不入流品的倡優之徒，可見其對文學創作的輕視。元代另一位堅守朱學的大家程端禮，也主張文學創作要一以朱子爲宗，反對後世文人之文，清代四庫館臣評價曰：「夫朱子爲講學之宗，誠無異議，至於文章一道，則源流正變，其說甚長。必以晦

〔註42〕李超《危素文章「太音元酒」論》，《東華理工大學學報（社會科學版）》，2010年9月。
〔註43〕（宋）黎靖德《朱子語類》卷一百三十九，明成化九年陳煒刻本。
〔註44〕（宋）陸九淵《與吳子嗣·四》，《象山集》卷十一，《四部叢刊》景明嘉靖本。
〔註45〕（元）許衡《魯齋遺書》卷一「語錄上」，清《文淵閣四庫全書》本。

庵一集律天下萬世，而詩如李、杜，文如韓、歐，均斥之以衰且壞。此一家之私言，非千古之通論也。」〔註46〕元代相對信奉朱學的金華學派，倒是出了幾位文學大家，如黃溍、柳貫、戴良等，不過金華學風向來以融彙百家爲特色，到了元代，更開始吸收了一些陸學的成分。如黃溍曾師從劉應龜，而劉應龜論學則「以簡易爲宗」〔註47〕，帶有明顯的陸學傾向；再如戴良本人，也對陸九淵及楊簡頗有讚美之詞：「夫文安之學，聖人之學也。韓子謂求觀聖人者必自孟子始，予亦謂求觀文安者必自文元始。」〔註48〕當然，如今並沒有直接的證據，證明金華學派由重理向重文的轉變是受到陸學的絕對影響，但是通過上述分析，至少可以看出，金華學者由哲學向文學的過渡，與陸學的滲透過程在時間上是吻合的。

說到陸學影響下的元代江西文壇，自然首先要講吳澄、虞集兩位大家，他們在哲學上主張「和會朱陸」，同樣在文學思想上，也存在著這樣一些矛盾：既承認文學的價值，又強調傳道的功能；既主張有感而發，又堅持「性情之正」。在這種文學思想的指導下，他們提倡一種盛世文風，即通過平易典雅的文字，表達對太平盛世的歌頌，以及對聖賢境界的追求。盛世文風成爲元代的代表文風，客觀上講有一定的政治因素的影響，因爲這種文風的出現，首先是由虞集、歐陽玄等館閣文臣發起的，然後才逐漸蔓延到全國。這種文風雖然影響深遠，但卻既沒有淩屬的氣勢，也沒有獨立的思想，所以並不能代表元代文學的最高成就，元代江西眞正能以文學名家的，還要說劉辰翁、劉岳申、劉詵並稱的「三劉」。

陸九淵與朱熹在哲學上的不同，最重要的就是以下兩點：一是朱熹提倡讀書明理，認爲天道要從聖賢書中去求，陸九淵卻提倡自得之學，認爲天道在於人心，不必旁求；二是朱熹以「皇極」爲君極，主張通過學習聖賢變化一己的氣質，陸九淵卻認爲人皆可以爲堯舜，將一己之心等同於聖賢之心。陸學所具有的異於朱學的這兩點特徵，反映在文學思想上，一是文字上反對倣古擬古，提倡自鑄偉詞；二是思想上不單純替聖賢背書，而是要抒發眞情實感。「三劉」在文學思想和文學創作中，都受到這兩種觀念的顯著影響。

〔註46〕（清）永瑢《四庫全書總目》卷一百六十六「畏齋集」，清乾隆武英殿刻本。

〔註47〕（元）黃溍《山南先生述》，《金華黃先生文集》卷三，元抄本。

〔註48〕（元）戴良《題楊慈湖所書陸象山語》，《九靈山房集》卷二十二，《四部叢刊》景明正統本。

　　說起劉辰翁，大多數人首先想到的，還是他的奇險峭厲的文風，不過他在論文的時候，也很主張自得創作，自抒眞情。其實他的奇險峭厲，也正是他自鑄偉詞、自抒性情的一種表現，因爲他的氣質與個性，本就是不與人同的。焦印亭作有《管窺劉辰翁文學思想中的「情眞」與「自然」理念》一文，分析了劉辰翁在文學創作中受到的陸學影響。一方面，劉辰翁接受陸學「人皆可以爲堯舜」的觀點，在宣揚聖賢之道的同時更注重抒發個人情感：「他認爲文學本源於道，是道的反映，同時他又指出，道離不開情，儒家之道，也包括喜怒哀樂等七情六欲，文學創作之道，情自在其中。」另一方面，劉辰翁吸收了陸學中的「自得」主張，因此能夠突破古人窠臼，提倡自然而作，自鑄偉詞：「劉辰翁提倡不用雕琢，反對修改詩文，不贊成那些以學問爲詩而缺乏眞情實感的非自然之作；對撚斷髭鬚、句鍛月煉的人工雕琢之作，他也提出了批評和忠告。」〔註49〕

　　另外，孔妮妮在《論「心學」思想在劉辰翁詩歌創作理論中的體現》一文中，也分析了陸學對劉辰翁詩歌創作的影響。首先從創作態度上講：「與程朱理學家強調溫柔敦厚、含而不露的詩風不同，劉辰翁認爲詩歌創作當直致心辭，一氣呵成，無須日積月累的涵養琢磨，甚至無須頻頻修改，以防以辭害意，喪失詩人創作的原始興趣，枯槁了洋溢在詩歌字裏行間躍動的激情。」其次，作者還將劉辰翁放在歷史的平臺上進行比較，說明他在文學史上的價值：「如果說姜夔等南宋後期詞人是在程朱理學的影響下將溫柔敦厚、典正清雅的詩歌創作理念引入到『言情』爲主的詞的創作中，使南宋後期詞壇逐漸傾於雅化的話，那麼劉辰翁便是在『心學』倡導『自作主宰』的思想理念下將『眞情』的理論引入到詩歌創作、評點中，爲宋代詩歌理論注入了新的活力。」〔註50〕

　　到了元代中後期，直抒本心和自鑄偉詞的陸學風氣依然影響著江西文壇。江西文壇的另外二劉，即劉岳申和劉詵，便是這一時期的傑出代表。劉岳申曾爲劉辰翁的畫像作贊曰：「其清足以洗一世之眾濁，其新足以去千古之重陳。昔之見者尚不足以得其眞，今之謗者復何足以望其塵。」〔註51〕指出

〔註49〕 焦印亭《管窺劉辰翁文學思想中的「情眞」與「自然」理念》，《貴州文史叢刊》，2009 年第 3 期。

〔註50〕 孔妮妮《論「心學」思想在劉辰翁詩歌創作理論中的體現》，《合肥學院學報（社會科學版）》，2007 年 3 月。

〔註51〕 （元）劉岳申《題須溪先生眞贊》，《申齋集》卷十四，清《文淵閣四庫全書》本。

劉辰翁文字的可貴之處，正在於其自闢蹊徑，清新不俗。劉壎論文也力主自得，凸顯自我的獨特風格：「古今文章，甚不一矣。後之作者，期於古而不期於襲，期於善而不期於同，期於理之達、神之超、變化起伏之妙，而不盡期於爲收斂平緩之勢。」他並不反對模倣古人，只是更強調自出機軸，使文章充滿個性特色，而不會陷入古人窠臼：「學古而能使人不知其學古，則吾自爲古矣。無他，學古而能爲古人之實，不徒爲古人之文，此所以能使人不知其學古也，此所以能自爲古也。」〔註52〕劉壎主張詩歌要抒發眞實情感，尤其抒發作者心底的悲傷：「作詩能窮人，誰能忍不作。但見平生愁，霏霏筆端落。」〔註53〕他還以自己的詩歌爲例，說明詩人在悲慘遭際下寧可悲悲戚戚，也不要遮遮掩掩：「我詩悴若荒隴苗，雨斷泉枯望祈祟。又如涼蛩抱衰草，凄咽秋風夜相應。」〔註54〕

　　至於元代以陸學名家的學者，如劉壎、李存等，其創作風格前面已有敘述，受到陸學影響的痕跡自然更加明顯。不過，與元代思想界「和會朱陸」的風潮相應，江西文人在接受陸學自得性情影響的同時，也受到朱學的一定影響。譬如李存在論詩的時候，便像虞集一樣強調「性情之正」，不過在其文學創作中，李存則多少背離了自己的主張，詩文中皆有很多抒發眞情的作品，尤其是寫到自己渴望外遊而不得的境遇，讓讀者忍不住爲之動容。

〔註52〕　（元）劉壎《與揭曼碩學士》，《桂隱文集》卷三，清抄本。
〔註53〕　（元）劉壎《作詩能窮人》，《桂隱詩集》卷一，清《文淵閣四庫全書》本。
〔註54〕　（元）劉壎《彭清源用前韻相屬奉和爲謝》，《桂隱詩集》卷二，清《文淵閣四庫全書》本。

上　編

第一章 劉壎與元代前期的陸學

　　思想的發展總是擺脫不了時代的影響。宋元之交，隨著政治上的劇烈變革，南方思想界也發生了很大的變動，以正心誠意爲主要內容的理學，受到人們的普遍質疑，其中恪守本心的陸學，受到的衝擊似乎更爲嚴重。陸學三傳包恢、陳宗禮等人，在南宋末年相繼去世，進入元朝以後，只有學傳不明的劉壎等人，還在苦苦堅持著陸學的信仰。

第一節 「甬上四先生」後的南宋陸學

　　陸學與朱學，本是南宋理學史上並開的兩朵奇葩。陸九淵在世之時，便與朱熹反覆論辯，大體上算是勢均力敵。可惜自陸九淵死後，陸門弟子未能將師說發揚光大，反而在與朱學的抗衡中逐漸淪落。陸學對朱學的式微，最早應該追溯到南宋寧宗、理宗時期，慶元黨禁解除以後，「儒學由自由的學說競爭轉型爲正統的意識形態。在這戲劇性的過程中，南宋儒學的派系得以整合，朱學因此而成爲主流，涵蓋了陸學與浙學」。〔註1〕陸學式微的一個明顯標誌，就是陸門弟子數量的代代減少，何俊在論文中做了一個統計，陸門可考的弟子，第一代有 47 人，第二代有 42 人，第三代只有 10 人，第四代僅有 1 人〔註2〕。

　　陸九淵的第一代弟子，按照地域可以分爲江西和浙東兩個集團。江西的陸學弟子雖然竭力維護師說，爲陸九淵爭取名位，但是在義理上對陸學很少發

〔註1〕 何俊《慶元黨禁的性質與晚宋儒學的派系整合》，《中國史研究》2004 年 01 期。

〔註2〕 作者所據爲萬斯同《儒林宗派》，相應的朱門弟子分別爲：438 人、93 人、76 人、48 人。

揮。陸九淵之後的陸學重鎮，慢慢轉移到浙東的甬上（即四明，今浙江寧波），其中最知名的陸門弟子，便是以楊簡、袁燮爲代表的「甬上四先生」。宋元之際的王應麟曾經說過：「朱文公之學行於天下而不行於四明，陸象山之學行於四明而不行於天下。」〔註3〕清代學者全祖望也不無驕傲地表示：「槐堂之學，莫盛於吾甬上，而江西反不逮。」〔註4〕「四先生」不僅在義理上對陸學有所發揮，更重要的是培養了一大批陸學後勁，「自淳熙以後，慶元一路悉宗陸子之學，名公卿良士莫非楊、袁、舒、沈四君子之弟子」〔註5〕。楊簡之高足錢時，更將陸學傳播到嚴陵（今杭州一帶）、新安（今屬安徽）地區。可是，「甬上四先生」帶來的陸學之風並沒有在浙東持續太久，宋元交接之際，慈谿黃震（1213～1280）大力提倡朱學，浙東學術風氣爲之一變。明代學者謝鋪說：「宋季，朱子理學既行於天下，四明士猶守楊文元（簡）、袁正獻（燮）二公之說。及文潔先生慈谿黃公，稽經考史，一折衷於朱子，著書滿家。於是士方翕然向風，盡變其所學，始知朱子有以繼周、程而接孔、孟，實文潔有以倡之。」〔註6〕

今人研究陸學，一般只關注陸九淵本人及其第一代弟子，而對陸學第一代弟子的研究，又多集中在「甬上四先生」身上，「四先生」之後便少有涉及。侯外廬等《宋明理學史》、崔大華《南宋陸學》、邢舒緒《陸九淵研究》均止步於此。趙偉《陸九淵門人》雖羅列出眾多陸門弟子，但是每人只有幾百字的小傳，未對其學術思想進一步分析〔註7〕。爲了更清楚地描繪南宋陸學的全貌，展現南宋陸學的發展軌跡，下面擇要介紹幾位陸學第二代弟子。

一、浙東弟子

由於「甬上四先生」的推廣傳播，陸學在浙東一帶盛行一時，湧現出一批學術素養較高的弟子。他們不僅在義理上發展了陸學，更在士人中推廣了陸學。其中，楊簡門人錢時與袁燮之子袁甫最爲知名。

〔註3〕 （元）方回《送家自昭晉孫自庵慈湖山長序》引，《桐江續集》卷三十一，清《文淵閣四庫全書》本。

〔註4〕 （清）黃宗羲《宋元學案》卷七十七《槐堂諸儒學案》，清道光刻本。

〔註5〕 （清）李紱《陸子學譜》卷十七「門人下」袁韶傳後，清雍正刻本。

〔註6〕 （明）謝鋪《黃菊東墓銘》，（明）程敏政《明文衡》卷八十三，《四部叢刊》景明本。

〔註7〕 具體情況可參見暨南大學碩士生於劍山學位論文《南宋「甬上四先生」研究》之緒論，2007年5月。

　　錢時（1175〜1244），字子是，號融堂，南宋嚴州府淳安縣（今浙江淳安）人。錢時「嘗以《易》領漕舉，試南宮，輒不利，絕意仕進」〔註8〕，一心探究性理之學。錢時嘗從楊簡學習陸學，深為楊簡器重。宋理宗紹定四年（1231），江東提刑袁甫在貴溪三峰山建象山書院，聘請錢時「主講習」，影響所及，「學者興起」，「郡守及新安、紹興守皆厚禮延請，開講郡庠」〔註9〕。宋理宗嘉熙二年（1238），經丞相喬行簡舉薦，錢時「以布衣特補迪功郎」〔註10〕、「秘閣校勘」，可惜「甫到選而論罷」〔註11〕，同年「十一月，添差浙東提舉常平司幹辦公事」〔註12〕，儘管後來曾再入史館，但不久仍「以江東帥屬歸」。

　　錢時尊奉陸學，提倡發明本心，不待外求。在新安講學時，錢時通過對論語「顏淵問仁」的解讀，明確主張自得由己之學：

　　　　古訓每曰自強，曰自修，曰自成，曰自牧，曰自昭明德，皆由
　　　　己之謂。若不由己，其見必不決，其進必不勇，其發必不果，其行
　　　　必不力。必搖於外誘，必亂於意見，必動於浮論虛說。支離纏繞必
　　　　不能斷割，故態惡習必不能掃除。倀倀然中無定守，而欲倚人言為
　　　　之主宰，必不能特達。〔註13〕

錢時還繼承了陸九淵講學「諄諄只言辨志」〔註14〕的傳統，在經過朱熹晦庵亭時寫了一首詩：「築室如何不立基，基成方會展宏規。譬如務學先存志，志若無恆久自知。」〔註15〕諷刺朱熹「泛學博覽」〔註16〕的思想如「築室不立基」，強調志在為學過程中的重要作用。錢時身上的陸學特徵，不僅表現為

〔註8〕　（宋）方仁榮、鄭瑤《（景定）嚴州續志》卷三「人物」，清《文淵閣四庫全書》本。
〔註9〕　（元）脫脫等《宋史》卷四百零七「楊簡」後附「錢時」，清乾隆武英殿刻本。錢時部份，引言未注明者皆出於此。
〔註10〕（宋）佚名《南宋館閣續錄》卷九，清光緒刻《武林掌故叢編》本。
〔註11〕（宋）俞琰《讀易舉要》卷四：「端平間（有誤），以喬平章薦，授迪功郎，甫到選而論罷。」清《文淵閣四庫全書》本。
〔註12〕（宋）方仁榮、鄭瑤《（景定）嚴州續志》卷三「人物」，清《文淵閣四庫全書》本。
〔註13〕（宋）錢時《新安州學講義》，（明）程敏政《新安文獻志》卷三十九「講義經義」，明萬曆四十二年刻本。
〔註14〕（宋）袁燮《象山陸先生年譜》卷上，明嘉靖三十八年晉江張喬相刻本。
〔註15〕（宋）錢時《題晦庵亭》其二，（明）戴銑《朱子實紀》卷十二，明正德八年鮑德刻本。
〔註16〕（宋）袁燮《象山先生年譜》引朱亨道語：「鵝湖之會，論及教人。元晦之意，欲令人泛觀博覽，而後歸之約。二陸之意，欲先發明人之本心，而後使之博覽。」

他的本心思想，更表現在他對現實踐履的重視。喬行簡當年舉薦錢時，便是因爲「時夙負才識，尤通世務，田裏之休戚利病，當世之是非得失，莫不詳究而熟知之。不但通《詩》《書》、守陳言而已。」此言並非虛誇，錢時在象山書院講學的時候，正因爲對現實世務的重視，所以才不僅能讓「學者興起」，更能使「政事多所裨益」。

另一方面，錢時對陸學傳統也有突破。陸九淵一生不事著述，錢時卻泛注諸經，所作有《周易釋傳》、《尙書演義》、《學詩管見》、《春秋大旨》、《四書管見》、《兩漢筆記》、《蜀阜集》、《冠昏記》、《百行冠冕集》等。當然，這種突破不自錢時始，他的老師楊簡，所著便「有《甲稿》、《乙稿》、《冠記》、《昏記》、《喪禮》、《家記》、《家祭記》、《釋菜禮記》、《石魚家記》，又有《己易啓蔽》等書」〔註17〕。「甬上四先生」中的袁燮，也曾「奉祠而歸，日從事於著書」，甚至「疾革，猶著述弗倦」〔註18〕。不過楊簡所注集中在《禮》和《易》，錢時所注則遍涉五經四書，在注解範圍上比楊簡更進一步。客觀上講，錢時遍注諸經，對陸學思想的文本建設貢獻良多，可惜，這一點並沒有得到後人的普遍認可，相反還有人以此對他發起攻擊，譬如元代浙東陸學家趙偕，便說「錢時小人，行己著書，趨時悖道，罔眾干名，乃斯文中之大罪人也」〔註19〕。需要特別提出的是，錢時曾主講象山書院，「遠近學者聞風雲集，至無齋以容之，則又修書院之外左方廢寺之法堂以處之」〔註20〕，盛況可見一斑。錢時曾受邀在嚴陵、新安講學，將陸學的思想廣泛傳播，爲南宋後期以及元代陸學的發展撒下了種子。

袁甫（生卒年不詳），字廣微，號蒙齋，南宋慶元府鄞縣（今浙江寧波）人。父袁燮，「甬上四先生」之一。宋寧宗嘉定七年（1214），袁甫得中進士第一，授秘書省正字。歷官校書郎、秘書少監、起居舍人兼崇政殿說書，知建寧府，提點浙東刑獄等，後因反對丞相史嵩之議和，授官多不拜。與錢時相比，袁甫更多以政事著稱，在地方任職時「篤意愛民」，在朝任職時敢於直諫，卒贈通奉大夫，諡正肅。著有《孝說》、《孟子解》、《江東荒政錄》、《防拓錄》等，另有《蒙齋集》四十卷。〔註21〕

〔註17〕　（元）脫脫等《宋史》卷四百零七「楊簡」，清乾隆武英殿刻本。
〔註18〕　（清）黃宗羲《宋元學案》卷七十五《絜齋學案》引，清道光刻本。
〔註19〕　（元）趙偕《書示門弟子》，《趙寶峰先生文集》卷二，明嘉靖趙文華刻本。
〔註20〕　（清）李紱《陸子學譜》卷十六「門人上」袁甫本傳後引，清雍正刻本。
〔註21〕　（元）脫脫等《宋史》卷四百零五「袁甫」，清乾隆武英殿刻本。

　　袁甫少承父訓，後來又從楊簡問學，可謂「傳絜齋心，得慈湖髓」〔註22〕。關於袁燮與楊簡的思想異同，全祖望曾說：「慈湖（楊簡）之與絜齋（袁燮），不可連類而語，慈湖泛濫夾雜，而絜齋之言有繩矩。」〔註23〕又曰：「文元（楊簡）之教，不如正獻（袁燮）之密。」〔註24〕簡單地說，袁燮更加務實，楊簡更加高明，袁甫則採兩家之長，兼而有之。

　　袁燮的實學思想源於陸九淵，陸九淵曾說「吾平生學問無他，只是一實」〔註25〕。袁甫也繼承了這一思想，認爲「太極至實，至實而通」〔註26〕，聖人道法太極，所傳之學自然是實學。所謂實學，就是要杜絕空話，一切聯繫實際：「言施於事，則非空言；學可及物，則爲實學。」〔註27〕後人向聖賢學習，也要學習他們的實學精神，而不是執著於語言辯論：「執言論辯說以妄窺諸先生之門牆，而於其實德實行、植立修身、有益於人之家國者，乃不能取爲師法，則不足爲善學矣。」〔註28〕袁甫提倡實學，堅決把學問施於政事，是一個「上承陸子而發爲實心實政者」〔註29〕。他曾「提舉江東常平」，其間「江東或水而旱，或旱而水，重以雨雪連月，道殣相望，至有舉家枕藉而死者」，形勢非常嚴峻，他積極組織救荒事宜，「前後持節江東五年，所活殆不可數計」，顯示了強大的政治才能〔註30〕。袁甫還將自己救荒的經驗撰寫成《江東荒政錄》，爲後人治荒提供了借鑒。

　　袁甫同樣從楊簡那裏吸收了很多思想成分。楊簡對陸學思想的發展，主要是根據「心之精神是謂聖」，明確提出「人心即道」〔註31〕，另外就是提倡靜修，「以不起意爲宗」〔註32〕。袁甫也充分體認到本心的作用，認爲「此心即仁」、「心即善也，即中庸也」，並認爲「道即本心，天地同體，虛

〔註22〕　（宋）眞德秀《袁廣微眞贊》，《西山文集》卷三十四，《四部叢刊》景明正德刻本。

〔註23〕　（清）黃宗羲《宋元學案》卷七十五《絜齋學案》全祖望案語，清道光刻本。

〔註24〕　（清）全祖望《城南書院記》，《鮚埼亭集外編》卷十六，清嘉慶十六年刻本。

〔註25〕　（宋）陸九淵《象山集》卷三十四「語錄」上，《四部叢刊》景明嘉靖刻本。

〔註26〕　（宋）袁甫《易有太極銘》，《蒙齋集》卷十六，清《文淵閣四庫全書》本。

〔註27〕　（宋）袁甫《南康軍四賢堂記》，《蒙齋集》卷十四，清《文淵閣四庫全書》本。

〔註28〕　（宋）袁甫《重修白鹿書院記》，《蒙齋集》卷十三，清《文淵閣四庫全書》本。

〔註29〕　（清）李紱《陸子學譜》卷十六「門人」上，清雍正刻本。

〔註30〕　（元）脫脫等《宋史》卷四百零五「袁甫」，清乾隆武英殿刻本。

〔註31〕　（宋）楊簡《銘張渭叔墓》，《慈湖遺書》卷五，民國《四明叢書》本。

〔註32〕　（宋）楊簡《慈湖遺書》補編《楊世思書慈湖遺書節鈔略》，民國《四明叢書》本。

明洞徹，不可名狀」〔註33〕。至於修養的方法，袁甫提倡「窒欲」：「欲從何生，一念之萌。凝神靜觀，勿與欲爭。雲翳既散，日月自明。窒欲之要，不動亭亭。」〔註34〕袁甫吸收了楊簡「不起意」的觀點，不贊成對感情的刻意調節：

> 喜怒哀樂之爲患，而禁其勿喜、勿怒、勿哀、勿樂，激而反甚爲者多矣。孰若平吾心而毋起意焉，當喜而喜，當怒而怒，當哀而哀，當樂而樂。蕩蕩平平，奚所擬議；無適無莫，奚所較計？終日思未嘗思，終日不思未嘗不思。〔註35〕

袁甫思想的這兩點特徵，可以說是眞正得到了楊簡的精髓。

袁甫對陸學在浙東的傳播貢獻巨大，元初戴表元曾說：「正肅公既貴，嘗持江東憲節，數數爲士大夫講象山之說，行部之貴溪，乃爲象山改創祠塾。故江東之人，自正肅公而尊象山之道益嚴。」〔註36〕袁甫尊崇陸學，不過對朱學也不排斥，在他看來，「道一而已」，南宋諸先生出現的爭論，「正以道無終窮，學無止法，更相問辯，以求歸於一是之地」。他批判朱陸後學不能吸收諸先生的精髓，只會各立師說相互攻擊，「於是藩牆立、畛域分」。袁甫認爲：「弟子之尊其師，當先識其師之道，大本必正，大旨必明，則道在是矣。奚必於一話言之間、一去取之際，屑屑焉較短量長以是爲能事哉！」〔註37〕袁甫主張各學術派別和而不同，「不同乃所以爲和，不蘄於合，乃所以爲一致也」〔註38〕，這對融合南宋各派思想有啓發意義。〔註39〕

〔註33〕 袁甫《贈錢融堂詩序》、《贈徐通甫序》、《贈王次點序》，俱在《蒙齋集》卷十一，清《文淵閣四庫全書》本。

〔註34〕 （宋）袁甫《窒欲箴贈留靜翁》，《蒙齋集》卷十六，清《文淵閣四庫全書》本。

〔註35〕 （宋）袁甫《婺源縣思政堂記》，《蒙齋集》卷十二，清《文淵閣四庫全書》本。

〔註36〕 （元）戴表元《題新刻袁氏〈孝經說〉後》，《剡源集》卷十八，《四部叢刊》景明本。

〔註37〕 （宋）袁甫《鄞縣學乾淳四先生祠記》，《蒙齋集》卷十四，清《文淵閣四庫全書》本。

〔註38〕 （宋）袁甫《四賢堂贊》，《蒙齋集》卷十七，清《文淵閣四庫全書》本。

〔註39〕 關於袁甫的思想，有張如安論文《傳絜齋心、得慈湖髓——簡論袁甫的實心實政思想》，《寧波經濟：三江論壇》，2004年第12期。文章片面強調了袁甫的家學淵源，忽略了楊簡對袁甫的影響，似乎疏於考證；作者還認爲，袁甫和會朱陸思想，「是南宋四明地區由陸學向朱學轉軌的一個中間環節」。

二、江西弟子

　　陸九淵死後，陸學的重心轉到浙東，但也並沒有在江西完全絕跡。與江西第一代陸學弟子堅守門牆不同，第二代弟子在努力維護師說的同時，更加重視吸收朱學的合理成分，逐步走向「朱陸合流」。其中最知名的學者，便是南城包恢和鄱陽湯氏家族。

　　包恢（1182～1268），字宏父，一字道夫，號宏齋，南宋建昌南城（今屬江西）人。父包揚、伯父包約、叔父包遜皆「同學於朱、陸，而趨向於陸者分數爲多」〔註40〕，因此包恢可以說是陸門第二代弟子。包恢少年穎悟，曾爲其父門下弟子講《大學》，聞者驚歎。宋寧宗嘉定十三年（1220），包恢中進士，授金溪主簿，後歷官中外，皆有政績。宋度宗即位（1264年），召包恢爲刑部尚書，進端明殿學士，簽書樞密院事，封南城縣侯，政治事業達到巔峰。後以資政殿學士致仕，卒贈少保，諡文肅，有《敝帚稿略》八卷傳世。〔註41〕

　　包恢秉承了陸九淵的「本心」思想，自言「吾徒以宇宙爲一心，一心之外無餘地」〔註42〕。他反對對人心過多分析，認爲心是人類「貴於天地，靈於萬物」的一種特質，本無其名，後世聖人爲了便於言說，才將其立名爲心，「當其未有此名，但見此靈之運用，初未始有所欠，及其已有此名，是即無名之前運用之靈，亦未始有所增」，「若更於心上說心，贅爲形容，多爲名狀，則是已自爲支離矣」；他認爲，學者應該更注重存養本心，「據見今之心本然固然者，默加涵養，不必只管以言語解釋，多爲形容名狀，心亦本不可形容名狀也」〔註43〕。至於存養的方法，包恢則提倡靜坐，認爲「此最學者之眞實切要處」，他批評當時學者「除了聞見議論文字、傳注語錄，便似倀倀然無所歸宿，茫茫然無所憑藉」，「若能靜坐，而不倚聞見議論，不倚文字傳注語錄，乃是能自作主宰，不徒倚外物以爲主矣」〔註44〕。

〔註40〕　（清）黃宗羲《宋元學案》卷七十七《槐堂諸儒學案》，清道光刻本。

〔註41〕　（元）脫脫等《宋史》卷四百二十一「包恢」，清乾隆武英殿刻本。

〔註42〕　（宋）包恢《送吳規甫序》，《敝帚稿略》卷三，民國《宜秋館彙刻宋人集丙編》。

〔註43〕　（宋）包恢《答項司戶書》，《敝帚稿略》卷二，民國《宜秋館彙刻宋人集丙編》。

〔註44〕　（宋）包恢《與留通判書》，《敝帚稿略》卷二，民國《宜秋館彙刻宋人集丙編》。

　　包恢對陸九淵尊崇備至，認爲「若先生者，眞可以進乎夫子皞皞莫尙之明」〔註45〕。同時他也不無遺憾地指出，對陸學精髓「知之者鮮」，甚至還有人「妄加疑議」，這些人之中，不僅包括「苟私門戶之陋」的朱學後人，也包括「源流自先生，而浸失其傳者，方不免顚狂繆巧之病，其不爲先生之累者幾希」，對陸學後人不能發揚師說表達了不滿〔註46〕。包恢對朱熹本人比較尊重，認爲「學必有存主之處以爲本，必有持守之功以爲實。其致知講習，乃所以精此本實之所在，而非末非虛也」，但是對朱學後人則給予強烈的批判，認爲他們偏離了朱熹的本意：「近世爲先生之學者，往往多以格物爲主，至或偏於致知而廢力行，泛於講習而乏持守，其所謂致知講習者，又類失其本而流於末，無其實而入於虛，殊戾先生誨人之旨，大抵不過從事於解釋文義之間，卒之皆墮於空言而已。」〔註47〕包恢認爲朱陸大旨本來無異，反對後學黨同伐異自立門戶：「每謂二家宗旨券契籥合，流俗自相矛盾。」〔註48〕其弟子龔霆松進一步發揮師說，極力調和朱陸，著有《四書朱陸會同注釋》三十卷。〔註49〕

　　總體而言，包恢在思想上對陸學發展貢獻不大，其主要成就在於利用自己的地位影響宣傳陸學。元代方回批評他「以勢要挾四方學者從陸學」〔註50〕，雖然含有門戶之見，不過從中也可以看出，不管是否存在要挾，四方學者因他而從陸學，卻應該是比較客觀的現象。宋末元初的劉壎稱包恢「以學問爲時師表」〔註51〕，清代李紱也認爲：「陸子再傳弟子，惟包文肅、袁正肅二公，尤爲能大昌陸子之學。」〔註52〕包恢的學問不僅得到後世學者的認可，也得到當

〔註45〕　（宋）包恢《陸象山先生贊》，《敝帚稿略》卷五，民國《宜秋館彙刻宋人集丙編》。

〔註46〕　（宋）包恢《跋象山先生二帖》，《敝帚稿略》卷五，民國《宜秋館彙刻宋人集丙編》。

〔註47〕　（宋）包恢《跋晦翁先生帖》，《敝帚稿略》卷五，民國《宜秋館彙刻宋人集丙編》。

〔註48〕　（元）劉壎《朱陸合轍序》，《水雲村稿》卷五，清《文淵閣四庫全書》本。

〔註49〕　關於包恢的陸學思想，參見陳忻《包恢及其〈敝帚稿略〉的心學傾向考論》，《重慶社會科學》，2005年第7期。

〔註50〕　（元）方回《送柯山山長黃正之序》，《桐江續集》卷三十一，清《文淵閣四庫全書》本。

〔註51〕　（元）劉壎《隱居通議》卷十七「文章五」《范去非墓誌》，清《海山仙館叢書》本。

〔註52〕　（清）李紱《陸子學譜》卷十六「門人上」，清雍正刻本。

時最高統治者的稱讚，宋度宗在位，「比恢爲程顥、程頤」〔註53〕，尊崇可見一斑。可惜令人遺憾的是，包恢晚年趨附賈似道，在個人品德上留下瑕疵。宋理宗景定初，賈似道推行公田法，「人心不服，一路騷然。朝廷除包知平江府，專領公田，行以峻急，至施肉刑」〔註54〕。宋度宗即位後，賈似道專權，包恢受邀入閣，頗受時人非議〔註55〕。儘管如此，他對陸學的堅持和發揚，以及會同朱陸的思想，依然對後世有重大意義。甚至可以說，正是因爲與賈似道的合作，才爲他發揮影響傳播陸學創造了條件，所以不可一概非之。

鄱陽湯氏，是陸學在江西的一支重要力量。清人全祖望曾說：「陸文安弟子，在江南西道中最大者，有鄱陽湯氏……而向來無知之者。」〔註56〕湯氏在南宋後期出了四位學者：湯干、湯巾、湯中、湯漢〔註57〕，四人之中，湯漢的陸學成就相對較高。湯漢（約1198～1275），字伯紀，號東澗，全祖望曾介紹其家學淵源：「三湯子（湯干、湯巾、湯中）之學並出於柴憲敏公中行，固朱學也；其後又並事眞文忠公（眞德秀），亦朱學。乃晚年則息（湯中）、存（湯干）二老仍主朱學，稱大小湯，而晦靜（湯巾）別主陸學。」〔註58〕湯漢則既受家人影響，又嘗從柴元裕學〔註59〕，思想淵源較爲複雜。《宋史》卷四百三十八有湯漢本傳，介紹了其一生從宦經歷，可惜未涉及其學術成就。

湯漢曾箋注《陶淵明集》，編輯《妙絕古今》，對後世頗有影響。另有文集六十卷，今已不存。對於湯漢的理學思想，我們無從細論，只能通過後人的

〔註53〕 （元）脫脫《宋史》卷四百二十一「包恢」，清乾隆武英殿刻本。

〔註54〕 （元）劉一清《錢塘遺事》卷五「公田賞罰」，清光緒《武林掌故叢編》本。

〔註55〕 （元）劉壎《賀宏齋包尚書遷樞密》，《水運村吟稿》卷四，清道光刻本。末聯「早了經綸尋獨樂，不須靈壽向人扶」，諷刺包恢接受任命是趨附於賈似道。

〔註56〕 （清）全祖望《奉答臨川先生序三湯學統源流箚子》，《鮚埼亭集》卷三十四，《四部叢刊》景清刻本。本節引用全祖望關於三湯的論述皆出自本篇。

〔註57〕 《宋史》卷四百三十八湯漢本傳：「湯漢，字伯紀，饒州安仁人，與其兄干、巾、中皆知名當時。」不過全祖望卻認爲湯干、湯巾、湯中「乃東澗（湯漢）之從父也」。王梓材在《宋元學案》卷八十四引用袁甫《送林德甫教授序》：「德甫受知眞西山，結交湯同年仲能及其弟伯紀」，回到了《宋史》的說法。

〔註58〕 （宋）徐元傑《楳野集》卷八《白左揆論時事書》：「湯巾明朱氏之學」，清《文淵閣四庫全書》本。清人王梓材在《宋元學案》卷八十四進一步考證，認爲和會朱陸的應該是湯干。今人盧萍作《宋代安仁湯氏學統源流考辨》，對此有進一步的闡述說明，《江西師範大學學報（哲學社會科學版）》，2007年4月。

〔註59〕 全祖望認爲，湯漢之學「獨得於晦靜」。（明）凌迪知《萬姓統譜》卷十五：「柴元裕，字益之……湯漢、李伯玉、饒魯皆其門人。」可見湯漢也曾受朱學影響，清《文淵閣四庫全書》本。

評價，略述一二。元初袁桷曾說：「淳祐中，鄱陽湯中氏合朱陸之說，至其猶子端明文清公漢，益闡同之，足以補兩家之未備。」〔註60〕全祖望據此認為，湯漢乃「會同朱、陸之最先者」〔註61〕。元末趙汸也說：「聞之湯氏家學，祖朱宗陸，而且有取於莊氏之書。」〔註62〕其實湯氏這種融會貫通的學風，在湯干身上已有體現。湯干曾與真德秀「相與論洙泗伊洛之源流，與朱陸氏之所以同異者，旁及方外之學，融會貫通，卓然自有見處」，並且曾經對真德秀說：「儒佛之道雖殊，要皆以求本心為主，倘能悟所謂活法者，則雖混融為一可也。」〔註63〕可見湯氏不僅主張和會朱陸，對佛、道思想也能夠積極容納吸收。

據《宋元學案》所載，湯氏之學的傳人在江西有謝枋得和曾子良，前者是南宋末年的著名愛國之士，宋亡之後，拒不附元，絕食而死。後者與元初劉壎多有交往，對南宋陸學向元代陸學的傳承發揮了一定作用。湯氏之學的影響還及於浙東，其中晦靜（湯巾）門人徐霖，即是三衢（今浙江衢州）人，他和湯漢一起，標誌著宋代陸學的終結。宋元之際的方回曾說：「自湯漢伯紀、徐霖景說死，而象山之學無聞，慈湖之學亦無傳。」〔註64〕

三、南宋陸學式微的原因

上面介紹了南宋後期的幾位陸學弟子，他們對陸學的傳承起到了不可替代的作用。但是必須指出，與風靡一時的朱學相比，陸學仍處於絕對劣勢。

至於陸學式微的原因，元初劉壎曾有過一段論述：「顧其學（陸學）不如朱學之盛行者，蓋先生（陸九淵）不壽，文公（朱熹）則高年；先生簡易不著書，文公則多述作；先生門人不大顯，朱門則多達官羽翼其教。」〔註65〕劉壎的這則分析並未得到當今研究者的普遍認可，陳高華就曾撰文指出：「年

〔註60〕 （元）袁桷《龔氏四書朱陸會同序》，《清容居士集》卷二十一，《四部叢刊》景元本。

〔註61〕 （清）全祖望《奉臨川先生帖子一》，《鮚埼亭集外編》卷四十四，清嘉慶十六年刻本。

〔註62〕 （元）趙汸《題妙絕古今篇目後》，《東山存稿》卷五，清《文淵閣四庫全書》本。

〔註63〕 （宋）真德秀《湯武康墓誌銘》，《西山文集》卷四十二，《四部叢刊》景明正德本。

〔註64〕 （元）方回《送家自昭晉孫自庵慈湖山長序》，《桐江續集》卷三十一，清《文淵閣四庫全書》本。

〔註65〕 （元）劉壎《象山語類題辭》，《水雲村稿》卷五，《清文淵閣四庫全書》本。

齡的長短，著作的多少（陸氏也有作品傳世，並非『不著書』），當然也有一定的影響，但決不能成爲兩者盛衰的主要原因。至於門人顯達與否，也非確論。朱氏門人中固有權貴，陸學信徒中亦不乏達官貴人，如楊簡、袁燮均是。」〔註66〕劉壎的言論確實過於簡略，不過也並非毫無道理。爲了消除研究者的顧慮，下面筆者代爲詳解。

　　第一條關於年歲問題。朱熹生於宋高宗建炎四年（1130），卒於宋寧宗慶元六年（1200），享年71歲；陸九淵生於宋高宗紹興九年（1139），卒於宋光宗紹熙三年（1192年農曆臘月，公元1193年），享年55歲。雖然朱熹只比陸九淵晚死了七年多，但是就在這七年多里，南宋的政治形勢發生了很大變化。宋寧宗慶元元年（1195），也就是陸九淵死後的第三年，韓侂胄發動了針對理學家的「慶元黨禁」，朱熹作爲「僞學之魁」，被迫離開朝廷到武夷堂講學。不過歷史就是喜歡弔詭，學術也似乎天生便與政治背道而馳，越是在政治上受到迫害，越是在學術界受到追捧。不僅如此，後來的政客也把朱熹當作反對韓侂胄的一個招牌。宋寧宗開禧三年（1207），韓侂胄失勢被殺，史彌遠開始執政。爲了表示更化改制的決心，嘉定二年（1209）便將朱熹賜諡爲「文」，宋理宗寶慶三年（1227），又贈朱熹爲太師，追封信國公，改徽國公。因此「慶元黨禁對南宋儒學眞正的影響……從長時段來看，與其說是打擊，毋寧說是助長」。〔註67〕這裡獲得助長的，主要便是朱學。陸九淵直到嘉定十年（1217）才獲諡「文安」，終宋未得封公。朱、陸壽命長短對其學術發展的影響，還表現在各自學說的完善與否：朱熹享年七十一歲，形成了完整的學說系統，陸九淵只有五十五歲，學術建設仍有很多未竟的工作。陸九淵的思想體系存在著內在矛盾和不徹底之處，主要表現在：（一）在「獨歸之於人」的「心本體」之外，又提出「復歸之於天」的「天本體」；（二）既主張先立其大、反身而誠，又不反對即物窮理、格物致知，總之「歸結爲一句話，就是未能把道德本體完全建諸於人的心靈世界」。〔註68〕陸九淵自身思想的矛盾與不徹底，未能爲後人發揮陸學提供堅實的平臺，因此他的弟子「不是落於平庸，就是陷入禪窠」〔註69〕。直到明代王陽明的出現，才將心學修補完整並發揚廣大。如果陸九淵也能像朱熹一樣高壽，

〔註66〕陳高華《元代陸學》，《元史研究論稿》頁347，中華書局，1991年12月。
〔註67〕何俊《南宋儒學建構》頁287，上海人民出版社，2004年5月。
〔註68〕趙士林《從陸九淵到王守仁——論「心學」的徹底確立》，《孔子研究》，1989年第4期。
〔註69〕侯外廬等《宋明理學史》（上）頁606，人民出版社，1984年4月。

未必不能克服自身的矛盾，將心學思想發揮徹底。

第二條所謂「陸不著書」，並不是泛指一般的傳世作品，而是特指某一思想學說的系統的文本建設。朱熹在這方面下了很大工夫，主要表現爲對儒家經典的訓釋解讀，他的著作包括《周易本義》、《詩集傳》、《儀禮經傳通解》、《四書章句集注》，並與弟子蔡沈合著《書集傳》。另外，他還自作《家禮》，並作《資治通鑑綱目》，系統闡述了自己的思想。朱熹一向教育弟子讀書明理，並積極提供一整套閱讀教材，爲後人繼承和發揚朱學奠定了基礎。陸九淵爲學主張直指本心，並不十分重視對經典的解讀，時人指責他不教人讀書，他曾多次爲自己辯解：「某何嘗不教人讀書？」〔註70〕但是，陸九淵卻從來不曾爲任何一本經典作注，也不肯爲弟子門人編撰一本閱讀的教材，雖然留下了三十六卷的文集，但是仍然難以系統地傳達其心學思想。當然，這和陸九淵追求「易簡工夫」、反對「支離事業」的思想大有關係，也是陸學藉以和朱學抗衡的一道標籤。陸學主張發明本心，而本心是一個相當模糊的概念，雖然陸九淵反覆強調，無論何時何地的聖人，都會「此心同也，此理同也」〔註71〕，可惜並非人人都是聖人，或者說人人都自命爲聖人，思想的分歧是在所難免的。陸九淵在世的時候，大家還有個共同服膺的「仲裁」，陸九淵死後，弟子在發展陸學的過程中，便各自融入了自己的體會。而這些弟子的體會，遠遠達不到陸九淵的思想高度，反而失去了陸學的很多精華，凸顯了陸學的一些弊病。正如何俊所說：「在大師已逝的情況下，雖然各自的弟子們仍努力維護師說，但在當時，誰也難有像大師們那樣的左右力，留給後輩學者們的思想空間，很大程度上將取決於人們自己的閱讀」〔註72〕。從這一點上來說，朱學後人要比陸學後人幸運得多。著述的豐富與否還在另一方面影響著朱、陸的命運，這就是能不能便於統治者利用。慶元黨禁解除以後，史彌遠一反韓侂冑對理學的打壓，轉而極力褒崇理學，對理學家的著作也非常重視。宋寧宗嘉定五年（1212），朱熹所著《四書章句集注》被列入國學書目，並在此後的科舉考試中「成爲經義和試論闡釋儒家經典的標準」〔註73〕。朱熹著作進入科舉，成爲朱學風靡士林的一大促進因素，劉壎曾經指出：「晦庵歿，其徒大盛，其學大明，士大夫皆宗其說，片言隻字苟合時好，

〔註70〕（宋）陸九淵《象山集》卷三十五，《四部叢刊》景明嘉靖刻本。
〔註71〕（宋）陸九淵《象山集》卷三十六，《四部叢刊》景明嘉靖刻本。
〔註72〕何俊《南宋儒學建構》頁294，上海人民出版社，2004年5月。
〔註73〕黃強《朱熹：「代聖賢立言」的啓蒙者》，《東南大學學報（哲學社會科學版）》，2007年5月。

則可以掇科取士。而象山之學反鬱而不彰。」〔註74〕當然,著作豐富並不是朱學進入科舉的唯一原因,但是如果朱熹沒有這些著作,則無論統治者如何偏愛,也無法讓它成爲科舉的標準。相反,如果陸九淵也留下豐富的學術著作,則未必不能在科舉考試中佔據一席之地。

第三條所謂「門人不大顯」,當然不盡是事實,不過陳高華所舉的楊簡、袁燮,並不足以成爲陸學門人中達官貴人的代表。楊簡雖然在地方上頗有政績,不過入朝只是擔任秘書省著作佐郎、國史院編修官之類的文職;袁燮雖然曾爲國子監祭酒、禮部侍郎,但是因爲與史彌遠不和,不久即被罷官。在朱學後人中,眞德秀被召爲戶部尚書,最後官拜參知政事;魏了翁曾權禮部尚書,後來又同簽書樞密院事。和眞、魏相比,楊、袁確實顯得「不大顯」了。事實上,陸學門人中官至高位者另有人在:宋寧宗、理宗兩朝權臣史彌遠,獨相二十餘年,其家族便有許多陸學門人,自身據傳也是楊簡的弟子〔註75〕;袁燮族子袁韶,也曾在宋理宗時任參知政事;象山再傳包恢〔註76〕,宋度宗時官至端明殿學士、簽書樞密院事。不過遺憾的是,陸學後人中的這些顯貴,並沒有表現出太多「羽翼其教」的熱情,究其原因,則在於其它陸學家不善於利用這些人的政治影響,反而處處表現出對立的姿態。譬如史彌遠獨掌大權,其從兄史彌忠不僅不出面協作,反而「數勸其歸」;其弟史彌堅「以兄久在相位,數勸歸,不聽,遂食祠祿於家」;史彌鞏「以兄子入相,引嫌丐祠,遂以直華文閣提舉崇禧觀。里居,絕口不道時事」,「不登宗袞之門者三十年」〔註77〕。或許正是由於陸學人物的不合作態度,才使得本來師出楊簡的史彌遠,得權之後不僅沒有竭力提高陸學的地位,反而一上臺就爲朱熹賜諡封公〔註78〕。其它陸學後人不肯趨附這些「大顯」的權貴,他們內部也不懂得相互保護,反而充滿了權力鬥爭:「袁越公詔爲執政,世皆指爲史氏之私人,而

〔註74〕 (元)劉壎《隱居通議》卷一「理學一‧朱陸」,清《海山仙館叢書》本。
〔註75〕 (清)黃宗羲《宋元學案‧慈湖學案》只收入史彌遠從弟史彌堅等人,未將史彌遠收錄其中。(清)全祖望《奉臨川帖子四》:「慈湖弟子則有史丞相彌遠及與爆,絜齋弟子則有袁參政韶,即史嵩之亦嘗與和仲講學閣下。」如此則史彌遠本人亦爲陸學門人。
〔註76〕 包恢父包揚、伯包約皆師象山,詳見《宋元學案》卷七十七《槐堂諸儒學案》,清道光刻本。
〔註77〕 (清)黃宗羲《宋元學案》卷七十四《慈湖學案》引,清道光刻本。
〔註78〕 宋寧宗開禧三年(1207),韓侂胄失勢被殺,史彌遠開始執政,嘉定二年(1209)便將朱熹賜諡爲「文」,嘉定十年,才將陸九淵賜諡「文安」。宋理宗寶慶三年(1227),又贈朱熹爲太師,追封信國公,改徽國公。

卒以史氏忌其逼己而去。」〔註79〕慶元黨禁之後，理學從一種思想學說上升爲一種意識形態，其前途命運很大程度上受到政治形勢的影響。陸學門人不懂得珍惜自己的政治資源，反而對位居高官者進行排斥，彰顯了自己內部的矛盾，未能將陸學發揚光大，反而越來越顯式微。反觀這一時期的朱學，在眞德秀和魏了翁的不斷推動下，逐漸得到最高統治者的認可，宋理宗淳祐元年（1241），朝廷下詔，以周敦頤、張載、程灝、程頤、朱熹五人傳續聖學有功，「令學官列諸從祀」，「朱學從此被欽定爲正統……眞德秀與魏了翁起到了重要的作用」〔註80〕。因此，劉壎抱怨陸學門人「不大顯」，雖然與事實不盡相符，但是這些「大顯」的門人，對弘揚陸學並未作出應有的貢獻，實則可以等同於沒有。

陳高華否認了劉壎對陸學衰微原因的分析，認爲「朱學之所以興盛，陸學之所以衰微，關鍵在於宋朝統治者的態度」〔註81〕。這一論斷從更深的層次揭示了問題的實質，可惜並沒有進一步展開論述。筆者認爲，宋朝統治者之所以重視朱學、冷落陸學，最直接的原因就是二者對政治尤其是對皇權的態度有著根本的不同。

陸學尊崇個人本心，比較不那麼信奉權威，因此在政治態度上，也不像朱學那樣絕對推崇皇權。這一點可以從朱、陸對「皇極」的不同解釋中看出端倪。「皇極」一詞出自《尙書・洪範》，漢代孔安國將其解釋爲「大中之道」〔註82〕。朱熹對此表示不滿，作《皇極辨》另立新說：「皇者，君也；極者，至極之標準也。人君以一身立乎天下之中，而能修其身以爲天下至極之標準，則天下之事固莫不協於此而得其本然之正，天下之人亦莫不觀於此而得其固有之善焉。」〔註83〕突出了皇帝在治國治民中的絕對核心作用。陸九淵亦作講義，從字義上恢復了孔安國的訓釋：「皇，大也；極，中也。」並引用《尙書・湯誥》：「惟皇上帝，降衷於下民」，強調「衷即極也。凡民之生，均有是

〔註79〕　（清）全祖望《跋宋史袁韶列傳》，《鮚埼亭集外編》卷二十八，清嘉慶十六年刻本。

〔註80〕　何俊《南宋儒學建構》第五章第三節「思想的政治化：眞德秀與魏了翁」，上海人民出版社，2004 年 5 月。作者對眞德秀、魏了翁二人爲表彰朱學所作的努力做了詳盡的分析，茲不贅述。

〔註81〕　陳高華《元代陸學》，《元史研究論稿》頁 347，中華書局，1991 年 12 月。

〔註82〕　（漢）孔安國《尙書注疏》卷十一：「皇，大；極，中也。凡立事，當用大中之道。」清阮刻《十三經注疏》本。

〔註83〕　（宋）朱熹《皇極辨》，（宋）王霆震《古文集成前集》卷六十七前壬集六，清《文淵閣四庫全書》本。

極」〔註84〕。陸九淵另有《雜說》一篇，認爲「皇極之建，彝倫之敘，反是則非，終古不易。是極是彝，根乎人心而塞乎天地」〔註85〕，表達了他一貫堅持的「人孰無心，道不外索」〔註86〕的思想，既然人人心中都天然地具有了這種「大中之道」，客觀上便消解了皇帝的最高權威。余英時在討論王陽明的時候說過一段話：「他（王陽明）的意思顯然是要通過喚醒每一個人的『良知』的方式，來達成『治天下』的目的。這可以說是儒家政治觀念上一個劃時代的轉變，我們不妨稱之爲『覺民行道』，與兩千年來『得君行道』的方向恰恰相反。」〔註87〕事實上，這種「覺民行道」的思想，在陸九淵那裏已經有了根基。陸學不僅消解皇帝的絕對權威，更對一切制度建設毫無興趣，清初顧炎武尖銳地指出：「南渡已後，二陸起於金溪，其說以德性爲宗，學者便其簡易，群然趨之，而於制度文爲，一切鄙爲末事。」〔註88〕照此思路繼續推衍，很容易走向「覺民行道」的路子。〔註89〕

　　陸學家難以取悅最高統治者，還因爲他們對科舉的態度。我們知道，朱熹雖然也曾批判「科舉累人不淺」，但卻清醒地認識到「廢他不得」，只能在原來的基礎上「兼他科目取人」，即變「經義格子」，立「德行之科」〔註90〕。另外如前所述，朱熹致力著述，客觀上也爲南宋後期的科舉提供了文本支持。今人黃強分析「朱熹對南宋後期直至清末七百年科舉考試的影響」，便將他定義爲「科舉制撥亂反正的理想主義者」。〔註91〕陸九淵則十分尖銳地指出：「今

〔註84〕（宋）陸九淵《荊門軍上元設廳講義》，《象山集》卷二十三，《四部叢刊》景明嘉靖刻本。
〔註85〕（宋）陸九淵《雜說》，《象山集》卷二十二，《四部叢刊》景明嘉靖刻本。
〔註86〕（宋）陸九淵《與舒西美》，《象山集》卷五，《四部叢刊》景明嘉靖刻本。
〔註87〕余英時《宋明理學與政治文化》頁190，吉林出版集團有限責任公司，2008年4月。
〔註88〕（清）顧炎武《儀禮鄭注句讀序》，《亭林詩文集》卷二，《四部叢刊》景康熙本。
〔註89〕關於朱陸對皇權的態度，余英時在《宋明理學與政治文化》中有不同說法，他認爲朱熹堅持「無極而太極」，就是提倡無爲之爲的「虛君」政治，皇帝的職責只在於「用一個好人做相」，陸九淵對此持批評態度，認爲太極乃實理，「若以爲無，則君不君臣不臣父不父子不子矣」。眼下之意，似乎陸九淵比朱熹更維護皇權。我認爲，將「無極而太極」引申爲「虛君」政治，似乎略顯牽強；而陸九淵罵朱熹「君不君臣不臣」，也是辯論中一直常扣的大帽子，並不足以說明陸九淵維護皇權。
〔註90〕俱見（宋）黎靖德《朱子語類》，明成化九年刻本。
〔註91〕黃強《朱熹：「科舉制」撥亂反正的理想主義者》，《東南大學學報（哲學社會科學版）》2008年7月。

天下士皆溺於科舉之習，其言往往稱道《詩》、《書》、《論》、《孟》，綜其實，特藉以爲科舉之文耳。」〔註92〕認爲「今人多被科舉之習壞」〔註93〕。楊簡對科舉的反對態度更加激烈，他曾論「方今治務，其最急者五」，其三便是「罷科舉，而鄉舉里選賢者能者」〔註94〕。陸學家批判科舉，尤其批判專門應付科舉的時文。當年陸九淵在象山講學，多與學者辨析時文之非，以至於有人得出結論：「孟子闢楊、墨，韓子闢佛、老，陸先生闢時文。」〔註95〕科舉考試是統治者籠絡讀書人的重要手段，朱學家對科舉持修正態度，陸學家卻持反對態度，最高統治者自然更願意接受朱學。

通過以上分析，我們很容易明白，政治因素確實是決定朱、陸不同命運的重要力量，於是在慶元黨禁之前，作爲自由辯論的思想學說，陸學完全可以和朱學分庭抗禮；而在慶元黨禁之後，理學上升爲一種意識形態，陸學便很快失去了與朱學抗衡的能力。

第二節　元初士人對陸學的批判與迴護

陸學不與政府合作，自然也受到政府的排擠，南宋休寧（今屬安徽）人汪深，人品、學問爲時稱道，就因爲信奉的是陸學而不是朱學，就被國學拒之門外：「時近臣以先生薦於國學，而議者以主靜（汪深號）之學陸學也，非朱子之學也，遂罷其事。」〔註96〕與此同時，在學界已占上風的朱學弟子，更是不遺餘力地對陸學進行批判。朱熹在世時便對陸九淵有很多批評，其中最重要的一條，便是「陸子靜所學，分明是禪」〔註97〕，弟子陳淳發揮師說，更聲稱「陸學從來只有尊德性底意思，而無道問學底工夫，蓋厭繁就簡，忽下趨高者，其所精要處，乃陰竊釋氏之旨，而陽託諸聖人之傳，確然自立一家」〔註98〕。這種批判陸學的風氣延續到宋末元初，最知名的一位接力者，便是徽州（今安徽黃山市）學者方回。

〔註92〕　（宋）陸九淵《與李宰二》，《象山集》卷十一，《四部叢刊》景明嘉靖本。
〔註93〕　（宋）陸九淵《象山集》卷三十五「語錄」，《四部叢刊》景明嘉靖本。
〔註94〕　（宋）楊簡《論治務》，《慈湖遺書》卷十六，明嘉靖刻本。
〔註95〕　（宋）陸九淵《象山集》卷三十四「語錄上」，《四部叢刊》景明嘉靖本。
〔註96〕　（元）陳櫟《汪主靜先生墓誌銘》，《定宇集》卷九，清康熙刻本。
〔註97〕　（宋）黎靖德《朱子語類》卷一百一十六「訓門人四」，明成化九年刻本。
〔註98〕　（宋）陳淳《與姚安道》，《北溪大全集》卷三十一，明抄本。

一、方回對陸學的批判

　　方回（1227～1307），字萬里，號虛谷，徽州歙縣（今安徽歙縣）人。宋理宗景定三年（1262）進士，因與權臣賈似道不合，居官多遭彈劾。宋恭帝德祐元年（1275），賈似道兵敗魯港，方回最先上書，力言其罪當斬。元世祖至元十三年（1276），南宋政府投降，方回受詔內附，任建德路總管。至元十八年（1281）致仕，寓居錢塘，賣文為生。有《桐江集》、《桐江續集》傳世。〔註99〕方回自稱「朱子之鄉晚出者」〔註100〕，對朱熹充滿敬仰之情，甚至將其擬於孔子：「天之相斯文也，既生孔子於前，以集先聖之大成；又生朱子於後，以集諸儒之大成……學堯舜者必自孔子，學孔子者必自朱子。」〔註101〕

　　方回如此尊崇朱學，對於不符合朱學思想的其它人物，自然充滿排斥和批判，他曾列出以下清單：「象山（陸九淵）之學超詣，水心（葉適）之學刻畫，後村（劉克莊）之詩卑陋，樗僚（張即之）之字怪癖」，雖然四者並列指出，但是在方回心中，陸學的危害顯然更在其它三者之上，「此四者皆不可，尤不可第一癖」〔註102〕。方回對陸學的批判，用一句話可以概括：「專踐履，鄙講讀，禪機而儒言。」〔註103〕類似的話也曾出自朱熹之口：「子壽（陸九齡）兄弟氣象甚好，其病卻是盡廢講學而專務踐履，卻於踐履之中要人提撕，省察悟得本心，此為病之大者。」〔註104〕下面結合方回文集，對此做一點分析

〔註99〕方回生平據元代洪焱祖《方總管傳》，（明）程敏政《新安文獻志》卷九十五上「行實」，明萬曆四十二年刻本。另有周密《癸辛雜誌》「別集卷上」：「回為庶官時，嘗賦梅花百詠以誚賈相，遂得朝除。及賈之貶，方時為安吉倅，慮禍及己，遂反鋒上十可斬之疏以掩其跡，時賈已死矣，識者薄其為人……未幾北軍至，回倡言死封疆之說甚壯。及北軍至，忽不知其所在，人皆以為必踐初言死矣，遍尋訪之，不獲，乃迎降於三十里外，大帽氈裘，跨馬而還，有自得之色，郡人無不唾之。」種種醜態，不一而足。清人紀曉嵐據此直言：「文人無行，至方虛谷而極矣。」（《〈瀛奎律髓刊誤〉序》，《紀文達公遺集》卷九，清嘉慶十七年紀樹馨刻本。）

〔註100〕（元）方回《吳雲龍詩集序》，《桐江續集》卷三十二，清《文淵閣四庫全書》本。

〔註101〕（元）方回《潤學重修大成殿記》，《桐江續集》卷三十五，清《文淵閣四庫全書》本。

〔註102〕（元）方回《送繆鳴陽六言》，《桐江續集》卷二十二，清《文淵閣四庫全書》本。

〔註103〕（元）方回《晦庵集抄序》，《桐江集》卷一，清《宛委別藏》本。

〔註104〕（宋）朱熹《答張敬夫：十二月》，《晦庵集》卷三十一，《四部叢刊》景明嘉靖刻本。

和評述。

　　1. 陸學專注踐履，鄙棄講讀，丟棄了對心的存養工夫。陸九淵爲學不事空言，提倡踐履，因此才能修成「刀鋸鼎鑊底學問」〔註105〕。方回對此不以爲然，他首先從經典出發，認爲「孔門之學，此心未發有存養，此心既發有省察，具見子思《中庸》首章。孟子多言已發之心，然曰：『我善養吾浩然之氣。』存其心，養其性，皆未發以前事。陸（九淵）、楊（簡）二老所學，有下一截，無上一截」〔註106〕。所謂上一截，即「此心未發」之前的存養，所謂下一截，即「此心既發」之後的省察，陸學提倡踐履，自然更在省察之後。〔註107〕方回甚至認爲：「陸子靜專指乎心精神情之發見者以爲學，則近乎從事於氣而不根於性。」〔註108〕在理學家公認的概念範疇內，性理是天與之善，氣則有清有濁，其中濁氣更是萬惡的來源，因此理學家多將天地之性與氣質之性對立。方回此言，相當於將陸學踢出了「性理之學」的正統圈子。但是，陸九淵並非完全不講存養，他承認「古人教人，不過存心、養心、求放心」，只是「此心之良，人所固有」，「人孰無心，道不外索」〔註109〕。陸九淵「於踐履之中要人提撕」，認爲存心就是「遏惡揚善，順天休命」〔註110〕，反對世人「內無所主，一向縈絆於浮論虛說，終日只依藉外說以爲主，天之所與我者反爲客，主客倒置，迷而不反」〔註111〕。陸九淵對世人的這一點批判，傷到了以格物爲主的朱學的根本，引起方回的強烈反駁：「《大學》以致知格物在誠意之先，而誠意又在乎正心之先，心之所以必得其正者，其道由此。而陸氏兄弟徑去此一段，不復於此教人用力，特以爲一悟本心而可以爲聖賢。」他進一步指出以悟爲宗的危害，會讓大家覺得學問是一件很輕易的事：「今日

〔註105〕（宋）陸九淵《象山集》卷三十五「語錄」，《四部叢刊》景明嘉靖刻本。

〔註106〕（元）方回《送家自昭晉孫自庵慈湖山長序》，《桐江續集》卷三十一，清《文淵閣四庫全書》本。

〔註107〕牟宗三先生對此有不同解釋，他認爲：「講內聖之學，自覺地作道德實踐之工夫，首應辨此本心，此是直接的本質相干之第一義。若不先正視此義，而只『留情傳注』、『著意精微』，縱使講得十分好，亦是歧出，或只是第二義以下者。」《從陸象山到劉蕺山》第二章第一節（頁57），上海古籍出版社，2001年12月。

〔註108〕（元）方回《汪虞卿鳴求小集序》，《桐江續集》卷三十四，清《文淵閣四庫全書》本。

〔註109〕（宋）陸九淵《與舒西美》，《象山集》卷五，《四部叢刊》景明嘉靖刻本。

〔註110〕（宋）陸九淵《與楊守三》，《象山集》卷九，《四部叢刊》景明嘉靖刻本。

〔註111〕（宋）陸九淵《與曾宅之》，《象山集》卷一，《四部叢刊》景明嘉靖刻本。

愚夫也，而一超直入，悟此心之本善，則堯舜在是矣。」〔註112〕其實，這正是陸學的可貴之處，陸九淵繼承孟子的思想，認為「人皆可以為堯舜」，不必「艱難其途徑，支離其門戶」〔註113〕，楊簡也認為「人心自善」，「愚夫愚婦咸有之，奚獨聖賢有之？人人皆與堯、舜、禹、湯、文、武、周公、孔子同，人人皆與天地同」〔註114〕。陸學鼓勵人人向學，希聖成賢，這種平民化的教育路線與朱學「讀書明理」的士人化教育路線截然不同，自然會引起方回的極大不滿。

2. 陸學近禪，抄襲佛家學說。朱熹曾經說過：「陸子靜分明是禪。」〔註115〕方回沿著這一思路，也認為陸學「本源涵養，似有虧欠，一超直入，流為釋氏」〔註116〕，「陸（九淵）、楊（簡）所見，乃佛家『作用是性』之說，謂作用乃心之屬乎情者。以心為性，體認未真」〔註117〕。為了證明自己所說非一己私見，方回還將社會輿論引為證據：「陸子靜之學雜彼禪佛，四海公論有如此。」〔註118〕這條輿論並非方回杜撰，陸九淵弟子吳君玉曾說：「天下皆說先生是禪學，獨某見得先生是聖學。」〔註119〕當然，吳君玉單憑自己的「獨見」，並不能消弭天下人對於「陸學近禪」的指控，陸學弟子更是對此不遺餘力地辯解。不過在方回看來，這些辯解是很站不住腳的，譬如包恢，「力辨象山非釋氏禪學，口費氣餒。他日乃曰：『象山嘗聞鼓聲而悟』，然則非禪而何？」〔註120〕其實，宋代理學陰取佛老，是各家都有的普遍現象，陸學如此，朱學也不能例外〔註121〕。進一步講，儒、釋、道三家思想，本身就有很多相通之

〔註112〕（元）方回《瀛奎律髓》卷四十二陸九淵「和鵝湖教授韻」後，明初刻本。

〔註113〕（宋）陸九淵《與舒西美》，《象山集》卷五，《四部叢刊》景明嘉靖刻本。

〔註114〕（宋）楊簡《二陸先生祠記》，《慈湖遺書》卷二，明嘉靖刻本。

〔註115〕（宋）黎靖德《朱子語類》卷一百二十三，明成化九年刻本。

〔註116〕（元）方回《汪虞卿鳴求小集序》，《桐江續集》卷三十四，清《文淵閣四庫全書》本。

〔註117〕（元）方回《送家自昭晉孫自庵慈湖山長序》，《桐江續集》卷三十一，清《文淵閣四庫全書》本。

〔註118〕（元）方回《送趙無己之臨川》，《桐江續集》卷二十六，清《文淵閣四庫全書》本。

〔註119〕（宋）陸九淵《象山集》卷三十四「語錄上」，《四部叢刊》景明嘉靖刻本。

〔註120〕（元）方回《讀包宏齋敝帚集跋》，《桐江集》卷三，清《宛委別藏》本。

〔註121〕關於宋明理學與佛老思想的關係，研究者已經有很多成果，其中關於朱熹的，可參見孫利《朱熹對佛老心性思想的借鑒與批判》，《廊坊師範學院學報》，2008年01期。

處，明代甚至更有人放言：「孔子近禪，孟子近玄。」〔註122〕如果孔、孟的思想都有與佛道相通的地方，朱、陸後學更不必爲此爭論不休。

3. 方回不僅從學理上批判陸學，更從道德上對陸學人物進行批判。方回從朱陸「鵝湖之會」開始說起，指出「子靜是時以年少英銳之氣，肆其唐突，兄弟二詩詞，意皆頗不遜」，具體而言，「子壽（陸九齡）詩題云《鵝湖示同志》，且文公年爲二陸之長，仕宦、輩行蓋亦在先，而云示同志，亦可謂僭而不謙矣」〔註123〕。事實上，陸九齡只比朱熹小了兩歲，稱朱熹爲「同志」未爲不可；陸九淵也只比朱熹小了九歲，參加「鵝湖之會」時已經 37 歲，似乎也不能再稱爲「年少」。〔註124〕況且朱陸辯論學術異同，但求眞理之所在，本不必考慮年齡的因素。方回不僅質疑二陸的道德水準，對陸學弟子更加毫不留情地批判，其中包恢便是他的重點打擊對象。方回批評包恢爲政苛酷，「爲浙西憲時，俗以『包屠』呼之，於『包龍圖』中去一字，謂其酷也」；包恢曾積極響應賈似道行公田法，方回認爲他「老繆貪進，失人心，戕國脈」；方回還借他人之口，說包恢「本教村學，兼善談命，健啖，嗜犬肉」，勾畫了一幅猥瑣的嘴臉，以致最後自己也感歎，包恢的出現是「世道衰而怪物作」。〔註125〕方回從道德上批判陸學人物，可惜他自己的品格問題，也一直受到後人的嘲笑，清代四庫館臣批評他「人品卑污」〔註126〕，紀曉嵐甚至認爲：「文人無行，至方盧谷而極矣。」〔註127〕

方回如此批判陸學，自然是出於衛道的熱情，另一方面也有對陸學擴張的焦慮。我們前面已經分析，南宋理宗朝以後，陸學在與朱學的對抗中已經式微，不過「百足之蟲死而不僵」，仍然有不少陸學後勁在堅挺地維護並傳播陸學。方回曾經不無擔心地指出，浙東楊簡「嘗爲史彌遠師，故一時崇長昌

〔註122〕（明）戴君恩《剩言》卷十二「外篇一」：「頃與友人譚及聖學，有曰：『孔子近禪，孟子近玄。彼其自道曰無知，曰無能，曰何有，其門人曰無意、無必、無固、無我，不居然禪宗語乎？論養心曰寡欲，論養氣曰持志，曰勿正勿忘勿助長，不居然道家言乎？』」明刻本。
〔註123〕（元）方回《瀛奎律髓》卷四十二陸九淵「和鵝湖教授韻」後，明初刻本。
〔註124〕朱熹生於宋高宗建炎四年（1130），陸九齡生於宋高宗紹興二年（1132），陸九淵生於紹興九年（1139），「鵝湖之會」發生在宋孝宗淳熙二年（1175）。
〔註125〕（元）方回《讀包宏翁敝帚集跋》，《桐江集》卷三，清《宛委別藏》本。
〔註126〕（清）永瑢《四庫全書總目》卷一百六十六「集部十九」《桐江續集》，清《文淵閣四庫全書》本。
〔註127〕（清）紀曉嵐《〈瀛奎律髓刊誤〉序》，《紀文達公遺集》卷九，清嘉慶十七年紀樹馨刻本。

熾，其說大行」，江西包恢等人也「以勢要挾四方學者從陸學」，「四明、江西合爲一，排文公之學，或者屈而調護之，過矣」〔註128〕。方回還舉了一個例子，證明在與陸學的競爭中，朱學還有某些落後的地方：「袁廣微爲江東憲，創信州象山書院，而吾州未有紫陽書院。」〔註129〕方回反對有人打著和會朱陸的旗號對陸學進行「調護」，主張乘勝對陸學進行最後的追擊，最終實現「世人無陸學，一笑過金溪」〔註130〕的絕對壟斷。

二、劉壎對陸學的迴護

有人對陸學進行批判，自然也有人爲陸學辯護，宋末元初堅守陸學最得力的學者，正是江西人劉壎。劉壎對陸學十分傾心，稱陸九淵「誠一世天才也」〔註131〕，針對前人對陸學的批判，也曾給予積極的回應。需要說明的是，劉壎與方回並沒有什麼交集〔註132〕，因此他對陸學的迴護，絕不是刻意針對方回的批判。具體而言，劉壎對陸學的迴護主要表現在以下幾點：

1. 爲陸九淵爭取道統地位。在歷代儒家派別之爭中，道統問題都是各派關注的核心，宋代理學家也不例外。朱學家所堅持的道統大致如下：

> 堯舜以執中之學傳後聖……孔子集先聖之大成，顏克，曾省，思修，孟養，得其傳。以氣論性之學，箋傳注疏之學，論撰詞章之學，少醇多疵，失其傳。惟周、二程、張再得其傳，而朱子翼以張、呂，集諸儒之大成，傳至於此，亦盛矣。〔註133〕

這裡不僅否認了漢唐諸儒的地位，更將陸九淵排除在道統之外。劉壎基本同意上述觀點，只是堅持將陸九淵加入其中：「鴻蒙未分，道涵太極。太極既判，

〔註128〕分別出自方回《送家自昭晉孫自庵慈湖山長序》，《桐江續集》卷三十一；《送柯山山長黃正之序》，《桐江續集》卷三十一；《讀算窗荊溪集跋》，《桐江集》卷三。
〔註129〕（元）方回《送家自昭晉孫自庵慈湖山長序》，《桐江續集》卷三十一，清《文淵閣四庫全書》本。
〔註130〕（元）方回《送劉仲鼎瀏陽教四首》（其四），《桐江續集》卷二十七，清《文淵閣四庫全書》本。
〔註131〕（元）劉壎《隱居通議》卷一「理學一·朱陸」，清《海山仙館叢書》本。
〔註132〕劉壎著作中唯一一次出現方回，是在《隱居通議》卷六「方紫陽序詩」，裏面介紹：「紫陽一號虛谷，名回，追憶似是嚴陵人。」
〔註133〕（元）方回《潤學重修大成殿記》，《桐江續集》卷三十五，清《文淵閣四庫全書》本。

道屬於群聖賢。自堯舜累傳而達乎孔孟，自孟氏失傳而俟夫宋儒。故有周、張、二程濬其原，而周則成始者也；有朱、張、呂、陸承其流，而陸則成終者也。」〔註134〕在劉壎看來，眞正「集諸儒之大成」，將性理之學發揮到極致的不再是朱熹，而是陸九淵。

對於不尊重陸九淵的人，劉壎總能給予適當的反駁。南宋時期，不僅朱熹對陸九淵存有偏見，連永嘉事功學派的葉適，也在「文集中稱朱文公或曰新安先生朱公，或曰朱公元晦，又嘗騰章爲文公力辨林黃中之劾。其於陳止齋、呂東萊亦屢稱之，獨不及於象山」。劉壎對此強烈質疑，認爲「此時號爲儒宗者有四，曰朱、張、呂、陸，何獨見遺……水心輕視，竊未所喻」〔註135〕。鑒於葉適在學術界的地位，劉壎並未冒然對他進行批判，而是千方百計地想要證明，其實葉適對陸學並無惡意。他引用葉適門人吳子良的話：「合朱、張、呂、陸之說，溯而約之於周、張、二程」，不無曲折地逆向推測：「予初疑水心（葉適）或有不滿於象山，今其高第弟子一筆貫通，即平日師友授受，必有確論。其爲此決定語而刻之金石者，殆出於師說也。」〔註136〕相反，對於那些承認陸九淵的學者，劉壎不吝讚美之詞。閩中學者林希逸曾說：「在昔隆、乾間，士之師道立，浙有東萊呂氏，建有晦庵朱氏，湘有南軒張氏，江西有象山陸氏，莆有艾軒林氏，皆以道師授，並世而立名者也。」劉壎對此高度評價：「閩中一種議論，各尊所聞，罕及呂、陸。而竹溪於此包羅不遺，已是特見，過於俗學。」〔註137〕不僅點名讚揚了林希逸，更一竿子打倒了許多「罕及呂、陸」的俗學之士。劉壎竭力爲陸九淵爭取地位，恢復名譽，爲下面其它方面的具體辯護立下了基礎。

2. 對「陸學近禪」與「陸不讀書」的辯護。面對世人「陸學近禪」的指控，陸學後人大多極力否認，撇清陸學與禪學的關係。劉壎卻採用了另一種策略，直言不諱地指出，「大概性命之學，不能不與禪相近」，宋代各家皆然，「不可專指陸以爲禪」〔註138〕。劉壎敏銳地觀察到，朱熹指責陸九淵近禪，

〔註134〕 （元）劉壎《陸文安公祠堂記》，《水雲村稿》卷三，清《文淵閣四庫全書》本。劉壎在《隱居通議》卷一「道統遺論」中，似乎也認爲不應該將「漢董生（仲舒）、唐韓子（愈）」排除在道統之外。

〔註135〕 （元）劉壎《隱居通議》卷一「理學一・水心論朱陸」，清《海山仙館叢書》本。

〔註136〕 （元）劉壎《隱居通議》卷一「理學一・朱張呂陸」，清《海山仙館叢書》本。

〔註137〕 （元）劉壎《隱居通議》卷三「理學三・竹溪論師傳」，清《海山仙館叢書》本。

〔註138〕 （元）劉壎《隱居通議》卷二「理學二・朱陸三」，清《海山仙館叢書》本。

不過自己也有很多近禪的言論，譬如在講到心性之學時，曾說：「此事除了孔孟，猶是佛老見得些形象。譬如畫人一般，佛老畫得些模樣，後來儒者於此全無相著。」後世儒者的諸多努力，其實卻都「輸與佛老」〔註139〕。劉壎引用這些話，旨在以彼之矛攻彼之盾，破除朱學家對陸學的指控。當然，劉壎並不能對佛老完全接納，在他看來，「佛老俱是略識原頭，然亦未可為真識也」〔註140〕，朱熹站在儒學的立場上闢佛，也是「大儒衛道，職當然耳」〔註141〕。劉壎對「陸學近禪」的辯護徹底而委婉，一方面對陸學在某方面的近禪承認不諱，避免了以後的更多指責、更多糾纏；另一方面，也對朱熹批判的本意表示理解，避免引起朱學陣營的更大反彈。

　　劉壎同時為「陸不讀書」的說法進行辯解。他引用陸九淵的原話：「某何嘗不教人讀書，只是讀得別耳。」所謂「讀得別」，就是不僅要通曉文義，更要看出文字之外的聖人意旨：「讀書固不可不曉文義，然只以曉文義為是，只是兒童之學，須看意旨所在。」〔註142〕劉壎還引用朱熹的話為陸九淵佐證：「學者只就冊子上鑽，卻不就本原理會，只成議論文字，與自家身心全無交涉。」同樣反對士人埋頭死讀，「詳味此言，又似與議陸者相矛盾也」〔註143〕。朱熹不僅批評學者「只就冊子上鑽」，自己「至晚年則亦悔注釋，有詩曰：『書冊埋頭無了日，不如拋卻去尋春』」〔註144〕，似乎倒開始有「不讀書」的嫌疑了。說來說去，朱、陸在讀書的問題上並沒有太大的異見，如此又何必厚此薄彼，對陸學妄加批判呢？

　　3. 援朱以證陸，提倡「朱陸合轍」。為了打消世人對陸學的批判，劉壎試著借助朱學的力量，在「朱陸合轍」的名義下發揚陸學。劉壎曾「取象翁文集手鈔焉，且復取晦翁語錄，摘其推尊文安者，著於篇端」，並將其定名為《朱陸合轍》。他認為「朱陸之學本領實同，門戶小異」，後來之所以有門戶之爭，全是因為門人弟子「交排互詆，嘩競如仇敵。遂令千古聖學之意，滋鬱弗彰

〔註139〕（元）劉壎《隱居通議》卷一「理學一・論子在川上章」，清《海山仙館叢書》本。

〔註140〕（元）劉壎《隱居通議》卷一「理學一・論子在川上章」，清《海山仙館叢書》本。

〔註141〕（元）劉壎《隱居通議》卷一「理學一・朱張呂陸」，清《海山仙館叢書》本。

〔註142〕（宋）陸九淵《象山集》卷三十五「語錄」，《四部叢刊》景明嘉靖刻本。

〔註143〕（元）劉壎《隱居通議》卷二「理學二・朱陸三」，清《海山仙館叢書》本。

〔註144〕（元）劉壎《隱居通議》卷二「理學二・朱陸一」，清《海山仙館叢書》本。

矣」。〔註145〕他還多次引用朱熹讚揚陸九淵的言論，並指出其晚年亦有悔改之意，清代四庫館臣據此認爲：「姚江晚年定論之說（王陽明《朱子晚年定論》，源出於此。」〔註146〕當然，和會朱陸的思想不自劉壎始，在他之前，已有江西湯氏等人首倡其說，包恢的弟子龔霆松，也著有《四書朱陸會同注釋》三十卷。可惜這些人物的言論今已不傳，劉壎的思想因此仍有重要意義。劉壎清楚認識到朱陸思想的不同：「朱氏之學，則主於下學上達，必由灑掃應對，而馴至於精義入神，以爲如登山然，由山麓而後能造絕頂也……陸氏之學，則主於見性明心，不涉箋注訓詁，而直超於高明光大。」並進一步指出二人分歧的內在原因：「二先生之學不同，亦由其資稟之異。晦庵則宏毅篤實，象山則穎悟超卓。」〔註147〕這種說法也被元代鄭玉等人所繼承，鄭玉認爲：「陸子之質高明，故好簡易；朱子之質篤實；故好邃密。蓋各因其質之所近而爲學，故所入之塗有不同爾。」〔註148〕二者相較，如出一轍。

劉壎在爲陸學辯護時，採用了求同而非立異的策略，不過需要說明的是，劉壎並未主動吸收朱學的思想，這也是他的「朱陸合轍」思想與元代「朱陸合流」思潮的最大不同。劉壎絕不是平等地看待朱陸，而是明確認爲朱不如陸，只是在具體表達的時候，採用了比較委婉的方式。例如他雖然承認「晦庵歿，其徒大盛，其學大明……象山之學反鬱而不彰」的現實，但同時也堅定不移地表示：「英偉魁特之士，未嘗不私相語曰：『時好雖若此，要之陸學終非朱所及也。』」〔註149〕毫無疑問，劉壎正是這「英偉魁特之士」中的一員，甚至可以認爲，這裡的「英偉魁特之士」，其實就是劉壎的代名詞。劉壎在朱學盛行的學術背景下，對陸學保持著不變的信仰，堅信隨著時代的變化，陸學總有一天會超過朱學：「今世道更，時好泯，公論且定矣。陸氏之學將大明於世，彼埋頭書冊、尋行數墨，尚襲故說以詆先哲，則蚍蜉撼樹，井蛙觀天者爾。」〔註150〕

在大力誇讚陸學的同時，劉壎還借用他人之口，對朱熹表達委婉的批判。他自稱曾認識一位「東門老」，是個人所公認的「大徹大悟」的人，這位東門

〔註145〕（元）劉壎《朱陸合轍序》，《水雲村稿》卷五，清《文淵閣四庫全書》本。
〔註146〕（清）永瑢《四庫全書總目》卷一百二十二「隱居通議」，清乾隆武英殿刻本。
〔註147〕（元）劉壎《隱居通議》卷一「理學一・朱陸」，清《海山仙館叢書》本。
〔註148〕（遠）鄭玉《送萬子熙之武昌學錄序》，《師山集》卷三，明嘉靖刻本。
〔註149〕（元）劉壎《隱居通議》卷一「理學一・朱陸」，清《海山仙館叢書》本。
〔註150〕（元）劉壎《象山語類題辭》，《水雲村稿》卷七，清《文淵閣四庫全書》本。

老曾說：「聖人之道本是渾全，朱晦庵先生說得破碎，今人不信孔子之說，卻信朱說，安能見道？」〔註151〕所謂「東門老」者，無名無姓，無跡可查，也很容易讓人覺得是作者的託名。另外，劉壎還從文學創作的角度比較朱陸之間的差別。他極度讚賞陸九淵的文學造詣：「象山之文，亦皆勁健斬截，不爲纏繞，至其遊戲翰墨，狀物寫景，信筆成文，往往亦光晶華麗，有文人才士所不能工者，誠一世之天才也。」〔註152〕不過對於朱熹的文學創作，卻再次借別人之口，委婉地表達了自己的批判：「三山張尙友，心甚向陸，且愛《荊公祠堂記》，謂不可及。因言文公筆下泥滯，亦可謂不私其鄉者。」〔註153〕

　　結合當時朱學興盛、陸學衰微的現實，劉壎並不像方回那樣，想把對方一口吃掉，從而實現自己的獨尊，而是在不觸犯朱學地位的前提下，爲陸學爭取一席之地。事實上，在宋元之際的那種情勢下，正是有了劉壎這樣人物的堅持，才使得陸學有了繼續生存的空間，爲陸學在元代中期的復興，並且爲明代心學的興盛奠定了基礎。

第三節　劉壎的思想淵源

　　在宋末元初的思想界，陸學已經十分式微，不過仍然有癡心的學者，堅定地保持著對陸學的信仰，上文提到的劉壎，就是其中一位傑出的代表。劉壎（1240～1319），南豐州（今江西省南豐縣）人，字起潛，號水邨。五歲喪父，隨母揭氏依外家。十歲起從師問學，博學多識，曾在吏部侍郎曾穎茂家坐館教書。宋度宗咸淳二年（1266），包恢簽樞密院事，邀其俱往，以母老辭。咸淳六年（1270）三十一歲，始涉科舉，中鄉試亞榜第一。此後多次受邀出仕，皆辭不赴。三十七歲南宋亡，更加絕意仕進。鄉人鄧秀山起兵興復，邀其加入，遭其拒絕。元世祖至元二十三年（1286），程鉅夫奉旨到江南搜羅人才，劉壎因丁母憂，未獲推薦。元成宗元貞元年（1295），攝南豐州學正，元武宗至大二年（1309），選任延平路儒學教授，三年任滿，弟子復請留教三年。元仁宗延祐六年（1319）卒於家，年八十歲。所著有《隱居通議》、《水雲村稿》等。

〔註151〕（元）劉壎《隱居通議》卷一「理學一・論悟」，清《海山仙館叢書》本。
〔註152〕（元）劉壎《隱居通議》卷一「理學一・朱陸」，清《海山仙館叢書》本。
〔註153〕（元）劉壎《隱居通議》卷二「理學二・朱陸二」，清《海山仙館叢書》本。

劉壎一生服膺陸學，「以道學鳴於時」〔註154〕，不過他的學術師承並不清晰，《宋元學案》、《陸子學譜》皆未將他收錄其中。根據現在掌握的資料，下面只能做一些零星的分析。

一、家學淵源

談論劉壎的思想淵源，首先要從他的家庭說起。劉壎的父親劉岩，在他五歲那年即已去世，劉壎只能隨母親生活，並在母親的督促下開始接受教育。劉壎曾深情回憶這一段生活，並追溯了自己世代名儒的家世：

> 吾宗自宋初升州通判生江樓府君，以德義儒雅大其門，子孫擢科列仕，文獻相承。至我曾大父登紹興第，為道州寧遠縣丞，沒於王事，以承事郎致仕。大父與先君世濟文學，為三百年詩禮故家。先母歸於我先君，先君沒，不孝孤甫五晬，依外氏。寡母孤兒，淒涼萬苦。先母勤婦工，致束脩，遣從師問學，率自督課。每孤燈青熒，母紉縫，兒講習，訖夜分，或雞鳴乃已。嘗曰：「汝家世名儒，吾望汝毋失為儒也。」是時仁聖在御，世運文明，不孝孤既長，獲以斯文受知魁儒名卿，碩師勝友，常車蓋盈門。先母聞其講義理，評文章，退輒喜。其獲齒士流，免淪落，由母教也。〔註155〕

通過這段話可以看出，劉壎世代為儒的家族背景，且不說具體的知識層面，僅僅在精神層面上，已經對劉壎造成了深刻的影響。文中提到的劉壎的遠祖，大多是以文章名家，其中江樓府君名劉元載，更是以詩文知名。劉壎家庭的理學淵源，還要從他的祖父輩說起。

劉壎的祖父劉炎，世稱光夫先生，生平不詳。但是劉炎的兄弟劉止，卻憑陸九淵弟子的身份而留名。劉壎在《隱居通義》裏收錄其族兄劉掞所作《劉氏族譜序》，其中有曰：

> 少肇居士生四子，四子之子生孫，孫生子，眾而多微，波流星散，譜系益落缺，不能盡詳。惟予大父泰夫府君與從祖光夫（諱炎，

〔註154〕 （清）謝旻《（康熙）江西通志》卷二十二「書院二·水雲書院」，清《文淵閣四庫全書》本。

〔註155〕 （元）劉壎《先母揭氏孺人壙誌》，《水雲村稿》卷八，清《文淵閣四庫全書》本。

水村大父）及定夫（諱止，象山高弟）二先生三派子孫，尚習詩書，

別刊善譜，可得而考。〔註156〕

劉定夫以字號行，是劉壎的從祖父，其理學師承略有爭議。清萬斯同《儒林宗派》將他歸爲「朱子門人」，黃宗羲《宋元學案》因襲了這一說法，不過稍晚於二者的李紱，卻將他收入《陸子學譜》中，劉壎這篇序文裏，也明確將其定爲「象山高弟」。〔註157〕

　　在現有的朱熹和陸九淵文集中，都有與劉定夫的書信往來。宋孝宗淳熙十四年（1187），劉定夫曾寫信與朱熹討論爲學之旨，朱熹在回信中對劉定夫多有批判：

　　　　所喻爲學之意甚善，然說話亦已太多。鄙意且要得學者息卻許

多狂妄身心，除卻許多閒雜說話，著實讀書。初時盡且尋行數墨，

久之自有見處。最怕人說學不在書，不務占畢，不專口耳下，稍說

得張皇，都無收拾，只是一場大脫空，直是可惡。細讀來書，似尚

有此意思，非區區所欲聞也。〔註158〕

劉定夫不知「著實讀書」，尚有許多「狂妄身心」，這些都是朱熹眼中的陸學弊病；而朱熹所堅持的「尋行數墨」，正是陸九淵深刻批判的「支離事業」。朱熹對劉定夫的這些批評，同時也是對陸學的批評，可見劉定夫在求教朱熹之前，思想中已經有了陸學的苗頭。因爲彼此分歧嚴重，劉定夫並沒有吸納朱熹的建議，而是繼續在自己的身心道路上越走越遠，朱熹同年還有另一封給劉定夫的信，對他的執迷不悟嚴加申斥：「來書詞氣狂率，又甚往時。且宜依本分讀書做人，未須如此胡說爲佳。」〔註159〕

　　劉定夫雖曾向朱熹問學，最終卻並不能接受朱熹的觀點，於是轉而向陸九淵求教。陸九淵曾在和朱熹的書信往來中討論此事，他承認劉定夫自身有許多不合人意的地方，但是更借機批評朱熹的誨人方式不當：

　　　　劉定夫氣稟屈強恣睢，朋儕鮮比，比來退然，方知自訟。大抵

學者病痛，須得其實，徒以臆想稱引先訓，文致其罪，斯人必不心

服，縱其不能辯白，勢力不相當，強勉誣服，亦何益之有？豈其無

〔註156〕　（元）劉壎《隱居通議》卷十六「文章四‧劉氏族譜序」，清《海山仙館叢書》
　　　　　　本。

〔註157〕　分別見《儒林宗派》卷十，《宋元學案》卷六十九，《陸子學譜》卷十四。

〔註158〕　（宋）朱熹《答劉定夫》，《晦庵集》卷五十五，《四部叢刊》景明嘉靖本。

〔註159〕　（宋）朱熹《答劉定夫》，《晦庵集》卷五十五，《四部叢刊》景明嘉靖本。

益，亦以害之，則有之矣。〔註160〕

同樣是面對狂妄倔強的劉定夫，朱熹不能循循善誘，只知道劈頭蓋臉地謾罵，難怪劉定夫不能心服，不願更改。陸九淵卻讓其自我審查，自己發現問題，自己解決問題。陸九淵批評朱熹面對後學不能以理服人，只能以勢壓人，不僅不能幫助後學進步，反而會打擊他們的學習熱情，甚至引起他們的逆反心理，造成更加有害的影響。在與弟子的討論中，陸九淵也曾舉劉定夫爲例，說明他與朱熹教學方式的不同：「因說定夫舊習未易消，若一處消了，百處盡可消。予（包揚）謂晦庵逐事爲他消不得，先生曰：『不可將此相比，他是添。』」〔註161〕陸九淵提倡易簡工夫，教導弟子直視本心，擺脫舊習的束縛，教學核心在於「減」；朱熹主張學者要多讀書，以新知壓制舊習，教學核心在於「加」。包揚未能理解其中區別，所以陸九淵特意與他辨別清楚。

經過陸九淵的悉心教誨，劉定夫自身的毛病得以解除，並成爲陸九淵特別看重的一位弟子，陸九淵曾經誇獎他「光明磊落」，又曾贊「定夫挾一物不放胡做」〔註162〕。陸九淵感歎社會世風日下，卻稱讚劉定夫能自拔於世俗：「先生感歎時俗汨沒，未有能自拔者，因歌學者劉定夫《象山》詩云：『三日觀山山愈妍，錦囊收拾不勝編。萬山擾擾何爲者，惟有雲臺山巋然。』」〔註163〕陸九淵還曾親自爲劉定夫的詩軸題詩，由衷讚歎「觀君一巨軸，奚啻百廬山」〔註164〕，這裡既是對其詩軸的肯定，更是對其人格的讚揚。劉定夫從一個倔強恣睢的狂妄後生，成長爲一個出淤泥而不染的學者，自然得益於陸九淵的教導有方。不過，劉定夫的思想也有偏激之處，如他對佛教過於寬容，甚至自己也溺於佛禪，這就引起了陸九淵的強烈不滿：

> 定夫舉禪，說：「正人說邪說，邪說亦是正，邪人說正說，正說亦是邪。」先生曰：「此邪說也，正則皆正，邪則皆邪，正人豈有邪說？邪人豈有正說？此儒釋之分也。」〔註165〕

〔註160〕（宋）陸九淵《與朱元晦》，《象山集》卷十三，《四部叢刊》景明嘉靖本。
〔註161〕（宋）陸九淵《象山集》卷三十五「語錄」，《四部叢刊》景明嘉靖本。
〔註162〕（宋）陸九淵《象山集》卷三十五「語錄」，《四部叢刊》景明嘉靖本。
〔註163〕（宋）陸九淵《象山集》卷三十四「語錄」，《四部叢刊》景明嘉靖本。
〔註164〕（宋）陸九淵《書劉定夫詩軸》，《象山集》卷二十五，《四部叢刊》景明嘉靖本。
〔註165〕（宋）陸九淵《象山集》卷三十五「語錄」，《四部叢刊》景明嘉靖本。

陸九淵嚴於儒釋之分，認爲佛教乃是妨害人心的邪說，劉定夫卻認爲，儒家
和佛家的道理並沒有邪正之分，關鍵要看學者自己的態度，只要自己心正不
邪，便可以光明正大地吸收佛說。與陸九淵相比，劉定夫的觀點更爲開明，
也打破了理學家批判佛老卻又陰取佛老的心理窘境。劉壎後來提出「性命之
學不能不與禪相近」，明顯是受到了劉定夫的影響。

　　劉壎的另一位從祖父，劉定夫的哥哥劉敬夫，也曾向朱熹和陸九淵問學。
據《陸子學譜》記載：「劉敬夫，名思忠，建昌南豐人，淳熙八年進士，仕至
瑞州通判，與弟定夫並師事先生，亦俱往問學於朱子。」〔註166〕但是關於求
學的具體過程，各處並無詳細記載，只在袁燮爲陸九淵所作的《年譜》中留
下一段記錄：

> 　　南豐劉敬夫學《周禮》，見晦庵，令其精細考索。後見先生，問
> 見朱先生何得。敬夫述所教，先生曰：「不可作聰明，亂舊章，如鄭
> 康成注書，柄鑿最多。讀經只如此讀去，便自心，解注不可信，或
> 是諱語，或是莽制。傅季魯保社中議此甚明，可一往見之。」於是
> 往問於季魯。〔註167〕

與劉定夫的問學過程相似，劉敬夫也是先求學於朱熹，不過對朱熹教授的方
法尚有保留，於是又來向陸九淵請教。朱熹主張精讀，字分句析，陸九淵主
張速讀，直心體會，劉敬夫不滿足於朱熹的指點，卻接受陸九淵的建議去見
傅季魯，可見二者相比，陸九淵更能讓他心悅誠服。傅季魯即傅子雲，號琴
山，是陸九淵在家鄉金溪的得意門生，陸九淵在象山講學，時常讓傅子雲代
講。〔註168〕此時讓劉敬夫先從傅子雲學，也是想讓傅子雲引導他進入陸學門
徑，至於他此後的學術修爲，各書並無所載，因此也無從考證。

　　劉壎從小隨母親依附外家，應該並沒有機會親自向他的從祖父們學習，
不過其母既以「世名儒」鼓勵劉壎向學，也可能會向劉壎講述其從祖父的事
跡，劉壎家中也可能存有二位先人的著作。當然這些都只是推測，不過劉壎
家族的陸學淵源，還是比較清晰可見的。

〔註166〕（清）李紱《陸子學譜》十四「弟子九」，清雍正刻本。
〔註167〕（宋）袁燮《象山陸先生年譜》「淳熙十五年」，明嘉靖三十八年晉江張喬相
　　　　刻本。
〔註168〕見（清）黃宗羲《宋元學案》卷七十七「槐堂諸儒學案」，清道光刻本。

二、師友交往

因爲資料有限，我們無法得知劉壎的學術師承，只能在他的社會交往中搜尋其思想形成的淵源。在劉壎交往的師友中，既有尊奉朱學的黎靖德，也有由朱轉陸的胡長孺，更有尊奉陸學的包恢、陳宗禮等人。正是在他們的共同影響下，劉壎「朱陸合轍」又以陸學爲主的思想得以形成。

黎靖德（1226～1276），字共父，永康軍導江縣（今四川導江）人。宋理宗淳祐六年（1246）中吏部選，歷任南劍州沙縣主簿、常州錄事、宜黃知縣、邵武知縣等地方職務。宋恭帝德祐元年（1275）辭官歸隱，次年爲流寇所殺。黎靖德在理學史上的重要地位，在於他綜合前人記述，集中編纂了《朱子語類》一書，成爲後世研究朱熹思想的重要文獻。黎靖德曾經「幹辦江西運司公事」，其間與劉壎多有交往，感情頗深。劉壎後來回憶說：

> 昔公之佐旴也，廉靜簡儉，自處如寒士。揮屏塵俗，不苟交接，予特以斯文相契，辱愛等骨肉焉。其守邵也，禮聘薦至，予以親老辭，弗克赴。及其隱處也，猶間道馳書相勞苦，且曰：「暫寓劍、邵之間。」若欲使予知而常相聞者。

二人都有理學背景，況且又「以斯文相契」，平日談論的話題，雖然沒有可靠資料以資考證，不過以理度之，自然少不了天道性命的內容。黎靖德去世近四十年之後，劉壎獲授延平郡儒學教授，在各縣巡視的時候，還特地「首訪公遺蹤」，並受其孫黎仲仁之請，愴然爲黎靖德作墓誌銘，盛讚其「清規奧學，廉聲惠政」，敬佩之情溢於言表。〔註169〕

胡長孺（1249～1323），字汲仲，號石塘，婺州永康（今浙江永康）人。少年穎悟，被稱爲「南州八士」之一，南宋末年曾以「任子入官，銓試第一」，授迪公郎，監重慶府酒務。宋亡，隱居山中，元世祖至元二十五年（1288），有司強起之，後調任揚州教授。元成宗元貞元年（1295），攝建昌錄事。晚年復歸隱，後卒於家。關於胡長孺的理學背景，《元史·儒林傳》有如下介紹：

> 長孺初師青田余學古，學古師王夢松，夢松亦青田人，傳龍泉葉味道之學，味道則朱熹弟子也。淵源既正，長孺益行四方，訪求其旨趣。始信涵養用敬爲最切，默存靜觀，超然自得。故其爲人光明宏偉，專務明本心之學，慨然以孟子自許，唯恐斯道之失其傳。

〔註169〕（元）劉壎《前朝請大夫邵武郡侯黎公墓誌銘》，《水雲村稿》卷八，清《文淵閣四庫全書》本。

誘引不倦，一時學者慕之，有如饑渴之於食飲。〔註170〕

葉味道既是朱熹的弟子，則胡長孺應爲朱熹四傳，學統純正，《宋元學案》進一步上推，將其定爲「劉、李五傳」，劉即劉絢，李即李吁，俱爲二程門人。不過胡長孺並不滿足於程朱之學，而是「益行四方」，轉益多師，從其「專務明本心之學」來看，已經轉向了陸學的道路。對於胡長孺由朱向陸的轉變，元人吳萊曾有一段較明確的記錄：

> 及予自燕南還，予又與鄱陽董仲可、會稽方九思、福唐高驤生、建安虞光祖及金溪傅斯正五六人者再見先生，先生則且指語予曰：「世之觀人者，自夫出處進退、用捨得喪之際，有定論矣。爾等得無頗有怨尤者乎？傅之曾祖父，本學於陸，亦喜談陸者。自近年科舉行，朱學盛矣，而陸學殆絕，世之學者玩常襲故，尋行摘墨，益見其爲學術之弊，意者其幸發金溪之故檟，而少濯其心耶？」〔註171〕

因爲胡長孺本人的著作今皆不存，對其思想也無法進行更詳細的分析。不過從這段文字中可以看出，胡長孺學術興趣的轉變，很大原因在於朱學與科舉的接近，使得學者爲應付場屋而埋頭書冊，對性命義理缺少眞切的體認，甚至因而蒙蔽了本心。胡長孺對傅斯正的熱切期望，也可以看作是他對自己的勉勵，侯外廬等在《宋明理學史》中便明確指出：「胡晚年轉入陸學」，「以陸學反求本心爲宗，補以朱學篤實的工夫」〔註172〕。

劉壎與胡長孺的交往，開始於胡長孺攝建昌錄事期間，胡長孺在寫給劉壎的一封信中，介紹了兩人的交往經過：

> 長孺之來盱也，蓋嘗數承過顧，又示以所爲文章，雖知其有意於古，然未敢以爲絕異於眾人也。夏五月，家僮自錢塘來，持故人雪澗陳丈書至，具言爲令南豐時，與執事甚有交誼，而其績文操行，眾所無有。某然後瞿然不足於心，以爲前此知執事者淺也。〔註173〕

〔註170〕（明）宋濂《元史》卷一百九十「列傳七十七・儒學二」，清乾隆武英殿刻本。
〔註171〕（元）吳萊《石塘先生胡氏文鈔後序》，《淵穎集》卷十一，《四部叢刊》景元至正本。《宋元學案》引用此文時，略去了「先生則且指語予曰」至「頗有怨尤者乎」數十字，後面對陸學的評論變成了吳萊的判斷。
〔註172〕侯外廬等《宋明理學史（上）》頁757～758，人民出版社，1997年10月。
〔註173〕（元）劉壎《答胡教授書》，《水雲村稿》卷十一，清《文淵閣四庫全書》本。

元成宗元貞元年（1295），就在胡長孺攝建昌錄事之際，劉壎也開始攝南豐州學正，可是此時，胡長孺對劉壎卻沒有特別看重。直到大德八年（1304）收到陳處久的推薦，才對劉壎另眼相看。此後兩人多有交往，在劉壎《水雲村稿》中，便存有《答胡教授書》、《與胡教授書》、《再與胡教授書》、《與胡石塘書》、《又與胡石塘書》等多篇〔註174〕。直到元武宗至大年間，胡長孺調任寧海主簿，劉壎獲授延平教授，二人仍有書信往來，討論地理問題：「至大庚戌、辛亥間，石塘胡汲仲長孺爲台州寧海主簿縣，正與海接。予與石塘公厚，因以弘齋舊說叩之，今得其回書。」〔註175〕

包恢（1182～1268），其生平和思想，前面已有敘述，劉壎稱讚他「以學問爲時師表」〔註176〕，自稱「辱出師門」〔註177〕，欽佩之情溢於言表。劉壎在思想上深受包恢影響，論學時常引用包恢之言，爲自己的觀點增強說服力，如《陸文安公祠堂記》：「宏齋包先生嘗言：『文安之學深造自得，本之孟氏，孟氏之後，至是而始一明。』」〔註178〕劉壎「朱陸合轍」的思想，受到了前輩們的啓發，包恢則是其中較早的一位：

> 克堂包公崛起旴江，出入二宗師門下，其子樞密宏齋先生，
> 親侍講貫，每謂二家宗旨券契籥合，流俗自相矛盾。至哉言乎。
> 顧踵襲成俗，趨附貶駁，或者高朱而抑陸，私心迷繆，寖失和平。
>
> 〔註179〕

劉壎以包恢和會朱陸的理學觀點爲「至言」，並進一步對不符合包恢觀點的世俗言論進行批判，好惡取捨不言自明。需要指出的是，劉壎並非對包恢事事贊同，尤其是在出處問題上，有時還對包恢表現出失望之情：

> 包樞相恢嘗知平江府，兼淮浙發運使，奉詔行公田。事既告成，
> 得轉通議大夫……公田之行也，賈師憲實主之，雖曰省造楮以重國
> 計，然當時行之極擾，浙右震動。包公以大儒奉風旨，大失士望，

〔註174〕均見《水雲村稿》卷十一，清《文淵閣四庫全書》本。
〔註175〕《隱居通議》卷二十九「地理·尾閭」，清《海山仙館叢書》本。
〔註176〕（元）劉壎《隱居通議》卷十七「文章五·范去非墓誌」，清《海山仙館叢書》本。
〔註177〕（元）劉壎《賀包尚書除學士知平江府兼淮浙發運使》，《水雲村稿》卷九，清《文淵閣四庫全書》本。
〔註178〕（元）劉壎《陸文安公祠堂記》，《水雲村稿》卷三，清《文淵閣四庫全書》本。
〔註179〕（元）劉壎《朱陸合轍序》，《水雲村稿》卷五，清《文淵閣四庫全書》本。

故其轉官也，公論惜之。〔註180〕

劉壎對包恢的失望不僅表現在事後的惋惜，也表現在事發當時的諷刺；不僅表現在口頭的不滿，更表現在行動的拒絕。宋度宗咸淳二年（1266），包恢入朝執政，除端明殿學士，簽書樞密院事，出於對劉壎的青睞，於是「約與俱」，劉壎不願隨他出山，最終還是「以母老辭」〔註181〕。不僅如此，劉壎還在賀詩中隱含諷刺，力勸包恢「早了經綸尋獨樂，不須靈壽向人扶」〔註182〕。當然，劉壎對包恢出處的批判，並不影響他對包恢思想的吸收與借鑒。

陳宗禮（1203～1270），字立之，號千峰，江西南豐（今江西南豐）人。少貧力學，宋理宗淳祐四年（1244）中進士，曾任邵武軍判官、國子監丞、秘書省著作郎等職，因與權相丁大全不和，仕途不顯。宋度宗即位後，拜為殿中侍御史，遷禮部侍郎，權禮部尚書，多次堅辭不允，後除華文閣直學士，知隆興府。咸淳五年（1269），除廣東經略使，兼知廣州。咸淳六年（1270），加端明殿學士，簽書樞密院事，尋兼權參知政事，卒於官。

陳宗禮是袁甫的弟子，宋理宗紹定年間，「袁甫為江東提點刑獄，宗禮往問學焉」〔註183〕，不過因為沒有著作傳世，陳宗禮的陸學思想也難以深究。陳宗禮在朝期間，以直諫無隱聞名，是陸學人物中與政治結合較為緊密的一位，後人評價曰：「文定公入對，每以謹念慮之微、嚴義利之辨為主，蓋陸子之教，至文定而一光。」〔註184〕劉壎與陳宗禮的交往始於宋理宗景定四年（1263）：「陳千峰宗禮自永州貶所歸，與先生納交，為序文稿，命其子景能從遊。」〔註185〕劉壎對陳宗禮非常尊敬，曾自稱「予，公門下士也」〔註186〕，陳宗禮對劉壎也很看重，曾為劉壎文集作序，可惜今已不傳。不過曾子良為劉壎文集所作序文中，卻提到了陳宗禮對劉壎的厚望：

〔註180〕（元）劉壎《隱居通議》卷二十二「駢儷二‧范去非諸作」，清《海山仙館叢書》本。
〔註181〕（元）劉壎《通問雪澗陳提舉書》，《水雲村稿》卷十一，清《文淵閣四庫全書》本。
〔註182〕（元）劉壎《賀宏齋包尚書遷樞密》，《水雲村吟稿》卷四，清道光刻本。
〔註183〕（元）脫脫《宋史》卷四百二十一列傳第一百八十「陳宗禮」，清乾隆武英殿刻本。
〔註184〕（清）李紱《陸子學譜》卷十七「門人下」陳宗禮傳後，清雍正刻本。
〔註185〕（清）龔望曾《水村先生年譜》，《水雲村吟稿》卷末附，清道光刻本。
〔註186〕（元）劉壎《陳文定公奏議序》，《水雲村稿》卷五，清《文淵閣四庫全書》本。

> 然後知千峰公之期君也深，而君之自得也亦深矣。嗟夫，日月
> 之經於天也而行，江河之經於地也而流，彼豈有所爲而爲之哉？予
> 與陳公講之於鳳皇山之下，熟矣，尚其相與勉之，以毋負陳公之意，
> 以毋忝我兩家所生云。〔註187〕

曾子良既與陳宗禮相熟，自然知道陳宗禮對劉壎的器重，其實從前面的「令
其子景能從遊」，也可以看出他對劉壎的欣賞，希望自己的孩子能從劉壎身上
學到點什麼。

與包恢相似，陳宗禮晚年也受賈似道之邀，入政府主事，劉壎對此也頗
有微詞，並借「君子」之口表達惋惜之情：

> 陳公既造闕，詔兼參知政事，甫兩月，薨於位。君子曰：「陳公
> 晚節殊可惜，使可終於高臥不出，不過兩月不入都堂耳，而全名高
> 節，舉世無儔，何至貽千古之憾哉？」〔註188〕

不僅如此，劉壎還在給陳宗禮的賀詩中，有「寵用儒臣功自別，峴山勝氣赤如
龍」〔註189〕一聯。西晉羊祜登峴山，感歎古來賢達皆湮滅無聞，劉壎此處也意
在勸告陳宗禮，一時的顯赫受寵並不足恃，無需爲此向權臣折腰。不過隨著時
間的推移，劉壎對陳宗禮的晚年所爲有了更深的理解，轉而竭力爲之辯護：

> 咸淳中，賈似道久柄國，國勢岌岌矣，仇視端直，寄命憸回，
> 校風丁無大異常。獨憚公方嚴，居然禮敬，公多遠引高臥，每以不
> 能致公自歎。一旦聞公翻然治任，語兩浙部使者趙德茂，以公出故，
> 喜動顏面，其欽重若此也。天假公年，共政而久處，摩屬規正之，
> 似道必爲公動，則救敗局，回危機，將宗社生靈，實嘉賴焉。不然，
> 公平生清約高簡，浮雲利祿，閒居掃地，焚香而坐。顧以七十日居
> 政府爲足以浼公，過矣，過矣。〔註190〕

劉壎認爲，陳宗禮晚年出山，正是希望通過自己的影響，改變賈似道的治國
方式。這樣的解釋雖略顯牽強，但也表明了劉壎對陳宗禮的尊敬，所以才極

〔註187〕（元）劉壎《隱居通議》卷十六「文章四‧曾平山序水雲村詩」，清《海山仙
　　　　館叢書》本。

〔註188〕（元）劉壎《隱居通議》卷二十「文章八‧咸淳庚午科盱江擬策問」，清《海
　　　　山仙館叢書》本。

〔註189〕（遠）劉壎《賀廣東陳經略簽書樞密院》，《水雲村吟稿》卷四，清道光刻本。

〔註190〕（元）劉壎《陳文定公奏議序》，《水雲村稿》卷五，清《文淵閣四庫全書》
　　　　本。

力爲他辯污。

在劉壎的交遊之中，還有兩個人可能對他的思想產生影響。一個是曾子良（1224～？），字仲材，號平山，金溪（今江西金溪）人。曾子良受學於徐霖，徐霖受學於湯巾，是江西湯氏之學的傳人〔註191〕。劉壎曾自敘他與曾子良的交往：「辛卯秋，予訪之……明年，以予所作《水雲村吟稿》，往請教焉，辱爲序。」〔註192〕另一個是曾穎茂，字仲實，號矩齋，南城（今江西南城）人。宋理宗淳祐五年（1245），江萬里奏請旌表陸九淵後人門庭，未報，曾穎茂再上此事，終於得請〔註193〕，由此可見，他對陸學也十分傾心。劉壎曾經避難盱城，在曾穎茂家坐館授書，開始了與曾穎茂的交往：

> 景定甲子（1264），先公納交，常委以文事，辱公館者累年，待
>
> 以家人禮。公平生嚴毅寡與，其待先公也獨厚。公有別墅曰總清，
>
> 曰南塾，暇日解詠，必邀與俱。公薨，爲公具神道碑稿。〔註194〕

至宋度宗咸淳四年（1268），「邑以寇燬，移家盱城，永嘉史君天駿實客之，矩齋曾西清、竹溪易瓊帥交相延致」，仍與曾穎茂來往頻繁。

令人多少有點遺憾的是，在劉壎交往的眾多師友中，並不包括當時江西的另一位理學大家吳澄。吳澄後來作《故延平路儒學教授南豐劉君墓表》，對劉壎也只是「前聞其名，後見其文」〔註195〕，並沒有提到二人更多的交往。不過他們和會朱陸的思想，卻有異曲同工之處。

第四節　劉壎「以悟爲宗」的理學思想

劉壎論學，常有驚人之語，譬如前面所提到的，「性命之學，不能不與禪相近」，打破了理學家長期以來遮遮掩掩陰取佛老的姿態，將兩宋理學與佛教

〔註191〕　（清）全祖望《奉答臨川先生序三湯學統源流箚子》，《鮚埼亭集》卷三十四，《四部叢刊》景清刻本。

〔註192〕　（元）劉壎《隱居通議》卷十五「文章三・曾平山序水雲村詩」，清《海山仙館叢書》本。

〔註193〕　（宋）袁燮《象山陸先生年譜》卷下「淳祐六年」，明嘉靖三十八年晉江張喬相刻本。

〔註194〕　（元）劉壎著，（清）劉凝箋注《水雲村吟稿》卷四《䄄殿圖》後引《摯友記》，清道光刻本。

〔註195〕　（元）吳澄《故延平路儒學教授南豐劉君墓表》，《吳文正集》卷七十一，清《文淵閣四庫全書》本。

的關係明朗化。另外，他還曾將南宋理學興盛的原因，歸結於敵國君主的仁厚：「金世宗仁厚，不用兵，復修舊好。故大定二十九年，東南賴以休息，國家閑暇，文事聿興，儒先森聚，理學炳明。」〔註196〕穩定的社會環境是學術發展的良好基礎，劉壎所說未必不是實情，但是如此直白地稱讚敵國之君，在理學史上仍不多見〔註197〕。這一點也恰恰反映了劉壎直抒本心的眞實性情。

一、基本的心學思想

劉壎繼承了陸九淵的心學思想，認爲心涵宇宙，是萬物的主宰：「宇宙在此方寸中，不過太虛浮云爾。」〔註198〕方寸地即人之本心，人所共有，不必外求：「心觀萬物，又誰觀心，床上疊床，向何處尋。」〔註199〕所以重要的不是觀心，而是存心、養心，至於存養的方法，劉壎也做了一個形象的比喻：「潔清以灑之，毋污以喜怒之塵泥；坦夷以辟之，毋隘以深險之溪窔；正大直方以藩維之，毋堆以利欲之糞壤。」〔註200〕所謂不動喜怒，即是拋除一切雜念，無思無慮地靜處涵養：「雜念紛飛，與糞壤等。隨掃隨有，弗淨弗瑩。何以止之，無思而定。雲散天空，放卻帚柄。」〔註201〕所謂不墜深險，即是大道平夷，不必故弄玄虛。陸九淵曾說：「吾儒之道，乃天下之常道，豈是別有妙道？謂之典常，謂之彝倫，蓋天下之所共由，斯民之所日用。此道一而已矣，不可改頭換面。」〔註202〕劉壎雖然未從反面批判「妙道」，卻從正面特別重視「一」的意義：「一則無暴寒而功力完，一則無雜悖而精神聚，寸念之烈，蓋天蓋地，將何事之不可成。」〔註203〕所謂不陷利欲，就是要明確義利之辨，避免私欲對善心的影響。劉壎提倡在現實踐履中行仁積善，同時也認識到，行善必須

〔註196〕（元）劉壎《朱陸合轍序》，《水雲村稿》卷五，清《文淵閣四庫全書》本。

〔註197〕（宋）黎靖德《朱子語類》卷一百三十三「夷狄」：「或者說葛王（即金世宗）在位，專行仁政，中原之人呼他爲小堯舜，曰：『他能尊行堯舜之道，要做大堯舜也由他。』又曰：『他豈變夷狄之風，恐只是天資高，偶合仁政耳。』」可見朱熹對金世宗之仁厚，仍有懷疑。

〔註198〕（元）劉壎《方寸地記》，《水雲村稿》卷三，清《文淵閣四庫全書》本。

〔註199〕（元）劉壎《觀心贊》，《水雲村稿》卷六，清《文淵閣四庫全書》本。

〔註200〕（元）劉壎《方寸地記》，《水雲村稿》卷三，清《文淵閣四庫全書》本。

〔註201〕（元）劉壎《掃心圖贊》，《水雲村稿》卷六，清《文淵閣四庫全書》本。

〔註202〕（宋）陸九淵《與王順伯二》，《象山集》卷二，《四部叢刊》景明嘉靖刻本。

〔註203〕（元）劉壎《一齋記》，《水雲村稿》卷三，清《文淵閣四庫全書》本。

先去除利欲之心：「務積善之益，宜先除賊善之病。病安在，利是已。利嘗與善對，始也勇於積善，終也流為不善，則利心賊之也。」〔註204〕

除了這三條主張之外，劉壎還提出了一種內外結合的修養理論：「直諒多聞，益之自外者也；遷善改過，益之自內者也。內外相養，缺一不可。交闡互暢，篤志力行，其益無疆矣。」〔註205〕直、諒、多聞，是聖人口中的「益者三友」，我們要提高自己的修養，除了要體認自己的本心，也離不開朋友的砥礪幫助。當然，我們的朋友不一定都來自現實世界，也可以是書本中的往古聖賢。劉壎認同陸九淵的觀點，並不是一味反對學者讀書，而是反對尋行數墨、句分字析的死讀書，他尤其反對學者為應對科舉而讀書，指責他們「場屋聲華，音調委靡，獵科名，鉤富貴，是區區者最不足齒」〔註206〕。劉壎反思南宋的科舉制度：「宋朝束縛天下英俊，使歸於一途，非工時文，無以發身而行志。」主張「士稟虛靈清貴之性，當務高明光大之學」。他甚至慶幸南宋滅亡帶來的「科目廢，時文無用，是殆天賜讀書歲月矣」，而他給出的讀書方法，在於「尋求聖賢旨趣，洗濯厥心，先立其大」，尋找「曾、顏自得之樂」〔註207〕。

劉壎的心學思想，與陸九淵相比仍有一些不同。他提出「人惟一心，心惟一理，群聖相授，繼天立極」〔註208〕，看似是為了強調心的地位，實際上仍停留在陸九齡「孩提知愛長知欽，古聖相傳只此心」的層次。當年陸九淵聽到這句詩的時候，「微有未安」，之後自己又和詩一首，首句即為「墟墓興哀宗廟欽，斯人千古不滅心」。〔註209〕二者都承認人皆有聖賢之心，並沒有什麼根本的區別，只是在陸九淵看來，歷代聖賢「此心同，此理同」，「此心乃人人具有之永恆而普遍，超越而一同之本心，不必言傳也」〔註210〕。與陸九淵相比，劉壎的思想有一點退步，不過並不能因此否定他維護陸學的努力。

徐遠和在《理學與元代社會》裏分析：「劉壎論心基本都是遵循陸學的

〔註204〕　（元）劉壎《積善堂記》，《水雲村稿》卷三，清《文淵閣四庫全書》本。
〔註205〕　（元）劉壎《益齋銘》，《水雲村稿》卷六，清《文淵閣四庫全書》本。
〔註206〕　（元）劉壎《壽文堂賦》，《水雲村稿》卷一，清《文淵閣四庫全書》本。
〔註207〕　（元）劉壎《答友人論時文書》，《水雲村稿》卷十一，清《文淵閣四庫全書》本。
〔註208〕　（元）劉壎《朱陸合轍序》，《水雲村稿》卷五，清《文淵閣四庫全書》本。
〔註209〕　（宋）陸九淵《象山集》卷三十四「語錄上」，《四部叢刊》景明嘉靖本。
〔註210〕　牟宗三《從陸象山到劉蕺山》頁58，上海古籍出版社，2001年12月。

軌道。但當他論物及心物關係時，卻與陸九淵大不一樣了。」〔註211〕作者引用劉壎「一氣之初，萬物相見」、「聚則形，散則氣」等言論，指出「劉壎認爲，天地和萬物都由氣聚而成形」。其實，這只是劉壎萬物生成論中的一個環節。世上萬物能夠成形，最終自然要有陰陽二氣的凝聚，但是在此之上，仍有更高層次的「道」或「太極」。劉壎信守古人「易有太極，是生兩儀」的理論〔註212〕，承認陰、陽二氣皆生於太極，而在宋代理學家看來，太極並不是一個物質的概念，而是「一個渾淪底道理」〔註213〕。劉壎曾說：「鴻蒙未分，道涵太極；太極既判，道屬於群聖賢。自堯舜累傳而達乎孔孟，自孟氏失傳而俟夫宋儒。」〔註214〕徐遠和認爲，這是「允許在『太極』之上存在一個永恒不變的『道』」，其實是誤解了「涵」的意義。劉壎的意思是：在鴻蒙未開的時候，道「涵於」太極之內，太極即道；太極生成陰、陽二氣，二氣生成萬物（包括聖賢），道便轉移到聖賢心中，並隨著時間的流逝代代相傳，道即聖賢之心。所以，劉壎的萬物生成理論，仍然是「道」、「心」在氣之先。而他所謂「聚則形，散則氣」，只是對自然界具體事物的觀察，屬於形而下的範疇，不足以解釋他的哲學思想。

徐遠和還認爲，劉壎在一定程度上承認氣化，是因爲「吸收了程朱理氣說的某些觀點」，誠然，朱學體系內確有氣化的相關言論，不過在陸學體系內部，也有不少氣化的內容。陸九淵曾經論述世界的生成過程：

> 太極判而爲陰陽，陰陽播而爲五行。天一生水，地六成之；地二生火，天七成之；天三生木，地八成之；地四生金，天九成之；天五生土，地十成之。五奇，天數，陽也；五偶，地數，陰也。陰陽奇偶相與配合而五行生成，備矣……塞宇宙之間，何往而非五行。〔註215〕

承認現實世界是由金木水火土五類物質構成。今人黃黎星認爲，「從這個關鍵性的認識上看，陸九淵仍是持『氣化論』的本原觀」〔註216〕。其實無論朱學

〔註211〕徐遠和《理學與元代社會》第七章第一節，人民出版社，1992 年 10 月。本段所引徐書均出此節。

〔註212〕（元）劉壎《隱居通議》卷二十八「造化‧兩儀」，清《海山仙館叢書》本。

〔註213〕（宋）黎靖德《朱子語類》卷七十五「易十一」，明成化九年刻本。

〔註214〕（元）劉壎《陸文安公祠堂記》，《水雲村稿》卷三，清《文淵閣四庫全書》本。

〔註215〕（宋）陸九淵《大學春秋講義》，《象山集》卷二十三，《四部叢刊》景明嘉靖本。

〔註216〕黃黎星《論陸九淵〈易〉說》，《中國哲學史》，2004 年第 4 期。

還是陸學，在討論宇宙生成的時候都承認「氣」的參與，不過在「氣」的前面又加了一個「理」或「心」而已。二家觀點的不同之處在於：朱熹分太極為形上之道、陰陽為形下之器，認為「形而上下者，其實初不相雜」〔註217〕；陸九淵卻堅持道器合一，認為「太極判而為陰陽，陰陽即太極也；陰陽播而為五行，五行即陰陽也」〔註218〕。討論劉壎是否受到程朱理氣說的影響，關鍵在於他所認識的「一氣之初」，究竟是形而上者，還是形而下者。

　　朱陸關於道與器的討論，包涵於「太極」與「無極」的辯論之中。陸九淵之兄陸九韶，認為不應於「太極」之上加「無極」二字，並懷疑《太極圖說》非周敦頤所作。朱熹為周敦頤辯解道：「周先生恐學者錯認太極別為一物，故著『無極』二字以明之。」他還進一步解釋道：「無極即是無形，太極即是有理。」〔註219〕陸九淵承接其兄的觀點，對朱熹言論提出質疑：「《易》之《大傳》曰：『形而上者謂之道』，又曰：『一陰一陽之謂道』，一陰一陽已是形而上者，況太極乎？曉文義者舉知之矣。自有《大傳》至今幾年，未聞有錯認太極別為一物者。」〔註220〕朱熹對此不以為然，再次反駁道：「《大傳》既曰『形而上者謂之道』矣，而又曰『一陰一陽之謂道』，此豈真以陰陽為形而上者哉？正所以見一陰一陽雖屬形器，然其所以一陰而一陽者，是乃道體之所為也。故語道體之至極則謂之太極，語太極之流行則謂之道。雖有二名，無兩體。」〔註221〕劉壎並未直接表明，他所認識的「一氣之初」，究竟是形而上者還是形而下者，但是卻表達了對「太極」與「無極」之爭的看法：「太極之前本無極，強分名相寄稱呼。」〔註222〕這裡的「本無極」，絕不是說「本來還有無極」，而是說「本來就不再有極」，所以才無需強立名號，進行疊床架屋的分析。顯然，劉壎在「太極」與「無極」的爭論中站在陸九淵一邊。由此可以推論，在道器之辯中，他也應該站在陸學一邊，因為正如之前所說，這兩個問題，實際上就是同一個問題，或者說，道與器的問題，只是「太極」與「無極」之爭的一個附屬問題。這樣的論證過程或許有些曲折，然而不如

〔註217〕　（宋）朱熹《答程可久》，《晦庵集》卷三十七，《四部叢刊》景明嘉靖本。
〔註218〕　（宋）陸九淵《大學春秋講義》，《象山集》卷二十三，《四部叢刊》景明嘉靖本。
〔註219〕　（宋）朱熹《答陸子美》，《晦庵集》卷三十六，《四部叢刊》景明嘉靖本。
〔註220〕　（宋）陸九淵《與朱元晦》，《象山集》卷二，《四部叢刊》景明嘉靖本。
〔註221〕　（宋）朱熹《答陸子靜》，《晦庵集》卷三十六，《四部叢刊》景明嘉靖本。
〔註222〕　（元）劉壎《謝觀無極見訪》，《水雲村吟稿》卷十，清道光刻本。

此則不足以證僞，所謂劉壎「吸收了程朱理氣說的某些觀點」的說法。

二、重「悟」的個人特色

　　劉壎的理學思想，主要是保持了陸學的傳統，當然不可否認，也帶有劉壎個人的一些特色。這種特色，即被後人總結爲「以悟爲宗」〔註223〕。關於劉壎悟的內涵或分類，徐遠和認爲包括兒童啓蒙的「小悟」和學士造道的「妙悟」兩種，鄭紅、胡青將二者統歸於「漸悟」，在此基礎上又加入了豁然開朗的「頓悟」（徐遠和將「頓悟」作爲一種入悟途徑）。〔註224〕在劉壎看來，小悟「止是一重粗皮」〔註225〕，不足爲道。他比較重視的是妙悟，認爲「以悟爲則，固未足以盡道，然誠妙悟，則亦幾於見道矣」〔註226〕。至於如何才能進入悟的境界，徐遠和總結出久聞、久思、頓悟三種方法，鄭紅、胡青歸爲資質稟賦、熟練程度、清靜、啓發和偶因。除了上述幾種方法，讀書也是一條重要的途徑。劉壎在評價朱熹的時候說，「晦庵多著書以開悟學者」，雖然陸九淵「每不然之，議其爲支離」〔註227〕，他卻對此評價頗高，認爲「非文公疲精竭力，更千百年終至漏晦。今使學者蒙賴啓迪，洗凡破陋，則此數書者，誠足以補前古之缺也」〔註228〕。劉壎還認爲，要想達到悟的境界，必須時刻保持勤謹不倦的態度，時刻保持克服困難的勇氣，時刻保持更高更遠的追求：

　　　　韓子曰：「業精於勤。」切戒倦惰。象山陸文安公曰：「我這裡是刀鋸鼎鑊底學問。」富哉言乎！蓋必如是，乃能折逗牢關，徑到悟境。若是半間半界，乍前乍卻，恐終無所益也。博參碩師，詳擇勝友，毋以目前小見自足，而求進高明光大之域，其庶乎？〔註229〕

〔註223〕（清）永瑢《四庫全書總目》卷一百二十二子部三十二《隱居通議》，清乾隆武英殿刻本。

〔註224〕徐遠和《理學與元代社會》第七章第一節，人民出版社，1992年10月；鄭紅、胡青《劉壎的「悟」論思想探析》，《江西教育科研》，1998年5月。此二者對劉壎「悟」的思想論述較爲詳細，本文在此基礎上進一步延伸。相比而言，徐書更注意從文本出發，鄭、胡文章略顯穿鑿。

〔註225〕（元）劉壎《隱居通議》卷一「理學一·論悟二」，清《海山仙館叢書》本。

〔註226〕（元）劉壎《隱居通議》卷一「理學一·魏益之悟入」，清《海山仙館叢書》本。

〔註227〕（元）劉壎《隱居通議》卷一「理學一·朱陸」，清《海山仙館叢書》本。

〔註228〕（元）劉壎《隱居通議》卷二「理學二·朱陸一」，清《海山仙館叢書》本。

〔註229〕（元）劉壎《與劉國瑞書》，《水雲村稿》卷十一，清《文淵閣四庫全書》本。

對於修道者來說，所有的外在條件都不能起到決定作用，最重要的還是自己要有遠大的志向，並願意付出不懈的努力。

　　如此辛苦才能達到的悟境，究竟對問學有何幫助。劉壎曾做過一段比喻，說明未悟之前與已悟之後的重大區別，未悟時百般迷惑，一悟便萬物皆通：

> 世之未悟者，正如身坐窗內，為紙所隔，故不睹窗外之竟。及其點破一竅，眼力穿透，便見得窗外山川之高遠，風月之清明，天地之廣大，人物之錯雜，萬象橫成，舉無遁形，所爭惟一膜之隔，是之謂悟。〔註230〕

悟就是跨越認識等級的思維方式，所謂「一理徹，萬理融，所謂等級固在其間，蓋一通而萬畢也」，不僅精神上「豁然開朗」，甚至還可以「遂能詩文」〔註231〕。可見劉壎重視悟的作用，不僅表現在思想領域，甚至還滲入到文學領域。他曾為鄧德光詩稿作跋，其中有曰：「其詩和平無暴氣，清醇無險語，倘更振纓濯塵，入悟境，奪活機，世間好語盡當奄有。」〔註232〕需要說明的是，劉壎對悟的效果並非深信不疑，尤其是妙悟達到的玄虛境界。為了證明悟的作用，他曾引述了一段故事：「陳叔向受教於魏益之，未久大悟，而洪纖高下皆若彷彿有見者。」這樣的境界固然讓人羨慕，不過劉壎自己也覺得，「此事甚奇怪，不知所謂彷彿有見者何也」。劉壎還引述一位前輩的話：「人患不入悟境耳，果能妙悟，則一理徹，萬理融，所謂等級固在其間，蓋一通而萬畢也。」但是他自己卻不無懷疑地提出：「此論未知當否。」〔註233〕劉壎反覆強調，「以悟為則，固未足以盡道」，自己之所以多處論悟，只是因為「其視埋頭故紙，迷溺訓詁，而卒無益於自得者，不差勝乎？」〔註234〕說的更加直白一點，劉壎致力於對悟的探討，就是為了反對朱學後人章句訓詁的死讀，另外開闢自得之學的新徑。〔註235〕

　　下面再討論一下劉壎「悟」學的思想淵源。劉壎「以悟為宗」的理學思

〔註230〕（元）劉壎《隱居通議》卷一「理學一・論悟二」，清《海山仙館叢書》本。

〔註231〕（元）劉壎《隱居通議》卷一「理學一・論悟」，清《海山仙館叢書》本。

〔註232〕（元）劉壎《琴泉詩稿跋》，《水雲村稿》卷七，清《文淵閣四庫全書》本。

〔註233〕（元）劉壎《隱居通議》卷一「理學一・論悟」，清《海山仙館叢書》本。

〔註234〕（元）劉壎《隱居通議》卷一「理學一・魏益之悟入」，清《海山仙館叢書》本。

〔註235〕徐遠和《理學與元代社會》論述劉壎重悟的原因：一是解決現實現象的需要；二是傳統思維中有很多「悟」的資源；三是陸學本身的要求。本文不擬詳細分析。

想，與佛、道尤其是禪宗有相似之處，正如他自己所言，禪宗也是「以悟爲則」〔註236〕，同樣，道教思想中也有悟的精神：

> 佛家謂阿那佛具天眼，一通能觀大千世界，如掌中果。舍利佛智慧第一，觀人根器，至八千大劫。仙家亦嘗曰：「我向大羅觀世界，世界猶如指掌大。」雖二教之說誕幻無實，然參究互考，亦惟一悟耳。〔註237〕

在爲陸九淵進行辯護時，劉壎提出了「性命之學，不能不與禪相近」的觀點，不過具體到自己，卻絕對沒有這麼豁達。他反覆撇清與佛、道的關係，堅持自己的儒學正統，曾在不同場合對人表示：「予自幼知讀孔氏書，未知學佛」、「顧予自幼服習孔氏書，於老莊氏懵未有聞」〔註238〕。不僅如此，劉壎對佛、道還有很多批判，他批評道家「謏以堯舜亦死，桀紂亦死，取快瞬息，甘爲愚鬼莫之恤，是莊、列氏怪誕陷人心之說，吾聖賢位天地、福生靈，意不如是」〔註239〕。他還針對佛教萬法皆空的思想，提出空生於實，無生於有：「空非無因而得名，由不空乃始有空。即空與實對矣。彼不觀實，惟空是觀，將亦厭夫實之不足恃，故移其觀於空邪？顧未悟乎空者正乃實爲之。」〔註240〕劉壎對當時的佛教弟子也嚴加批判，認爲他們「群居而裕處」，已經失去了「清淨」之旨，不知道「人何爲而人，佛何爲而佛」，他還不無嘲諷地指出，既然你們已經不懂佛法，「則有吾六經聖賢之訓在，又將爲汝陳說焉」〔註241〕。劉壎不僅自己反對佛教，還高度評價歷史上反對佛、老的人物，如唐朝後期，「武宗英明，厭而斥之，會昌五年，毀寺四千六百，及提若四萬餘，廢僧尼二十六萬五百人」〔註242〕。劉壎還引用宋代歐陽修《跋華陽頌》裏的話，將佛道一併打壓：「佛老之爲世惑也。佛之徒曰無生者，是畏死之論也；老之徒曰不

〔註236〕（元）劉壎《隱居通議》卷一「理學一・魏益之悟入」，清《海山仙館叢書》本。
〔註237〕（元）劉壎《隱居通議》卷一「理學一・論悟」，清《海山仙館叢書》本。
〔註238〕《水雲村稿》卷五《金剛經解序》；《水雲村稿》卷三《南豐州紫霄華陽岩三茅眞君祠記》，清《文淵閣四庫全書》本。
〔註239〕（元）劉壎《答諶桂舟論銘文書》，《水雲村稿》卷十一，清《文淵閣四庫全書》本。
〔註240〕（元）劉壎《觀空堂記》，《水雲村稿》卷三，清《文淵閣四庫全書》本。
〔註241〕（元）劉壎《蓮社萬緣堂記》，《水雲村稿》卷三，清《文淵閣四庫全書》本。
〔註242〕（元）劉壎《南豐郡志序目》「序僧寺」，《全元文》第10冊頁314，鳳凰出版社，2004年12月。

死者，是貪生之說也。」認爲此論「尤爲有理」〔註243〕。通過上述分析可以看出，至少在劉壎自己看來，雖然佛老思想中也有很多悟的養分，但是他的「以悟爲宗」，卻與佛老思想並無太大關聯。

撇清了佛道思想對自己的影響，劉壎認爲，儒家傳統的思想資源中，自有許多「悟」的成分：「顏之如愚、獨樂，曾之浴沂、詠歸，《孟子》之自得，《大學》之自明，以至如濂溪之庭草不除，明道之前川花柳，橫渠所謂聞悟，亦悟之義。水心又提出憤悱舉隅與夫四端四海諸說，以爲近悟。」〔註244〕無論先秦諸子還是北宋大家，思想中都有近悟的地方，後人沒有特別明確地指出這一點，究其原因，主要是擔心學者理解不當，誤入歧途：

> 儒家所以諱言悟者，惡其近禪。且謂學有等級，不容一蹴而到
> 聖處也。故必敬義夾持，必知行並進，必由知止而進於能得，必由
> 下學而造於上達，必由善信美大而入於聖神，雖高明而本乎中庸。
> 此其序也，故不以悟爲主。〔註245〕

這裡所說的「諱言悟」的儒家，主要是指程朱一系。劉壎早就認識到：「朱氏之學則主於下學上達，必由灑掃應對而馴至於精義入神，以爲如登山然，由山麓而後能造絕頂也。」陸學主張先立其大、直指本心，顯然於此不同：「陸氏之學則主於見性明心，不涉箋注訓詁，而直超於高明光大。」〔註246〕南宋後期，隨著科舉制度的盛行，朱學後人只顧埋頭讀書，過於遵循下學上達的求學路徑，甚至只重下學，不求上達，只重章句訓詁，不求聖賢旨趣。有鑒於這樣的學術狀況，劉壎才又重新尋找儒家的傳統資源，提煉出來悟的思想。陳高華引述元人戴良的話：「陸文安公之學自中庸尊德性而入，故其用工不以循序爲階梯，而以悟入爲究竟，所謂傳心之學是已。」並據此認爲，劉壎悟的思想「溯自淵源，實來自陸九淵」。〔註247〕今查陸九淵《象山集》，確有許多悟的文字，如《與鄧文範二》：「道喪之久，異端邪說充塞天下⋯⋯當其扞

〔註243〕（元）劉壎《隱居通議》卷十三「文章一・跋華陽頌」，清《海山仙館叢書》本。

〔註244〕（元）劉壎《隱居通議》卷一「理學一・論悟二」，清《海山仙館叢書》本。

〔註245〕（元）劉壎《隱居通議》卷一「理學一・論悟」，清《海山仙館叢書》本。

〔註246〕（元）劉壎《隱居通議》卷一「理學一・朱陸」，清《海山仙館叢書》本。

〔註247〕陳高華《元代陸學》，《元史研究論稿》第351頁，中華書局，1991年12月。引文出自（元）戴良《題楊慈湖所書陸象山語》，《九靈山房集》卷二十二，《四部叢刊》景明正統本。

格支離，只得精求方略，庶幾或悟耳。」〔註248〕宋孝宗淳熙八年（1181），史浩向朝廷推薦陸九淵，也稱讚他：「淵源之學，沈粹之行，輩行推之。而心理悟融，出於自得者也。」〔註249〕朱學後人論及陸九淵，也從「近禪」的角度批判他「特以爲一悟本心而可以爲聖賢」〔註250〕。劉壎雖未正面提及陸九淵論悟的言辭，卻記載了一段陸九淵弟子傅子雲開悟學者的事跡：

> 昔嘗聞老儒李伯煥與予言：金溪有傅先生號琴山，親承象山先生，學問甚高，生徒日眾，日夕講論不倦。鄰有一染匠，常往聽講，久之，忽大悟，曰：『元來世間道理如此。』自是聰明開豁，遂能詩文，不復爲匠。琴山從而作成之。〔註251〕

雖然是染匠自己悟得世間道理，不過傅子雲畢竟有「作成」之功，傅子雲親承陸九淵，自然也能在一定程度上代表陸九淵的思想。可見劉壎「以悟爲宗」，不僅是受到先秦諸子及北宋賢哲言論的啓發，更可以說是直接繼承了陸九淵思想的精髓。

今人出於研究成果的需要，往往對劉壎之悟作出不恰當的評價，如鄭紅、胡青認爲，劉壎「悟」論思想，「與現代心理學關於漸悟與頓悟思維的研究有許多暗合之處，在中國哲學史與中國心理學史上獨樹一幟」〔註252〕。在劉壎之前，儒釋道三家皆有類似的思想，他的「悟」論絕稱不上「獨樹一幟」。而且客觀地說，由於不肯放棄自己的儒士身份，劉壎的「悟」論並沒有達到佛家尤其是禪宗的高度。至於與現代心理學的「暗合」，也多是研究者的牽強附會。今人對「悟」的分析研究，最初來源於克羅齊所謂的「直覺」，或者說藝術活動中的一種靈感，即便後來研究不斷深入，但是研究的範圍仍然只是具體的學習過程。〔註253〕而劉壎卻堅持「爲學必合從天命性上理會起」〔註254〕，

〔註248〕（宋）陸九淵《與鄧文範二》，《象山集》卷一，《四部叢刊》景明嘉靖本。
〔註249〕（宋）袁燮《象山陸先生年譜》卷上「淳熙八年」，明嘉靖三十八年晉江張喬相刻本。
〔註250〕（元）方回《瀛奎律髓》卷四十二陸九淵「和鵝湖教授韻」後，明初刻本。
〔註251〕（元）劉壎《隱居通議》卷一「理學一・論悟」，清《海山仙館叢書》本。
〔註252〕鄭紅、胡青《劉壎的「悟」論思想探析》，《江西教育科研》，1998年5月。
〔註253〕現代心理學重視對「悟」的研究，主要是格式塔學派，其思想可以參考（美）庫爾特・考夫卡著，李維譯《格式塔心理學原理》，北京大學出版社，2010年12月。
〔註254〕（元）劉壎《隱居通議》卷一「理學一・論子在川上章」，清《海山仙館叢書》本。

他的「悟」論，不僅要求「一理徹，萬理融」，而且帶有道德倫理的成分。劉壎之「悟」與現代心理學上的「悟」雖然在某些表面特徵上有相似之處，譬如都是直觀的而非分解的，不過究其本質，仍然存在不可跨越的鴻溝，任何將二者相提並論的說法都是不嚴謹的。

　　在宋末元初陸學式微的學術背景下，劉壎堅持維護陸學，並發揚陸學的本心思想，對陸學的延續和發展起到了至關重要的作用。可惜他並未在正統理學史上佔據一席之地，清人黃宗羲著《宋元學案》，李紱著《陸子學譜》，均未將他收錄其中。究其原因，其實也和他自己總結的陸學式微的原因有相似之處：一是疏於學術著述，劉壎雖然留下了《水雲村稿》、《隱居通議》等作品，卻沒有系統闡述其思想的專著，也沒有對儒家傳統經典的注疏。二是門人弟子不多，劉壎雖然曾任南豐州學正、延平路教授，不過那都是在官方的學校，並不曾像宋代理學家那樣私設講席，因此也沒有遇到得意的弟子。劉壎不僅弟子不多，並且師承也比較模糊，這也讓他在承上啟下的思想史中處於尷尬的孤立地位，後人在撰寫思想史的時候，很難把他歸於某一師門派系。另外，劉壎本人雖然高壽，可是早年為避兵禍四處奔走，晚年又為生計出仕奔波，年齡的優勢並沒有體現到學術建設上，因此也不能彌補上述兩個「短板」。還有一點需要說明的是，劉壎的思想「以悟為宗」，雖然自稱是發揚了儒學的傳統，不過在外人看來，「悟」學總難逃脫近禪的嫌疑，清人周中孚即稱「其論學既墮虛無」〔註255〕。劉壎對「悟」的諸多討論，一方面體現了他的獨立思考和創造精神，另一方面，也影響了他在正統理學體系中的地位。

〔註255〕　（清）周中孚《鄭堂讀書記》卷五十六子部十五《隱居通議》，民國《吳興叢書》本。

第二章　劉壎與元代前期的江西文壇

　　兩宋本是中國古代文學發展的一個高峰，可惜到了南宋晚期，由於國家政治形勢的衰弱，再加上科舉的長期影響，卑陋孱弱的時文之風開始在士子中風靡，影響延續到宋元之際。為了改變這種卑弱的文風，江西文壇出現了兩股思潮：一是以劉辰翁父子為代表的奇險，一是以文天祥、謝枋得為代表的悲壯。劉壎又在二者的影響下提倡古文創作，並對時文進行改造，促進了江西文壇的持續繁榮。

第一節　宋末元初對卑陋時文的反動

　　南宋時期的文壇，常常被以思想標準來劃分，其中最大的兩個派別，便是以朱熹、真德秀為代表的道學派，和以葉適、陳亮為代表的事功派。相比而言，事功派為文氣勢淩厲，道學派為文徐紆平和，二派風格，截然不同。宋理宗以後，隨著朱學逐漸得到政治上的認可，加之主和派在朝中得勢，文壇上的道學派也呈現出對事功派的壓倒優勢。葉適再傳弟子車若水，已經逐漸脫離師門，對事功派「新樣古文」多有批判，直言「六經不如此，韓文不如此，歐、蘇不如此，始知其非」〔註1〕。朱熹後學真德秀編輯《文章正宗》，大肆宣揚道學派的文學主張，一味強調明理載道，抹殺文學的內在特質。他比較歷代的文學成就，認為道學家領導的兩宋文壇尤盛於漢唐：

　　　　漢西都文章最盛，至有唐為尤盛。然其發揮理義、有補世教者，
　　　董仲舒氏、韓愈氏而止爾。國朝文治蔚興，歐、王、曾、蘇以大手

〔註1〕　（宋）車若水《腳氣集》卷下，民國景明寶顏堂秘笈本。

筆追還古作，高處不減二子。至濂洛諸先生出，雖非有意爲文，而
片言隻辭，貫綜至理，若《太極》、《西銘》等作，直與六經相出入，
又非董、韓之可匹矣。然則文章在漢唐未足言盛，至我朝乃爲盛爾。
〔註2〕

事實上，宋朝歐、王、曾、蘇的古文創作，都是沿襲韓愈開啓的「古文運動」
而來，然而只是沿襲其文脈，卻不能沿襲其精神，普遍缺少漢、唐文章的氣
勢。至於周敦頤《太極圖說》、張載《西銘》，則完全是講學家的語錄文字，
根本沒有文學性可言。眞德秀這一番議論，反映了程朱理學重道輕文的傳統。
難怪有學者尖銳地指出：「洛學起而文字壞。」〔註3〕南宋後期劉克莊也認爲：
「爲洛學者，皆崇性理而抑藝文。」〔註4〕吳淵更進一步分析道：

後生接響，謂性外無餘學，其弊至於志道忘藝，知有語錄而無
古今。始欲由精達粗，終爲本末俱舛，然則「言之無文，行之不遠」，
又豈周子之所尚哉？〔註5〕

隨著朱學與科舉的結合，他們所堅持的文學觀念，在求學士子中間風靡
一時。宋末周密回顧南宋太學文風的轉變，突出了程朱理學在其中的關鍵作
用：

南渡以來，太學文體之變，乾淳之文師淳厚，時人謂之乾淳體，
人材淳古，亦如其文。至端平，江萬里習《易》，自成一家文體，幾
於中復。淳祐甲辰，徐霖以《書》學魁南省，全尚性理，時競趨之，
即可以釣致科第功名。自此非四書、東西銘、太極圖、通書、語錄
不復道矣。〔註6〕

這裡可以明確看出，理學是怎樣通過科舉影響時代文風的。對於宋末的這種
時文風氣，元末明初的宋濂也曾給予激烈的批判：

辭章至於宋季，其敝甚久。公卿大夫視應用爲急，俳諧以爲體，

〔註2〕 （宋）眞德秀《跋彭忠肅文集》，《西山文集》卷三十六，《四部叢刊》景明正
德本。

〔註3〕 （宋）劉壎《隱居通議》卷二「理學二」《合周程歐蘇之裂》：「永嘉有言，洛
學起而文字壞。」也有人直接說是葉適之言，（宋）劉克莊《後村集》卷九十
六《迂齋標注古文》：「水心葉氏又謂洛學興而文字壞。」

〔註4〕 （宋）劉克莊《黃孝邁長短句》，《後村集》卷一百六，《四部叢刊》景舊抄本。

〔註5〕 （宋）吳淵《鶴山文集序》，（宋）陳起編《江湖小集》卷十一錄，清《文淵
閣四庫全書》本。

〔註6〕 （宋）周密《癸辛雜識·後集》「太學文變」，《文淵閣四庫全書》本。

偶儷以為奇，靦然自負其名高。稍上之，則穿鑿經義，驪栝聲律，
謷謷為嘩世取寵之具。又稍上之，剽掠前修語錄，佐以方言，累十
百而弗休，且曰：「我將以明道，奚文之為？」〔註7〕

所謂俳諧偶麗的應用之體，指的是在當時文人中盛行的四六文；所謂穿鑿經
義嘩世取寵者，指的是士子參加科舉的經義策對之文；所謂剽掠前人語錄者，
指的是道學家明理布道的義理之文。雖然三類文字內部尚有高下之分，但它
們共同的特點就是缺少真正的文學風骨。

一、以奇險救卑陋的劉辰翁父子

南宋後期的時代文風如此卑陋，自然有人站出來努力矯正。可惜這種矯
正，往往又走上另一條歧途。宋濂在論述中繼續寫道：

又稍上之，騁宏博則精蕪雜糅而略繩墨，慕古奧則刪去語助之
辭而不可以句。顧欲矯弊，而其敝尤滋。〔註8〕

想要擺脫萎靡不振的卑陋之風，卻過激地走上了奇險駭人的不文之路，孔子
說：「言之無文，行而不遠。」如果文章不能通順，再好的意思也表達不出來。
所以作者才說，這樣的弊端比原來更加嚴重。對於這種矯枉過正的現象，周
密交待得更加直接：

至咸淳之末，江東謹思、熊瑞諸人倡為變體，奇詭浮豔，精神
煥發，多用莊、列之語，時人謂之換字文章。對策中有「光景不露，
大雅不澆」等語，以至於亡，可謂文妖矣。〔註9〕

這裡提到的兩位文妖，雖未能在文學史上大放異彩，卻也代表了當時的一股
風氣。元人虞集評價南宋後期的文學狀況：「故宋之將亡，士習卑陋，以時文
相尚。病其陳腐，則以奇險相高，江西尤甚。」〔註10〕最能代表這一文風的，
是廬陵劉辰翁、劉將孫父子。

劉辰翁（1232～1297），字會孟，號須溪，吉安廬陵（今江西吉安）人。
宋理宗景定元年（1260）補太學生，三年（1262）登進士第，因得罪權臣賈
似道，出為濂溪書院山長。此後隨江萬里入福建轉運司、安撫司幕，並曾擔

〔註7〕　（明）宋濂《剗源集序》，《宋學士文集》卷六，《四部叢刊》景明正德本。
〔註8〕　（明）宋濂《剗源集序》，《宋學士文集》卷六，《四部叢刊》景明正德本。
〔註9〕　（宋）周密《癸辛雜識後集》「太學文變」，《文淵閣四庫全書》本。
〔註10〕　（元）虞集《跋程文憲公遺墨詩集》，《道園學古錄》卷四十，《四部叢刊》景明景泰翻元小字本。

任臨安府教授。宋亡不仕，隱居著書。相傳有文集一百卷，後多散佚，今存《須溪集》僅十卷，另有《須溪四景詩》四卷、《須溪先生記鈔》八卷等。

劉辰翁論文，突破了程朱理學家「作文害道」的觀念，認爲文章乃聖人傳道之事，「聖人經綸天下，不越《詩》、《書》六藝之文」〔註11〕。在他看來，聖人之道不僅包括性命天理，也包括常人的七情六欲，「儒者之道，其終不能無情矣」〔註12〕。劉辰翁提倡抒發眞情實感，本來也可能走上平易自然的文學道路，但是他卻認爲，人的感情往往是受到壓抑的，而文學創作，正是要排解人的不平之氣。他認同韓愈「不平則鳴」的文學創作論，認爲「凡歌行曲引，大篇小章，皆所以自鳴其不平也，而其險哀，有甚於雷風星變、山海潮汐者矣」〔註13〕。恬靜的心情可以通過平易的文章來表達，激烈的情緒則只能產生奇險的文章。

後人評價劉辰翁的散文，也多以「奇」字稱之。這種風格受到後世部份文人的稱讚，如明楊愼《劉辰翁傳》稱：「爲文祖先秦戰國莊老等，言率奇逸，自成一家。」〔註14〕明張寰《劉須溪先生記鈔序》稱：「其奇詭偉麗，變化不常。」〔註15〕清蕭正發更對劉辰翁文章中的奇氣讚不絕口，認爲「自有天地來，自有文章來，孰有奇於漆園者哉」，而「先生之爲文，無以異於漆園之爲文也」，「廬陵固不乏第一流奇人也，而第一流奇人奇書，捨先生誰歸哉？」〔註16〕蕭氏明確指出，劉辰翁文章的奇氣是承接了莊子的文風，但是清何屬乾卻認爲，這種奇氣的形成是受多方面的影響：

> 時而談玄，忘乎劉之爲老也；時而逍遙，忘乎莊之爲劉也；或乘風而行，若列子代御也；有摩詰之畫意，不必見於詩也；才如長吉，而非近於思也；忠愛似子美，不悲而歌，不哭而痛也；學兼班馬，不能分異同也；語多曠達，如東坡居海島而無譴謫之

〔註11〕　（宋）劉辰翁《隆興路學題書籍》，《須溪集》卷七，民國胡氏《豫章叢書》本。

〔註12〕　（宋）劉辰翁《本空堂記》，《須溪集》卷三，民國胡氏《豫章叢書》本。

〔註13〕　（宋）劉辰翁《不平鳴詩序》，《須溪集》卷六，民國胡氏《豫章叢書》本。

〔註14〕　（明）楊愼《劉辰翁傳》，段大林校點《劉辰翁集》附錄抄自《楊升菴集》（459頁），江西人民出版社，1987年8月。

〔註15〕　（明）張寰《劉須溪先生記鈔序》，段大林校點《劉辰翁集》附錄抄自《劉須溪先生記鈔》（460頁），江西人民出版社，1987年8月。

〔註16〕　（清）蕭正發《劉須溪先生集略序》，段大林校點《劉辰翁集》附錄抄自《劉須溪先生集略》（464～465頁），江西人民出版社，1987年8月。

戚也。〔註17〕

　　莊、老對他的影響誠然已經深入骨髓，不過漢唐乃至宋代文壇的諸位大家，也不同程度上影響了他的創作，這些大家風格各異，劉辰翁卻能各取其長而不衝突，這本身就稱得上是「第一流奇人」了。可惜他一味追求奇奇怪怪，反而忽視了文章表情達意的基本功能，語言經過刻意雕琢，失去了應有的自然流暢，變得艱澀難以通讀。

　　正因爲如此，後世更多的文人，對劉辰翁艱澀的文風持批判的立場，如宋末元初劉壎，讀劉辰翁文字，「頗覺纏繞有窘態，滯礙少活意，且又辭費」〔註18〕；清代四庫館臣更加嚴厲地指出：「其所作詩文，亦專以奇怪磊落爲宗，務在艱澀其詞，甚或至於不可句讀。」〔註 19〕但是，四庫館臣並不否認劉辰翁在文學上的貢獻，認爲「辰翁以文名於宋末，當文體冗濫之餘，欲矯以清新幽儁，故所評諸書多標舉纖巧，而所作亦多以詰屈爲奇。然蹊徑獨開，亦遂別自成家，不可磨滅。」〔註 20〕歷史或現實中的任何一個人，都是缺點與成就並存的，不能因爲缺點就連成就也一併抹殺。魏元曠爲《須溪集》作跋，也對劉辰翁的文風持批判態度：「其文艱澀，甚至不可句讀，誠如《總目》所云。」但他又引用劉辰翁論文之言：「文猶樂也，若累句換字，讀之如斷弦失譜，或急不暇春容，或緩不復收拾，胸中嘗有咽咽不自宣者，何爲聽之哉？」認爲「眞不易之論」。可惜劉辰翁的文學創作違背了自己的文學思想，「乃自言之，皆自蹈之，何耶？豈所謂見千里而不見眉睫者？然文則縱橫變化以極其工，當以求工之累而敝之也。」〔註 21〕求奇求工而至於艱澀不可句讀，正是劉辰翁爲文的最大弊病。

　　劉辰翁之子劉將孫（1257～？），字尙友，號養吾，因其父號須溪，時人又稱之爲小須。元初曾任臨汀書院山長、延平教授、光澤主簿等職，著有《養吾

〔註17〕　（清）何屬乾《劉須溪先生記鈔序》，段大林校點《劉辰翁集》附錄抄自《劉
　　　　　須溪先生記鈔》（462 頁），江西人民出版社，1987 年 8 月。
〔註18〕　（元）劉壎《隱居通議》卷十六「文章四」《嗣漢三十六代天師簡齋張眞人墓
　　　　　誌銘》後，清《海山仙館叢書》本。
〔註19〕　（清）永瑢等《四庫全書總目》卷一百五十六集部十八《須溪集》，清乾隆武
　　　　　英殿刻本。
〔註20〕　（清）永瑢等《四庫全書總目》卷一百六十六集部十九「養吾齋集」，清乾隆
　　　　　武英殿刻本。
〔註21〕　（清）魏元曠《須溪集跋》，民國胡氏「豫章叢書」本《須溪集》後附。所引
　　　　　劉辰翁語，出自《須溪集》卷七《答劉英伯書》。

齋集》。劉將孫受家庭影響，很早就有能文之名。父子齊名文壇，足爲一方盛事。

劉將孫能與其父齊名，可見其文學創作，很大程度上繼承了劉辰翁的奇險之風。針對世人對劉辰翁的批判，劉將孫進行了堅決的回擊：

> 自吾家先生教人，始乃有悟者。然或謂好奇，或謂非規矩繩墨，惟作者證之大方而信。對以意稱者重於字，字以精鍊者過於篇，篇以脈貫者嚴於法。脫落蹊徑而折旋蟻封，狹袖屈伸而舞有餘地，是固未易爲不知者道。〔註22〕

世人對劉辰翁不守繩墨的指責變成了劉將孫對劉辰翁脫落蹊徑的讚賞，這裡面當然有「子爲父隱」的親情因素，但是也能從中反映出劉將孫的文學取向。劉將孫弟子曾聞禮在爲其文集作序時說：「先生之於文，渾浩變化，長驅直逐，濤驚浪駭，虎躍龍騰，有傾河倒海之勢。而來者汪洋，不可涯涘。同時宿學知名之士，雅相推護，必經論著，共謂此須溪之文也。」〔註23〕父子二人文章風格的相似，已經到了不可分辨的地步。清代四庫館臣說得更加明白：「（劉將孫）序說碑誌諸文，雖傷於繁富，字句亦間涉鉤棘，然序事婉曲，善言情款，具有其父之所短，亦未嘗不具有其父之所長。」既學其長又學其短，看來至少在劉將孫的心裏，對劉辰翁的創作風格是完全接受的。

當然，劉將孫在學習其父文風的同時，也表現出自己特有的風格，元代吳澄曾對比劉氏父子文風的不同：「若會孟之誠詭變化，而尚友浩瀚演迤，評者亦曰尚友之文非會孟之文，則爲知言也已。」〔註24〕這裡所謂「浩瀚演迤」，無異於四庫館臣所說的「傷於繁富」，只不過劉辰翁爲文多「誠詭」，劉將孫所作多「渾浩」而已。

需要特別指出的是，劉辰翁父子的文章雖然以奇險著稱，但卻絕不止此一種風格。如劉辰翁雖然深受莊子的影響，但是對唐宋大家韓愈、歐陽修等人也甚爲傾慕，他自己除了奇崛艱澀的序、記文章之外，也有許多縱橫捭闔的議論文。〔註25〕劉將孫論文重視自我，同時也提倡自然天趣，他

〔註22〕（元）劉將孫《胡以實詩詞序》，《養吾齋集》卷十一，清《文淵閣四庫全書》本。

〔註23〕（元）劉將孫《養吾齋集》卷首曾聞禮序，清《文淵閣四庫全書》本。

〔註24〕（元）吳澄《劉尚友文集序》，《吳文正集》卷二十二，清《文淵閣四庫全書》本。

〔註25〕關於劉辰翁的文學成就，可以參見四川大學博士研究生焦印亭學位論文《劉辰翁研究》，2007年3月。

的文學創作，既有艱澀難讀的一面，也有平易通暢的一面。〔註 26〕本文突出其奇險特徵，是因爲這種文風既是他們個人的標籤，也盛行於當時的江西文壇。

江西文人以奇險相尚，其實並不自劉辰翁始。早在宋孝宗時期（1162～1189），就已經出現了反對時文的江西別派。元人袁桷就此論述道：

> 江西之文曰歐陽、王、曾，自慶曆以來爲正宗，舉天下師之無異辭。宋金分裂，群然師眉山公，氣盛意新，於科舉爲尤宜。至乾道、淳熙，江西諸賢別爲宗派，竊取《國策》、莊周之詞雜進，語未畢而更，事遽起而報。斷續鉤棘，小者一二言，長者數十言。迎之莫能以窺其涯，而荒唐變幻，虎豹誎而魚龍雜也。〔註27〕

北宋時期的江西文壇，是古文運動的興盛之地，出現了歐陽修、曾鞏等古文大家，文風平正迂緩。可是到了南宋中期，國勢的衰落激起文人心中的一股奇氣，文風也開始向奇險一路轉變。這種文風雖然未能主導文壇，卻像一股潛流一直延續下來，直到南宋末年，還有前面提到的李謹思、熊瑞等人，因風格奇詭而被稱爲「文妖」。

入元以後，這種文風依然長期存在，元人徐明善曾感歎道：

> 自至元庚寅至大德乙巳，予於江西凡再至，何今之士異乎昔之士也？浮豔以爲詩，鉤棘以爲文，貪苟以爲行，放心便已以爲學，是皆畔於聖人而朱子所斥者。〔註28〕

這裡將浮豔鉤棘的文學風格與放心便己的學術風氣相提並論，正說明了學術對文學的影響：雖然成名的陸學家並不多，江西仍然是陸學的發祥地和大本營，這裡的文人受陸學影響，創作更加隨心，也更容易出奇。直到元代中後期，江西仍有一股「險勁峭厲」的文風，歐陽玄曾對此強烈批判，並進一步分析其形成原因：

> 吾江右文章，名四方也久矣，以吾六一公倡爲古也。竊怪近年

〔註26〕關於劉將孫的文學成就，可以參見華東師範大學碩士研究生張媛媛學位論文《劉將孫研究》，2009 年 5 月。另外，查洪德《理學背景下的元代文論與詩文》下編第十一章「劉將孫：精神叛逆與文學創新」，也對劉將孫的文學思想和創作做了詳細論述，中華書局，2005 年 8 月。

〔註27〕（元）袁桷《曹伯明文集序》，《清容居士集》卷二十二，《四部叢刊》景元本。

〔註28〕（元）徐明善《學古文會規約序》，《芳谷集》卷一，民國胡氏《豫章叢書》本。

江右士爲文，間使四方學者讀之，輒愕相視曰：「歐鄉之文，乃險勁

峭屬如此，何不舒徐和易以宗吾六一公乎？」蓋嘗究其源焉，吾鄉

山水奇崛，士多負英氣，然不免尚人之心，足爲累焉耳。〔註29〕

這裡從地域特徵進行分析，確實是抓住了問題的關鍵。江西地處長江中下游的南岸，北臨長江，南有九連山、大庾嶺，東有懷玉山、武夷山，西有幕阜山、武功山等，三面環山，一面靠水，區內又多丘陵地貌，整體上呈現出「不平」的特徵。正是這種相對封閉的獨特環境，江西文化「始終保持著自身的體系和風格，貫穿著中原傳統文化的特點與精神，同時又不斷融入一些江西地域文化因素的影響」〔註30〕。一方面，江西多山多水，卻少耕地，因此「土瘠民貧，好剛而負氣」〔註31〕。另一方面，江西山水景色奇特，引人入勝，清代劉獻廷說過：「江西風土與江南迥異，江南山水樹木雖美麗，而有富貴閨閣氣，與吾輩性情不相浹洽。江西則皆森秀竦插，有超然遠舉之致。吾謂目中所見山水，當以此爲第一。」〔註32〕受此「森秀竦插」山水的影響，江西士風向來尚奇，後人對此皆有體認，所謂「江西士風譎詭」〔註33〕、「江西士風以義氣相高」〔註34〕。宋代朱熹更是直言：「江西士風，好爲奇論，恥與人同，每立異以求勝」〔註35〕，生平和朱熹反覆辯論並提出一套全新學說的陸九淵，就是江西士人的傑出代表。

從南宋中期到元代中後期，江西文壇一直有一股奇險文風的潮流，應該說絕不是偶然的，而是有著多重的原因：首先是不平的地域特徵，造就了士人好奇的心理；其次是陸學的潛在影響，滋潤了士人求異的本能；再次是社會的風雲變化，激發了士人雄奇的氣魄。在重重原因的綜合影響下，文壇的這股潮流也就順勢而成了。

〔註29〕 （元）歐陽玄《族兄南翁文集序》，《圭齋文集》卷八，《四部叢刊》景明成化本。

〔註30〕 吳海、曾子魯主編《江西文學史》導言（8頁），江西人民出版社，2005年3月。

〔註31〕 （明）許弘綱《酌議稅務疏》，《群玉山房疏草》卷下，清康熙百城樓刻本。

〔註32〕 （清）劉獻廷《廣陽雜記》卷四，清同治四年鈔本。

〔註33〕 （明）沈德符《萬曆野獲編》補遺卷三「曆法·算學」，清道光七年姚氏刻、同治八年補修本。

〔註34〕 （明）于有年《奸諛大臣不堪總憲乞賜罷免以振士風疏》，（明）吳亮輯《萬曆疏鈔》卷十九「糾邪類」，明萬曆三十七年刻本。

〔註35〕 （宋）黎靖德輯《朱子語類》卷一百二十四，明成化九年陳煒刻本。

二、以悲壯動人心的文天祥與謝枋得

與奇險文風不同的是，宋元鼎革之際，隨著社會形勢的急劇變化，一些愛國文人的感情也變得激烈。尤其是在宋亡之後，以遺民自命的文人將滿腔的憤恨付諸筆端，文壇風氣為之一變。清人黃宗羲對此有精彩論述：

> 文章天地之元氣也，元氣之在平時，昆侖旁薄，和聲順氣，發自廊廟而菳泆於幽遐，無所見奇。逮夫厄運危時，天地閉塞，元氣鼓蕩而出，擁勇鬱過，坌憤激訐，而後至文生焉。故文章之盛，莫盛於亡宋之日，而皋羽其尤也。〔註36〕

皋羽即謝翱（1249～1295），福建建寧人，宋末積極抗擊元軍，宋亡不仕，是當時著名的遺民詩人。在同一時期的江西，也有很多抗元志士和南宋遺民，如文天祥、謝枋得等，都以文章節氣千古留名。二人均入《宋元學案》，其中文天祥列於「巽齋（歐陽守道）門人」，屬「晦翁三傳」〔註37〕；謝枋得列於「徑畈門人」，徑畈先生即徐霖，是鄱陽湯巾的弟子，因此謝枋得也是陸學後學〔註38〕。清人全祖望對此評論道：「巽齋之門有文山，徑畈之門有疊山，可以見宋儒講學之無負於國矣。」〔註39〕今人對文天祥、謝枋得的評價，大多限於其忠義思想，無意中忽略了他們的文學成就，這裡簡要介紹一下他們的文學思想和創作。

文天祥（1236～1283），字宋瑞，又字履善，號文山，吉州廬陵（今江西吉安）人。宋理宗寶祐四年（1256）狀元及第，歷任湖南提刑，知贛州。恭帝德祐元年（1275）元兵渡江，文天祥起兵勤王。臨安危急，奉命至元營議和，因堅決抗爭被扣留，後冒險脫逃，擁立益王趙昰，至福建募集將士，進兵江西，恢復州縣多處。後兵敗被俘至元大都，終以不屈被害。《宋史》卷四百一十八有傳，有《文山先生全集》傳世。

文天祥以忠義彪炳千古，平生未曾刻意為文。在他看來，「文章一小伎」〔註40〕，只是學者之末事，但是他並不完全否認文學的價值，而是把文章看作表彰道德的必要工具。他在《西澗書院釋菜講義》裏強調文章與道德品行的關係：「子以四教：文、行、忠、信。雖岐為四者，然文、行安有離乎忠信？

〔註36〕 （清）黃宗羲《謝皋羽年譜遊錄注序》，《南雷文定集》卷一，清康熙刻本。
〔註37〕 （清）黃宗羲《宋元學案》卷八十八《巽齋學案》，清道光刻本。
〔註38〕 （清）黃宗羲《宋元學案》卷八十四《存齋晦靜息庵學案》，清道光刻本。
〔註39〕 （清）黃宗羲《宋元學案》卷八十八《巽齋學案》卷首案語，清道光刻本。
〔註40〕 （宋）文天祥《跋蕭敬夫詩稿》，《文山先生全集》卷十，《四部叢刊》景明本。

有忠信之行，自然有忠信之文；能爲忠信之文，方是不失忠信之行。」〔註41〕。
一方面，文章應以忠信道德爲本，只要有高尚的道德情操，就能寫出高尚的
文章；另一方面，忠信道德要由文章來表現，只有作出高尚的文章，才能證
明高尚的情操。前者是「有德者必有言」，自然是宋代理學家的一貫口吻；後
者是有言者才有德，也符合聖人「言之無文，行而不遠」的教誨，二者相互
依賴，相互證明，缺一不可。文天祥很少直接表達自己的文學思想，只在爲
別人所作的墓誌銘中提到兩點：一是尚奇好古，他在《知韶州劉容齋墓誌銘》
中稱其「工爲文章，雖遊戲之筆鮮不奇古」，〔註42〕這裡的「奇」不是指字詞
的奇崛，而是指立意的高古；二是自然抒情，他在《羅融齋墓誌銘》中稱其
「爲文不事銛巧，惟意所到，自然成章」〔註43〕，不追求格式化的所謂文法。

　　文天祥雖是狀元出身，卻特別反對科舉時文，他認爲：「三代以下無良法，
取士者因仍科舉不能變。士雖有聖賢之資，倘非俯首時文，無自奮之路，是
以不得不屑於從事。而其所謂文，蓋非其心之所甚安，故苟足以訖事則已矣。」
〔註44〕時文不能抒發士人的本心，只是考生獵取功名的工具，即便說得天花
亂墜，也不是眞正的「忠信之文」。

　　至於文天祥自身的文章特色，明人羅洪先曾給予極高的評價：「余觀其文
辭，矯乎如雲鴻之出風塵，汎乎如渚鷗之忘機械，凜乎如匣劍之蘊鋒芒。至
於陳告敷宣，肝膽畢露，旁引廣喻，曲盡事情，則又沛乎如長江大河，百折
東下，莫有當其騰迅者。」〔註45〕從這段話中，可以總結出文天祥文章的幾
個特色：一是立意高古，不落凡塵；二是率意爲文，不拘成法；三是氣勢凜
然，震懾力足；四是感情濃烈，渲染力強。需要指出的是，文天祥雖然主張
率意爲文，自然成章，創作中卻並非完全不講體式格法，恰恰相反，他的很
多文章都非常注意脈絡樞紐的安排。如《指南錄後序》感歎「予之及於死者，
不知其幾矣」，接著便以「死」爲樞紐，羅列了十八次「及於死」的經歷，眼

〔註41〕　（宋）文天祥《西澗書院釋菜講義》，《文山先生全集》卷十一，《四部叢刊》
　　　　景明本。
〔註42〕　（宋）文天祥《知韶州劉容齋墓誌銘》，《文山先生全集》卷十一，《四部叢刊》
　　　　景明本。
〔註43〕　（宋）文天祥《羅融齋墓誌銘》，《文山先生全集》卷十一，《四部叢刊》景明
　　　　本。
〔註44〕　（宋）文天祥《跋李龍庚殿策》，《文山先生全集》卷十，《四部叢刊》景明本。
〔註45〕　（明）羅洪先《重刻文山集序》，《念菴文集》卷十一，清《文淵閣四庫全書》
　　　　本。

目明顯，脈絡清晰，可爲後世作文一模範。

以德祐元年起兵勤王爲界，文天祥的文章可以分爲前後兩個時期。前期文章以上書、策論爲代表，言辭懇切，氣勢嚴峻。《四庫全書總目》評價說：「天祥平生大節，照耀今古，而著作亦極雄贍，如長江大河，浩瀚無際。其廷試對策及上理宗諸書，持論剴直，尤不愧『肝膽如鐵石』之目。」〔註 46〕如《御試策一道》，既運用理學家的語言，對皇帝諄諄規勸，言辭懇切；又列舉民生疾苦，直陳時弊，氣勢激昂。後期文章多自敘其心志，沉痛悲壯，動人心弦。如《指南錄序》、《指南錄後序》，歷述自己抗擊元軍的艱難經過，表現了自己臨危受命、百折不撓的意志；同時面對國是日非的現狀，也表達了自己「鞠躬盡力，死而後已」的決心。作者歷經時代滄桑，感情更加濃厚，文章「也就寫得更加悲歌慷慨、眞切動人」〔註 47〕。

前後兩期相比，文天祥後期的文章更爲人稱頌，因爲其中包涵了強烈的忠信道德的思想。如明代韓雍所說：「其詩、辭、序、記等作，或論理敘事，或寫懷詠物，或弔古而傷今，大篇短章，宏衍巨麗，嚴峻剴切，皆惓惓焉愛君憂國之誠，匡濟恢復之計。至其自誓盡忠死節之言，未嘗輟諸口，讀之使人流涕感奮，可以想見其爲人。」〔註 48〕明代鄢懋卿也說道：「其發諸文詞，昭日星，轟雷霆，而慷慨激烈，無非忠義所形，至今誦其言，想其風旨，眞足以寒姦邪之膽，而起吾人淩厲之氣。」〔註 49〕突出文章的教化作用，也是理學家一向的堅持。

謝枋得（1226～1289），字君直，號疊山，信州弋陽（今江西弋陽）人。少穎悟，宋理宗寶祐四年（1256）中進士，因得罪權臣賈似道，故仕途不顯。德祐元年（1275）知信州，元兵陷境，從此隱居山中。宋亡之後，屢徵不就，後被強行帶到大都（今北京），囚於憫忠寺（今法源寺），堅貞不屈，絕食而死，門人私諡曰文節。《宋史》卷四百二十五有傳，著有《疊山集》、《文章軌範》、《詩傳注疏》等。

〔註 46〕　（清）永瑢《四庫全書總目》卷一百六十四集部十七「文山集」，清乾隆武英殿刻本。

〔註 47〕　郭預衡《中國散文史（中）》第十一章第二節頁 667，上海古籍出版社，1993年 10 月。

〔註 48〕　（明）韓雍《文山先生文集序》，《襄毅文集》卷十一，清《文淵閣四庫全書》本。

〔註 49〕　（明）鄢懋卿《文山先生全集序》，《文山先生全集》卷二十附錄，《四部叢刊》景明本。

　　謝枋得的文學觀點，集中體現在他的《文章軌範》一書中。《文章軌範》是一本評點類的古文選集，在南宋末年有重要地位，張雲章曾經評價：「有宋一代，文章之事盛矣，而集錄古今之作傳於今者，僅三四家，夫亦以得其當者鮮哉。眞西山《正宗》、謝疊山《軌範》，其傳最顯，格製法律，或詳其體，或舉其要，可爲學者準則。」〔註50〕此書是爲士子通過科舉而作，「是獨爲舉業者設耳」〔註51〕，不過謝枋得並不認同南宋的時文風氣，而是直言「古之所謂經天緯地曰文者，必非場屋無用之文也」〔註52〕，《文章軌範》收錄大量韓愈、歐陽修的文章，明顯帶有以韓、歐古文改革科舉程文的意圖。其所收文章，藝術性和思想性兼重，「從選文的角度來看⋯⋯所選文章大部份思想性、藝術性都比較高，千百年來一直膾炙人口」〔註53〕。

　　根據爲學順序的不同，作者將科舉程文分爲「放膽文」和「小心文」兩個層次，認爲「凡學文，初要膽大，終要心小。由粗入細，由俗入雅，由繁入簡，由豪蕩入純粹。」他自評所收入的「放膽文」「皆粗枝大葉之文，本於禮義，老於世事，合於人情。初學熟之，開廣其胸襟，發抒其志氣，但見文之易，不見文之難，必能放言高論，筆端不窘束矣。」〔註54〕「放膽文」雖然在形式上比較粗糙，卻能打消章法技巧對思想內容的限制，最大程度地反映作者的觀點。只有在保證眞實思想的基礎上，才能進一步探討爲文的技巧問題。對於「小心文」，作者評論道：「此集文章占得道理強，以清明正大之心，發英華果銳之氣，筆勢無敵，光燄燭天。學者熟之，作經義，作策，必擅大名於天下。」〔註55〕可見文章之筆勢，也要建立在道理之上。

　　謝枋得具體的文學思想，主要體現在所選文章的夾評之中，大體可以分爲幾個方面：

　　1. 爲文重氣力風骨。這一點主要體現在「放膽文」中。作者特別重視韓愈的文章，很大程度上便是因爲韓文的氣勢宏闊。如作者評價韓愈《送溫處士赴河陽軍序》：「文有氣力，有光燄，頓挫豪宕，讀之快人意，可以發人才

〔註50〕　（宋）呂祖謙《古文關鍵》卷首張雲章序，《叢書集成初編》本。
〔註51〕　（明）王守仁《重刊〈文章軌範〉序》，《王文成公全書》卷二十二，《四部叢刊》景明隆慶本。
〔註52〕　（宋）謝枋得《送方伯載歸三山序》，《疊山集》卷六，《四部叢刊續編》景明本。
〔註53〕　張麗《謝枋得〈文章軌範〉初探》，《撫州師專學報》，2002年3月。
〔註54〕　（宋）謝枋得《文章軌範》卷一，清《文淵閣四庫全書》本。
〔註55〕　（宋）謝枋得《文章軌範》卷四，清《文淵閣四庫全書》本。

思。」〔註56〕文章的氣力不僅表現在「屬聲色」、「露鋒芒」〔註57〕，更重要的是「理強氣直，意高辭嚴」〔註58〕。另外，氣勢還是要有道理的支撐，如此才不至於墮入奇險，這也是謝枋得與劉辰翁父子的根本不同。

2. 下筆重體式格法。這一點主要體現在「小心文」中。作者認爲作文應該「議論精明而斷制，文勢圓活而婉曲，有抑揚，有頓挫，有擒縱」〔註59〕。他盛讚蘇洵《祖論》「皆是窮思極慮，刻苦作文，非淺學所到」〔註60〕；又盛讚蘇軾《范增論》「一句一字增減不得，句句有法，字字盡心」〔註61〕；又盛讚蘇軾《王者不治夷狄論》「有冒頭，有原題，有講題，有結尾」〔註62〕。凡此種種，都可以看出作者對文章體式的重視。

3. 務去陳腐，主張創新。謝枋得非常重視韓愈，不僅因爲韓文很有氣勢，更因爲他的「惟陳言之務去」。作者評價韓愈《送高閒上人序》：「此序談詭放蕩，學莊子文。文雖學莊子，又無一句蹈襲。」〔註63〕韓愈學莊子，只是學他語言的放蕩和想像的奇詭，並無一點生搬硬套的抄襲。作者還認爲，寫文章要能表達新意：「下筆作論，必驚世絕俗。」〔註64〕如此才能吸引讀者的注意，也才能體現自己的價值。

4. 文章應該有關教化。《文章軌範》雖不像眞德秀的《文章正宗》那樣「論理而不論文」〔註65〕，不過畢竟是爲士子科舉而作，因此也很強調文章的教化功能。作者引用葉適的評論：「文章不足關世教，雖工無益也。」〔註66〕在具體評價所選古文時，也以此作爲一項重要的標準，如稱讚范仲淹《嚴先生

〔註56〕（宋）謝枋得《文章軌範》卷一《送溫處士赴河陽軍序》，清《文淵閣四庫全書》本。

〔註57〕（宋）謝枋得《文章軌範》卷二，清《文淵閣四庫全書》本。

〔註58〕（宋）謝枋得《文章軌範》卷二《諱辯》後，清《文淵閣四庫全書》本。

〔註59〕（宋）謝枋得《文章軌範》卷三，清《文淵閣四庫全書》本。

〔註60〕（宋）謝枋得《文章軌範》卷三《祖論》前，清《文淵閣四庫全書》本。

〔註61〕（宋）謝枋得《文章軌範》卷三《范增論》後，清《文淵閣四庫全書》本。

〔註62〕（宋）謝枋得《文章軌範》卷三《王者不治夷狄論》前，清《文淵閣四庫全書》本。

〔註63〕（宋）謝枋得《文章軌範》卷一《送高閒上人序》前，清《文淵閣四庫全書》本。

〔註64〕（宋）謝枋得《文章軌範》卷三《范增論》後，清《文淵閣四庫全書》本。

〔註65〕（清）永瑢《四庫全書總目》卷一百八十七集部四十「文章正宗」，清乾隆武英殿刻本。

〔註66〕（宋）謝枋得《文章軌範》卷六，清《文淵閣四庫全書》本。

祠堂記》：「字少意多，文簡理詳，有關世教，非徒文也」〔註67〕；稱讚李覯
《袁州學記》：「此等文章關係世教，萬世不磨滅。」〔註68〕文章的思想性始
終要在藝術性之上。

謝枋得的文章散佚很多，根據統計，「流傳至今的謝文僅八十餘篇」〔註69〕。
至於其文學風格，元人陳櫟《定宇集》中記載了一段精彩的問答：

問：謝疊山文，董師謙謂其本領宏闊，而波瀾演迤，初欲傚佛
東坡，其究實似葉水心、陳同甫。竊謂水心、同甫全不同，水心鍊
字鑄辭，極其奇俊；同甫跳蕩豪邁，乏溫潤氣。疊山有東坡、同甫
之雄偉，與水心無相似處。如何？

答曰：水心辭勝，同甫氣勝，於理皆欠，不足深法。疊山文不
多見，大概謝公才氣高，故所言所行，亦卓然不群。董說拘贅而不
的當，前輩謂鎔鑄百代而已，今如何說渠只似某人而不似某人？不
必如此多方比擬。〔註70〕

這段話反映了三人對謝枋得文章的不同看法，其實只是每個人的關注點不
同。董師謙既看到謝文的宏闊之氣，又看到謝文的演迤之辭；提出問題的是
吳仲文，他只看到謝文的豪邁氣勢，忽視了謝文的謀篇佈局；最後做出回答
的是陳櫟，他認爲辭和氣都不是文章的關鍵所在，謝文重在道理醇正。這裡
所謂的道理醇正，指的是文章有關世教風化，本於忠義道德，明代學者劉僑
對此評價說：「宋故疊山先生文節謝公之爲文，無一不本於德，鑿鑿乎如穀粟
布帛，世不可無也⋯⋯公之文，一字一語，悉忠孝之所發。」〔註71〕謝枋得
文章的這一特點，既與宋元鼎革的時代背景有關，也和謝枋得的陸學家身份
密不可分。

文天祥和謝枋得，一個是朱學傳人，一個是陸學傳人，但是在特定的歷
史條件下，他們的文學思想和創作卻體現出很多共性：從言和意的關係上來

〔註67〕 （宋）謝枋得《文章軌範》卷六《嚴先生祠堂記》前，清《文淵閣四庫全書》
本。

〔註68〕 （宋）謝枋得《文章軌範》卷六《袁州學記》夾批，清《文淵閣四庫全書》
本。

〔註69〕 劉玲娜《論謝枋得》，西南大學高校教師碩士學位論文，2008年。

〔註70〕 （元）陳櫟《定宇集》卷七「答問」，清《文淵閣四庫全書》補配《文津閣四
庫全書》本。

〔註71〕 （明）劉僑《疊山先生文集序》，《疊山集》卷首，《四部叢刊續編》景明本。

說，都是有爲而發，不是無病呻吟；從語言風格上來說，都是直抒胸臆，沒有矯揉造作；從思想內容上講，都注重道德教化，都表達了對南宋王朝矢志不渝的忠心。

文天祥和謝枋得，一個積極抗元，一個消極避世，但最後都選擇了以身殉國，因此他們的文章，也成爲我國文學史上殉國志士之文的傑出代表。這種文風，「不同於前此道學家的『鳴道之文』，也不同於道學家所謂的『文士之文』」〔註72〕，衝破了宋末元初文壇或卑弱或奇險的困局，豐富了文壇的整體面貌。

第二節　劉壎的古文理論

劉壎生當宋元之交，既親身經歷過宋末卑陋的時文風氣，又受到當時奇險與悲壯兩股文風的浸染。他自然也反對卑陋的文風，不過對劉辰翁與謝枋得的主張，也並不能完全接受，而是在批判吸收的基礎上，提出了自己獨具特色的古文理論。

一、對當時文壇風氣的評價

劉壎身處宋元之際，目睹了文壇的種種弊端，主張以古文救時文之弊。但是對劉辰翁父子爲代表的奇崛文風，劉壎表達了明確的反對。劉辰翁曾就學於江萬里，劉壎因此拿二人進行對比：「昔廬山江丞相萬里，爲三十五代天師志墓，其文奇偉超卓，讀之不厭。近廬陵劉太博辰翁，亦爲三十六代天師志墓，雖極刻斷摩厲之工，而趣味有不及焉。」眞正奇偉超卓的文章，應該表現在意度非凡，趣味盎然，讀後讓人深思和回味，而不是簡單的文辭峭刻，奇奇怪怪，只爲一時駭人之耳目。劉辰翁爲文，只顧語言之奇，不求意味之深，捨本求末，自然難讓劉壎心服。何況其語言也只是奇險峭厲，根本沒有工整可言：「江公作觀妙眞人志，筆力跌蕩，眞如天馬遊龍，不可羈靮，而又淵然其光，油然其味，誠老筆也。須溪此篇，頗覺纏繞有窘態，滯礙少活意，且又辭費，或者未足以繼乃師歟？」文字的奇麗是爲了吸引讀者閱讀進而瞭解其內容，而不是刻意爲難讀者讓其望而卻步。劉辰翁故作奇筆，爲奇而奇，不知文字的鍛鍊和結構的佈局，難免使文章艱澀難讀，纏繞不通。文字都不

〔註72〕郭預衡《中國散文史（中）》頁665，上海古籍出版社，1993年10月。

能通暢，意味自然無從呈現，奇文最後只能成爲畸文。

劉壎將劉辰翁與江萬里進行對比，文章成就高下立見，作者對二位的好惡取捨也很明朗。在此之餘，他還記載了一件趣事，更加清楚地表達了對劉辰翁的排斥心理：

> 予近作桂舟先生墓誌時，不曾觀此篇，偶信意作招辭以銘之。聞有一遊士見而評曰：「墓銘不應作騷體。觀其文字，考其議論，眞須溪焉耳。」或以見告，因笑曰：「謂吾文似須溪，固非欺我，而謂銘不用騷體，亦未可以律我。昔惟韓、曾不作此體，歐陽公銘石守道、梅聖俞，皆長言之。其說曰：『言之長，哀之深也。』」几案偶有汪龍溪文、劉後村集在焉，取而觀之，銘以楚詞者甚多，何止須溪？〔註73〕

劉辰翁是當時的文壇大家，有人將自己與大家相提並論，本是一件很光榮的事，何況就連劉壎自己也承認，他所作墓誌確實與劉辰翁有相似之處。可是劉壎依然不惜大費口舌，辯明自己以騷體作銘文的手法雖然「似須溪」，卻不是學須溪，而是有更遠更多的師承淵源。劉壎並不把劉辰翁當作騷體銘文的最佳代表，一個最大的原因就在於，劉辰翁的文字遠不能達到前人「言之長，哀之深」的要求：前人主張言辭深厚，劉辰翁的文章卻處處是棱角，「纏繞有窘態」；前人追求感情悠長，劉辰翁的文章卻乏然無趣味，「滯礙少活意」。顯然劉壎對銘文的看法，是與前人保持一致，而與劉辰翁保持距離的。

劉壎不滿意劉辰翁父子的奇險文風，不過對於江西文壇的遺民文人，卻給予了極高的評價。他在《隱居通議》中並沒有收錄文天祥的文章，因爲在他看來，「文丞相人品、科名、官爵俱爲宋朝第一，不必論其詩文，自有與天同壽者」〔註74〕。能集三者於一身，對文人來說實不易得，在南宋諸家中，劉壎也只找出江萬里與文天祥爲對：「近年進士爲宰相，能守節作全人者，二人焉：潔然清流而不污者，公（江萬里）也；毅然朔庭而不屈者，文山公也。」〔註75〕進士爲科名，宰相爲官爵，守節爲人品，三者之中，劉壎最看重的還是其「毅然朔庭而不屈」的氣節。可以說，劉壎對文天祥的崇敬，已經超越

〔註73〕（元）劉壎《隱居通議》卷十六「文章四·嗣漢三十六代天師簡齋張眞人墓誌銘」，清《海山仙館叢書》本。

〔註74〕（元）劉壎《隱居通議》卷十二「詩歌七·道體堂刊文山集」，清《海山仙館叢書》本。

〔註75〕（元）劉壎《題古心文後》，《水雲村稿》卷七，清《文淵閣四庫全書》本。

了一般的文學範疇。

相比而言，劉壎對謝枋得的推崇則涉及到了更多層面，他在《隱居通議》裏收錄了謝枋得的《程漢翁詩序》，並在文後附有評語：「疊山翁，信州貴溪人，素有文名，筆力奇勁。此序不盡其所長，而忠憤之意見於言外。獨其貶駁科舉程文之士誤我國家，傳笑萬世，此則誠爲至論，有合於先儒之旨。」〔註76〕這段話中也提到了謝枋得的三點難能之處：一是筆力奇勁有風骨；二是文中充滿忠憤之義氣；三是反對科舉程文。一定意義上講，這三點都與文學創作有關：筆力奇勁自不必說，忠憤義氣屬於道德人品，但是要在文章之中甚至「文字之外」淋漓盡致地表達，卻屬於遣詞造句的一種技巧；同樣，反對科舉是政治態度，但是批判程文的陳腐卑弱，卻是當時文壇的一大風氣。如果說劉壎對文天祥還是因人而重文，那麼他對謝枋得則是人與文並重了。

劉壎在《隱居通議》中還收錄了謝枋得的一篇策問，這篇策問從題目上就反映了一個道學家的忠義道德：「景定中，江東轉運司行貢舉，引試北方士人一科。時疊山先生謝公枋得爲考試官，發策以中原爲問，問目筆力甚偉，當時遠近傳誦。」南宋自從 1234 年「端平入洛」失利以後，君臣再無進取的念頭，至景定年間，已是全線退守之勢，謝枋得此時猶有中原之念，雖然在政治上有些幼稚，卻能深刻反映他積極進取的愛國思想。這篇策問打破了傳統策問的體制，將對士子的設問求解，變成了一己的議論說教。有人曾對此提出異議，劉壎還特意爲之辯解：「或謂策問當設疑問難，今一筆說去，似非問目。然文氣振發，終是一篇好文字。其問目即藏於議論之中，但恐難爲對耳。」〔註77〕文章只要能振奮人心，激勵士氣，就是最大的成功，至於是否合於體制，並不是作者最先考慮的問題。劉壎並不是不重視文章的體制，而是更重視謝枋得文章的蓬勃氣勢，以及蘊含其中的強烈愛國情操。

劉壎對劉辰翁、謝枋得兩位鄉賢的不同態度，與其陸學家的身份以及在此影響下的文學主張有直接關係。他認爲文學創作應該以表達內心爲主，不必刻意追求文字的奇崛，而他所重視的內心，也不是最原始的所謂人心，而是充滿忠孝節義的道心。

〔註76〕（元）劉壎《隱居通議》卷十六「文章四・程漢翁詩序」，清《海山仙館叢書》本。

〔註77〕（元）劉壎《隱居通議》卷二十「文章八・江東運司策問」，清《海山仙館叢書》本。

二、文章的價值與判斷標準

　　劉壎論文重視忠義道德，但卻並不像程朱一派的理學家，完全以道德壓制文氣。他突破了朱學重道輕文的傾向，轉而強調文學的獨立價值。他認爲：「天地無全功，能生人，不能使斯人之有傳。傳者，以文章耳。文章造化，當與天地造化分功，文章在世間，顧可少哉？」〔註78〕將文章與天地造化相比併論，甚至認爲文章能補造化之功：天地給予人的生命是有限的，匆匆如白駒過隙，不足爲恃；文章給予人的生命是無限的，一篇好的文章，可以讓一個人萬古流傳。文章的獨立價值當然不止於此，劉壎還有更加全面的分析：

> 大則綱常建立，禮樂粲賁，宮廟朝市之位，官班祿爵之制。下至州邑以及閭里，莫不儀物黼黻，等威堂陛，有尊有卑，有都有鄙，有巨有細，有綱有紀。施諸政刑，秩然條理，郁郁彬彬，立厥統體。次則制詔坦明，號令傳宣，出絲綸而章日月，走風雷而動山川。悍將流涕而向化，癃老扶杖而爭先。又其次則奇人秀士，忘餐失寐，雕鏤才情，討論經史。或賡歌以誦太平，或哀吟而慨興廢，或爭先聖之教於衰微，或著書以俟百世。其尤下者，場屋聲華，音調委靡，獵科名，鉤富貴，是區區者最不足齒，然苟爲之，則亦斯文之一利也。〔註79〕

在這段文字裏，劉壎將文學的功用分爲四個層次：一是堯舜其君，建立綱常制度，上至宮廟朝市，下至州邑閭里，上下有序，各安其分；二是堯舜其民，維護社會團結，通過自上而下的教化，營造和平氛圍，減少不安定因素；三是著書立言，抒發自我性情，記錄時代風貌；四是應對科舉，追求個人功名。四種不同層次的功用，可以針對不同階層的人群：第一種針對規劃全局的朝中大員；第二種針對管轄地方的州縣小官；第三種針對逍遙避世的在野鄉賢；第四種針對追逐功名的求學士子。前二者突出了文學對社會的價值，後二者突出了文學對個人的價值。總之，文學不再是道學的附庸，甚至也不僅僅是載道之器，而是實現個人價值和社會價值的重要工具。

　　文章雖有這麼大的功用，但是並非人人都能寫出好文章。在劉壎看來，

〔註78〕　（元）劉壎《答諶桂州論銘文書》，《水雲村稿》卷十一，清《文淵閣四庫全書》本。

〔註79〕　（元）劉壎《壽文堂賦》，《水雲村稿》卷一，清《文淵閣四庫全書》本。

好的文章應該「即漢魏氣骨、晉宋風度、唐宋格法,當奄有以集大成」〔註80〕,具體而言,就是要符合下列標準:

1. 從創作態度上講,提倡自然而發,反對刻意作為。劉壎認為,文學創作應該出於自然,不要有太多做作的痕跡,他批評後人一味尊古,刻意模倣古人語言,以致陷於艱澀難讀。其實古人在創作之時,全是自然而發,絕無刻意的造作:

> 唐樊宗師作《絳守居園池記》,好怪者多喜其奇古,以予觀之,亦何奇古之有?硿蔓磊塊,類不可讀……凡文章必有樞紐,有脈絡,開闔起伏,抑揚布置,自有一定之法,今徒以詭異險澀難讀為工,其於六經簡嚴易直之旨合乎?否也……夫六經之文無不可讀,而不害其為古,《繫辭》、《春秋》俱出聖筆,其文從字順蓋如此也。《商盤》、《周誥》,佶屈聱牙,則以秦火之餘出,以伏生口授而然。齊語固異,而況九十之老,齒豁而音微,又雜以方言,安得不佶屈聱牙?要亦出於自然,非作為也。〔註81〕

古人進行文學創作,是以表情達意為目的,要在文從字順,即使有些地方在現在看來比較難讀,在當時也不過是方言俗語,並不是作者刻意立異。

既然聖人所作皆出於自然,後人師法聖人,當然也應該遵循這一原則,而不是故意以奇怪為高。劉壎即以此作為評價歷代文人成就的一個重要標準:

> 經文所以不可及者,以其妙出自然,不由作為也。左氏已有作為處,太史公文字多自然,班氏多作為。韓有自然處,而作為處亦多,柳則純乎作為。歐、曾俱出自然,東坡亦出自然,老蘇則皆作為也。荊公有自然處頗似曾文,惟詩也亦然。故雖古作者俱不免作為。淵明所以獨步千古者,以其渾然天成,無斧鑿痕也。韋、柳法陶,純是作為,故評者曰:「陶彭澤如慶雲在霄,舒卷自如。」〔註82〕

劉壎反覆強調,「春秋以後,文章之妙者,世推《左傳》、《史記》」〔註83〕,「世

〔註80〕　（元）劉壎《雪崖吟稿序》,《水雲村稿》卷五,清《文淵閣四庫全書》本。

〔註81〕　（元）劉壎《隱居通議》卷十五「文章三‧樊宗師文」,清《海山仙館叢書》本。

〔註82〕　（元）劉壎《隱居通議》卷十八「文章六‧經文妙出自然」,清《海山仙館叢書》本。

〔註83〕　（元）劉壎《隱居通議》卷十八「文章六‧作文法度」,清《海山仙館叢書》本。

之工作文者，固不得捨《史》、《漢》而他求也」〔註84〕，正是因爲它們多出於自然，也正是在這個意義上，他才對陶淵明讚賞不已。劉壎還以宋代文學家爲例，講明眞正的大家並不需要以新奇爲勝，而是要有自然之趣：「歐、曾、王、蘇四家，爲宋文宗，然皆未嘗用怪文奇字刻琢取新，而趣味深沉自不可及。」〔註85〕前面劉壎對劉辰翁的批判，也正是因爲劉辰翁刻意求新，過於雕琢。

2. 從語言風格上講，既提倡峻潔豪健，又提倡溫潤和平。兩宋文壇的一大特色，在於理學對文學的浸潤，從而形成了一種溫潤和平的文風。這種文風始於江西人歐陽修，其後逐漸擴大影響，成爲南北兩宋的代表文風。劉壎肯定這一文風的歷史地位，對此評論道：

> 我宋盛時，首以文章著者，楊億、劉筠，學者宗之，號「楊劉體」。然其承襲晚唐五代之染習，以雕鐫偶儷爲工，又號曰「西崑體」。歐陽公惡之，嘉祐中知貢舉，思革宿弊，故文涉浮靡者一皆黜落，獨取深醇渾厚之作。一時士論雖嘩，而文體自是一變，漸復古雅。南豐曾文定公、臨川王荆公，皆歐公門下士也，繼出而羽翼之，天下更號曰「江西體」。〔註86〕

歐陽修開創的「江西體」，既不以淩屬的氣勢壓人，也不以奇豔的文字驚人，而是通過徐紆典雅的語言，表達溫潤和平的趣味。劉壎認爲，不僅江西的作家稟此文風，就連浙東事功派陳亮，也受到這種風氣的影響：「龍川先生陳公亮，喜歐陽文，其所作有絕似處……以上皆龍川所作，而亦紆餘寬平，甚似歐文。」〔註87〕對於陳亮的文風，葉適曾做如下評價：「海涵澤聚，天霽風止，無狂浪暴流而回漩起伏，縈映妙巧，極天下之奇險。」〔註88〕一般人只注意其「回漩起伏」的奇險氣勢，劉壎卻看到他「天霽風止」的和平氣象，這當然和劉壎本人對徐紆和平文風的偏愛有關。

〔註84〕（元）劉壎《隱居通議》卷十八「文章六‧昌黎文法」，清《海山仙館叢書》本。

〔註85〕（元）劉壎《隱居通議》卷十五「文章三‧龍川宗歐文」，清《海山仙館叢書》本。

〔註86〕（元）劉壎《隱居通議》卷十三「文章一‧半山總評」，清《海山仙館叢書》本。

〔註87〕（元）劉壎《隱居通議》卷十五「文章三‧龍川宗歐文」，清《海山仙館叢書》本。

〔註88〕（宋）葉適《書〈龍川集〉後》，《水心集》卷二十九，《四部叢刊》景明刻本。

　　劉壎喜歡溫潤和平的文風，但是更喜歡峻潔豪健的文風，他在評價歐陽修文章的時候說道：「歐公文體，溫潤和平，雖無豪健勁峭之氣，而於人情物理深婉至到，其味悠然以長，則非他人所及也。」〔註89〕歐陽修的文章雖然已非他人所及，但是仍不免「無豪健勁峭之氣」的遺憾，可見劉壎心目的文章風格，仍以豪健峻潔為上。這一點也可以從劉壎對三蘇的評價上看出端倪：「三蘇皆得諡文，老泉文安（蘇洵），東坡文忠（蘇軾），潁濱文定（蘇轍），森然鼎峙，為一代文宗。老泉之文豪健，東坡之文奇縱，而潁濱之文深沉，差不逮其父兄，故世之讀之者鮮焉。」〔註90〕深沉之文終不敵豪健奇縱之文。劉壎曾經直言：「不論古文、時文、詩章、四六，但凡下筆鑄辭，便當以風骨為主。」〔註91〕風骨是他評價一切文學的最高標準。他評價唐代李華《政事堂記》，認為「此記峻潔嚴健，足稱名筆，非後世時文語可及也」〔註92〕；評價北宋蘇軾《滕元發墓銘》，認為「坡翁此志，筆力跌蕩振發，風起水湧，真足以發揚之」〔註93〕；評價南宋包恢，「每下筆輒汪洋放肆」〔註94〕；評價宋元之際的謝枋得，「素有文名，筆力奇勁」〔註95〕。凡此種種，皆風骨豪健之作。劉壎雖然提倡文章的風骨奇勁，卻很反對語言的務求艱澀，此處的風骨，也是自然而發的風骨，絕非刻意為之。

　　3. 從思想內容上講，提倡根植性理，反對語意塵腐。劉壎作為一個理學家，雖然承認文學的獨立價值，但是仍然認為，好的文章應該源於經術，根植性理。他曾以此為標準比較歐陽修與曾鞏的不同：

　　　　濂洛諸儒未出之先，楊、劉崑體，固不足道。歐、蘇一變，文
　　始趨古。其論君道、國政、民情、兵略，無不造妙，然以理學，或
　　未之及也。當是時，獨南豐先生曾文定公議論文章，根據性理，論

〔註89〕　（元）劉壎《隱居通議》卷十三「文章一・歐公文體」，清《海山仙館叢書》本。

〔註90〕　（元）劉壎《隱居通議》卷十五「文章三・三蘇」，清《海山仙館叢書》本。

〔註91〕　（元）劉壎《隱居通議》卷二十二「騈儷二・拾遺」，清《海山仙館叢書》本。

〔註92〕　（元）劉壎《隱居通議》卷十三「文章一・政事堂記」，清《海山仙館叢書》本。

〔註93〕　（元）劉壎《隱居通議》卷十五「文章三・滕元發墓銘」，清《海山仙館叢書》本。

〔註94〕　（元）劉壎《隱居通議》卷十七「文章五・范去非墓誌」，清《海山仙館叢書》本。

〔註95〕　（元）劉壎《隱居通議》卷十六「文章四・程漢翁詩序」，清《海山仙館叢書》本。

治道則必本於正心誠意，論禮樂則必本於性情，論學必主於務內，論制度必本之先王之法……朱文公評文專以南豐爲法者，蓋以於其周、程之先，首明理學也。然世俗知之者蓋寡，亡他，公之文自經出，深醇雅澹，故非靜心探玩不得其味，而予特嗜之。〔註96〕

曾鞏以文學家而「首明理學」〔註97〕，單從思想的醇度而言，確實比歐陽修更進一步。劉壎主張「學以明理，文以載道」〔註98〕，所以對曾鞏之文「特嗜之」。同樣，他在評價包恢作品「汪洋放肆」的同時，也不忘強調其「根據義理，娓娓不窮」〔註99〕，藝術性和思想性必須兼顧。在文學應該根植性理這一問題上，朱陸之間並無不同，因此劉壎也於此處引用朱熹觀點，證明曾鞏的文學成就。劉壎對陸九淵文學成就的評價，也反映了他重視作家性理修養的一面：「他人當此境界，惟供風雲月露之姿，先生則內外齊觀，即『鳶飛魚躍』之妙矣。」〔註100〕陸九淵文章能有如此妙境，無疑也是因爲根植性理的緣故。

劉壎反對在文字上刻意求新，但是卻強調在立意上不能陷入陳腐。至於如何才能不陷入陳腐，他也給出了自己的建議：

語意不塵，詩文之一妙也。韓文公云：「惟陳言之務去，戞戞乎其難哉！」或曰：「是不難。熟復《莊》、《騷》，即不塵矣。」夫《南華經》與《楚辭》二書，經千有餘年，然一展讀則煥爛如新。學文者能取《莊》、《騷》玩味之，又取《世說新語》佐之，則塵腐之疾去矣。〔註101〕

《莊子》和《離騷》向來以想像奇特著稱，劉壎也對兩部書稱讚不已。他在評價屈原時說：「屈原作《離騷經》，蓋風雅之再變者，雖與日月爭光可也。」

〔註96〕（元）劉壎《隱居通議》卷十四「文章二·南豐先生學問」，清《海山仙館叢書》本。

〔註97〕曾鞏生於宋眞宗天禧三年（1019），周敦頤生於天禧元年（1017），曾鞏是否在周敦頤之先「首明理學」，似乎還需要進一步討論。

〔註98〕（元）劉壎《答友人論時文書》，《水雲村稿》卷十一，清《文淵閣四庫全書》本。

〔註99〕（元）劉壎《隱居通議》卷十七「文章五·範去非墓誌」，清《海山仙館叢書》本。

〔註100〕（元）劉壎《隱居通議》卷十九「文章七·象山小簡」，清《海山仙館叢書》本。

〔註101〕（元）劉壎《隱居通議》卷十八「文章六·詩文取新」，清《海山仙館叢書》本。

〔註102〕強調的仍是旨趣的雅正。但是在評價莊子時，卻主要放在立意的清新。他曾把莊子和左丘明並提，稱爲先秦兩大文雄：「左氏、莊周接踵特起，著書名世，冠絕古今。雖旨趣故自不同，然皆如華嶽三峰，卓立參昴。春秋戰國乃有如許文雄，殆亦間氣邪？」〔註103〕由此看來，思想旨趣並不是判斷文學性的唯一標準，只要語意清新不塵，都可以成爲傳世的雄文。

4. 從結構佈局上講，講究樞紐脈絡，提倡前後照應。劉壎雖然認爲文學創作應出於自然，但是在具體的謀篇佈局上，還是講求江西派的體式法度，他曾反覆強調：「凡文章必有樞紐，有脈絡，開闔起伏，抑揚布置，自有一定之法。」〔註104〕他以《左傳》和《史記》爲例，介紹自己所謂的「作文法度」：

> 春秋以後，文章之妙者，世推《左傳》、《史記》，而其文法乃有相似者。蓋古人作文，俱有間架，有樞紐，有脈絡，有眼目……如《左傳》載「宰孔賜齊侯胙」一段，有曰「將下拜」、「無下拜」、「敢不下拜」、「下拜登受」，連用「四下拜」，不覺重複……「楚子問鼎」，用「德」字作樞紐脈絡，凡六用。「楚子縣陳，猶可辭乎？王曰：『可哉。』因縣陳。」「乃復封陳」，前後照應……《史記》文法亦多如此……樂毅答燕惠王書，兩用「受命而不辭」，兩用「先王以爲然」相照應；李斯逐客書，五用「今」字貫串，七用「不」字。左氏文法變化頗多，《史記》只是此一樣，擊首則尾應，所謂常山蛇勢也。
> 〔註105〕

所謂眼目、樞紐，就是指反覆出現、貫連全篇的字眼，這不同於簡單的重複，而是增強文章連貫性的一種需要，只有這樣，才能使文章前後照應，渾然一體。劉壎放棄《左傳》爲文的變化多端，只學《史記》的常山一式，當然是一種務實不務多的表現，同時也在一定意義上反映出，他並不想在文字上過於出奇，從而影響了文章的思想內容。

劉壎對作文法度的重視，顯然是受到江西文人的影響。如黃庭堅論文，

〔註102〕（元）劉壎《隱居通議》卷十五「文章三·答謝師民書」，清《海山仙館叢書》本。

〔註103〕（元）劉壎《隱居通議》卷十九「文章七·左氏莊周」，清《海山仙館叢書》本。

〔註104〕（元）劉壎《隱居通議》卷十五「文章三·樊宗師文」，清《海山仙館叢書》本。

〔註105〕（元）劉壎《隱居通議》卷十八「文章六·作文法度」，清《海山仙館叢書》本。

主張「凡作一文，皆須有宗有趣，終始關鍵，有開有闔」，「至於作文，深知古人之關鍵，其論事，救首救尾，如常山之蛇」。〔註106〕這裡的「關鍵」，即劉壎所謂的「樞紐」、「眼目」；這裡的「救首救尾」，即劉壎所謂的「擊首則尾應」。不過，黃庭堅過份主張以古人爲法，認爲「作文字須摹古人，百工之技，亦無有不法而成者也」〔註107〕，甚至以「老杜作詩，退之作文，無一字無來處」爲例，得出「雖取古人之陳言入於翰墨，如靈丹一粒，點鐵成金也」的結論〔註108〕。而劉壎師法古人，只是強調結構上的呼應，至於語言、內容方面，仍然是主張自然而發，不矯揉造作。

劉壎與謝枋得都有陸學背景，因此其論文的標準，也與謝枋得有許多相似之處。他們有條件承認文章的獨立價值，主張在不違背天賦道德的前提下，抒發內心的眞實情感，在不妨礙語言流暢的前提下，重視文章的結構和風骨。這一點突破程朱道學「作文害道」的傳統認識，對理學和文學的共存共榮、相互促進，進行了理論上的宣揚與認證。

第三節　劉壎的古文創作

劉壎不僅提出了一整套的古文理論，自己更有大量的古文創作。他的文章，既重視氣勢和風骨，也重視條分縷析、以理服人，言辭一般較爲懇切，感情也顯得比較眞實。劉壎今存古文，按照題材內容來分，可以分爲書信公牘、序記題跋、碑傳墓銘等，下面逐項進行分析。

一、書信公牘

劉壎書信題材的古文大概分爲兩類：一類是與友人討論學問；一類是向官員乞求舉薦。前者如《答友人論時文書》、《答諶桂舟論銘文書》、《與趙儀可書》等，皆爲朋友間的平等探討，作者侃侃而談，理直氣壯，頗具氣勢和風骨。作者不僅能清楚表達自己的觀點，更勇於對時風、士風進行批判，如《答友人論時文書》直斥時文「在今日爲背時之文，在當日爲亡國之具」；《與趙儀可書》批評當時文人模仿江萬里，「往往高自標致，無鹽效顰，正未必優

〔註106〕（宋）黃庭堅《答洪駒父書三首》、《答王子飛書》，《豫章黃先生文集》卷十九，《四部叢刊》景宋乾道刊本。

〔註107〕（宋）黃庭堅《論作詩文》，《山谷別集》卷六，清《文淵閣四庫全書》本。

〔註108〕（宋）黃庭堅《與洪甥駒父》（其八），《山谷老人刀筆》卷一，元刻本。

孟之於叔敖也」。他曾作《答諶桂舟論銘文書》〔註109〕，文中首先承認銘文的
價值：

> 竊嘗謂古今文籍以來凡數千百載，聖哲豪英凡數千萬人，聲跡
> 磨滅，富貴湮沒，所建立操挾乃無一足恃。恃者，數行之銘，託之
> 金石。歲月悠長，土草翳蝕，石泐字漫，乃亦復不足恃。恃者，文
> 學之士錄之書冊，昭垂不朽。世無千年之石，而有千年之書，故乃
> 世代寖遠，聖哲豪英猶可彷彿知其心、想其人者，以此。

這裡強調文章的作用，以為功名操持不足為恃，乍一看覺得駭人聽聞，仔細
品味卻也不無道理，一定意義上講，不僅古人需要借文章以留名，就連功名
本身，也要借助文章以流傳，南朝劉勰早已指出：「道沿聖以垂文，聖因文而
明道。」〔註110〕一般認為，金石文字保存的時間較長，但是作者卻認為，金
石文字的壽命反不如紙質文字，這種判斷雖然有些新奇，但卻並非全無道理，
與金石文字相比，紙質文字更方便傳抄。當然，能流傳千年的書，一定是很
精彩很有價值的文字，因此要想借銘文以傳世，就要找「韓、歐、曾、王」
那樣的名筆。不過更重要的一點，是要保證自己「德義志節」不虧，否則別
人再好的銘文，也無法掩飾自己的道德缺陷。劉壎在文章的結尾，還對當時
以名位求文章的做法進行了深刻批判：

> 近世陋俗，以名位求文章，不揣其本，署銜位，列名氏，直寸
> 晷矜寵，終不傳也。則又不若山林枯槁德義志節之士，大公至正，
> 誅奸發潛，如是而為之銘，乃足恃以必傳也。夫其富貴權力之不足
> 恃，而賴金石以傳，金石不足恃，而賴書冊以傳，必傳矣。顧非德
> 義志節有足恃，文章亦不傳也。噫，其難哉！噫，其難哉！

單純依靠道德節操，而沒有名筆為之作銘，誠然未必能流傳千古，可是若沒
有高尚的節義情操，即便有名筆為之作銘，也一樣不能長久流傳。與此二者
相比，是否富貴有權力，對身後能否揚名並沒有太大的關係。與富貴而無德
的官員相比，無位而有節的山林之士，更擁有流傳千古的潛質。本文作於至
元二十二年（1285），劉壎尚保持著對南宋的眷戀，因此這裡對山林之士的讚
賞，也反映了他自己的遺民心態。

〔註109〕（元）劉壎《答諶桂舟論銘文書》，《水雲村稿》卷十一，清《文淵閣四庫全
書》本。
〔註110〕（南朝）劉勰《文心雕龍・原道》，《四部叢刊》景明嘉靖刻本。

　　另一類向官員求薦的書信，如《通臧廉使書》、《再通臧廉使書》、《通問浙東臧廉使書》等。因爲身份和處境的不同，難免會有阿諛之辭，如《通李左丞書》稱對方：「德望勳名，朝家倚重，宣威布政，驅馳靡寧，繼今以往，必判中書。」〔註111〕另外，爲了爭取別人的同情，信中也難免嗟貧歎窮的情態，如《再通臧廉使書》說自己「閒冷蕭條，出門如礙，惟仗盛心古道，曲成不遺耳」〔註112〕。總體而言，情調不如第一類高尚，文學價值也大打折扣。不過，作者在阿諛與嗟歎之餘，也能堅定表達自己清廉的態度，如《通問浙東臧廉使書》，說自己「無可以報，報以清苦自勵，不辱師門而已」、「吾將守冰檗以保名節，其尙求多於造物乎」，這也算是貧賤不移的一種表現。〔註113〕

　　劉壎還留下幾篇事狀公牘文字，如《代申省乞蠲租免糴狀》、《代申省爲陳參政請諡狀》、《呈州轉申廉訪分司救荒狀》等，言辭懇切，足以感人。其中《呈州轉申廉訪分司救荒狀》，記述南豐自大德四年（1300）開始，旱澇、蟲害、雪凍接連而至，百姓家中已罕有餘糧。到了大德十年，一場山洪爆發，更將所有麥田夷爲平地，百姓的生活更加困苦難言：

> 常年猶有鄰境可以通融，今則鄰路俱荒，四境斗絕；常年猶有蔬菜可以助食，今則久雨浸淫，蔬菜腐死；常年猶有客船運米可以接續，今則州民前往下江販運，多被龍興、撫、建闌過，不許到州；常年米碩，價止中統鈔一十兩，糴戶猶曰艱難；今則價值日增，倍而又倍，且又夾雜水濕沙糠，舂簸之餘，一斗僅得七升而已。

百姓往年的生活已經很苦：本地欠收，只能高價從外地買糧；糧食不夠，只能四處找蔬菜充饑。可惜與現在相比，過去已經算是幸運，現在的糟糕情況是：外地的糧食難以運達，糧價高到難以承受；充饑的蔬菜也遭大水浸泡腐爛，百姓失去了最後能裹腹的東西。作者以過去的艱難比照如今的更加艱難，突出了如今欲艱難而不得的絕境。在這樣頻繁的天災面前，百姓別無出路，「弱者忍饑待盡，強者率眾開倉」，社會治安陷入混亂。本指望政府開倉濟民，可惜政府只是做做樣子，根本解決不了問題：

> 官倉所糴，每戶多者五斗，少者一二斗而止，略計人口不同，

〔註111〕　（元）劉壎《通李左丞書》，《水雲村稿》卷十一，清《文淵閣四庫全書》本。
〔註112〕　（元）劉壎《再通臧廉使書》，《水雲村稿》卷十一，清《文淵閣四庫全書》本。
〔註113〕　（元）劉壎《通問浙東臧廉使書》，《水雲村稿》卷十一，清《文淵閣四庫全書》本。

　　大概僅充五日之食。所食既盡，又只忍饑。今才五月上旬，相去秋
　　成尚遠，兼本州山深地寒，止宜晚禾，惟有近郭鄉村略種早稻，通
　　計十分之內，早稻止有三分，各濟本鄉，何能普及？近爲大水沖田
　　之後，補插稻秧，比常年栽插之時甚爲遲緩，恐至七月才見收刈，
　　況又未卜有收無收。凡人一不食則饑，再不食則困，三不食則餓且
　　死，豈能空腹忍死待秋熟乎？

從政府那裏得不到有效的救濟，從近鄰鄉村也得不到足夠的援助，眼見著秋
收的日子還早，百姓只能夠空腹忍死。作者描寫鄉民慘狀，並沒有過多文辭
的渲染，只是以最簡單的語言平鋪直敘，卻能深深打動人心。省府官員被其
感動，於是「節節行下糴糧」，並委派專員負責賑濟之事，使一州百姓「獲免
溝壑」。賑災雖是政府行爲，但劉壎此文之功實不可沒。〔註114〕

二、序記題跋

　　序記文字在劉壎古文中所佔比例甚大，集中體現了他的思想與創作。劉
壎的序文，如《朱陸合轍序》、《雪崖吟稿序》等，辭理俱到，表達了作者的
學術思想與文學主張。

　　劉壎在表述觀點時有破有立，使得文章更有說服力。如在《青山文集序》
裏，作者提出了文章「惟甚少，故能工」的觀點，爲了證明這一觀點，首先
要破除往日陋見，於是他便尖銳地指出：

　　　即如往日右文，天宇開霽，窮閻之子，垂巷之士，挾典冊從師，
　　略解會，率競拈摘拾剪裁，揚揚里閭，自謂能文，信甚蓄也，工者
　　幾何？

以前人們認爲，所謂「右文」，就是要培養一大批文人，鼓勵文人進行大量的
創作，從概率論的角度出發，文章的總量增多，其中工整的文字自然也應該
隨之增多。誰知文人越多，大家越以爲文人好當；文章越多，大家越以爲文
章好寫，於是難免產生草率之心，匆匆應付而過，哪裏能產生工整的文章？
劉壎接著從正面論證，指出宋元鼎革的現實使文人數量銳減，反而出現了一
批工整的文章：

　　　今是事校昔固寥絕矣，間有工者，往往霜摧雪剝、鼎烹爐鍛之

─────────────

〔註114〕　（元）劉壎《呈州轉申廉訪分司救荒狀》，《水雲村稿》卷十四，清《文淵閣
　　　　　四庫全書》本。

> 餘，羈困窮愁，槁頂枯鬢，且堅忍清苦，翛然神情，自謂上帝所賦
> 予者獨厚。蓋所得甚艱且特，甚貴異也，誠不忍棄。

文人的數量越少，越是會珍惜自己的身份，創作的時候也越是用心，不敢草率爲之，不以量多爲貴，如此才能作出工整的文章。作者通過對比，再次強調「故曰惟甚少，故能工之也」，前後照應，文理清晰流暢。〔註115〕

在破與立的關係上，通常破只是手段，立才是目的，破是爲了立。劉壎有時候卻故意逆而行之，如《禁題絕句序》，開篇先進行正面立論，稱讚禁題絕句的工巧：

> 其法以不露題字爲工，以能融題意爲妙，蓋舉子業之餘習也。
> 世之以文會友者，或用此以驗才思工拙，謂之義試詩。其爲說曰：
> 體物精切者，詩家一藝也。於是搜幽抉秘，窮極鍛鍊，其天巧所到，
> 精工敏妙，有令人賞好不倦者，真文人樂事也歟。

體物抒情，既是詩人的必修課程，禁題絕句，更是詩人才華的體現，從中既能見語言鍛鍊之工巧，更能見詩人思致之獨特。似這樣工巧精妙的創作體式，劉壎自然是讚不絕口。文章若是到此爲止，還只能看出作者爲序文的需要誇讚禁題絕句，並沒有什麼特殊之處。可是作者其後卻語氣一轉，從反面對禁題絕句進行駁斥：

> 雖然，是特兒童小技，而非詩之極致也。賡歌昉於舜廷，至三
> 百篇以來，跨漢魏，歷晉唐，以訖於宋，以詩名家者亡慮千百。其
> 正派單傳，上接風雅，下逮漢唐，宋惟涪翁集厥大成，冠冕千古而
> 淵深廣博，自成一家。嗚呼，至是而後可言詩之極致矣。〔註116〕

禁題絕句雖然工巧，可惜只是雕蟲小技，並非詩歌的精髓所在，真正能體現詩歌精髓的，是以黃庭堅爲代表的江西詩派，該詩派以廣博的學識爲基礎，而不是類似「禁題」的文字遊戲。作者之前從反面破題，正是爲了突出最後的結論，先立後破，還是爲了進一步立。

劉壎的記文也有很多佳作。如《方寸地記》，全面闡述了作者的心學修養理論，全文未見一個「心」字，都以「方寸」代替，語意頗見新穎。又如《水竹佳處記》，歷數四時之景：

> 韶景沖融，桑麻杳靄，耕犂如雲，江鱗游泳，春之佳處也；梅

〔註115〕（元）劉壎《青山文集序》，《水雲村稿》卷五，清《文淵閣四庫全書》本。
〔註116〕（元）劉壎《禁題絕句序》，《水雲村稿》卷五，清《文淵閣四庫全書》本。

> 林趨波，舸艦銜尾，龍兒解擇，禽語宮商，夏之佳處也；秋之佳處，
> 山眉洗黛，月浸澂江，蘋蓼映而鷗鷺飛；冬之佳處，疏林枯梢，瓊
> 田玉界，行客稀而漁舟沸。〔註117〕

前兩句和後兩句，雖是排比而言，結構上卻已發生變化，體現了作者對體式法度的重視。更能體現作者行文功力的是《記夢》，文章首先敘述夢之起源：「一日書困假寐，夢偃仰小榻上，氣奄奄欲死，旁若有言者曰：『死矣。』」已乃氣果絕而死。」接著介紹了死後的感覺：

> 死時亦無所苦，惟覺神意飄飄然，如行雲，如飛煙，騰上太虛
> 間。不知晝夜明晦，不見山川人物鬼神形狀，不食而不饑，不飲而
> 不渴，不扇而不熱，不衣而不寒。鴻蒙汗漫，蕩漾寥廓，而亦無附
> 麗倚著者。〔註118〕

通過夢境寫死亡，兩個虛無縹緲的情境巧妙疊加，更創造出一種捉摸不定的氛圍。作者沒有描寫死亡的可怕，而是連用十個「不」字，證明死後比活著的時候更加自由，不受氣候飲食的束縛。語言鋪陳，筆力浩瀚，而且意境新奇，不落俗套，從中可見《莊子》的遺風。作者又在夢中追憶平生，感歎「不知四十年營營役役，所成何事，卒亦何所得」，進一步得出「人事紛紛，正徒苦爾」的結論。作者經歷了亡國之痛，這樣的觀點可能有些消極，不過並不能因此否認其文字的鍛鍊之工，更不能否認其想像的獨特奇妙。

劉壎的題跋文字大多篇幅較短，卻能在有限的筆墨中完整表達自己的觀點，甚至還能婉轉反覆，進行複雜的辨證。如《跋戴嵩牛》，一開始描寫該畫作「縑素故暗，四牛二童，幾不可辨」，接著筆鋒一轉，「及凝視遠覽，居然有趣。似春林煙霧冥濛，無限意度」，然後又進一步指責「昧者病其深晦，乃不知此畫天趣，正在蒼茫杳靄中，可以神會，難與俗言也」。〔註119〕在短短六七十字的篇幅內，居然能如此一波三折地立論辨疑，體現了作者高超的鍊字工夫。劉壎常為別人的詩文集做題跋，也能利用各種手法，在簡短的語言中清晰表達自己的思想。如《羅季文詩跋》，開篇不提羅季文詩，而是先寫蔡襄之字，稱其「明潤婉熟」，然後才寫到羅季文之詩，稱其與蔡襄字「趣味甚似」，接著又以書法家所推重的「屋漏痕」、「鐵鈎頭」比擬羅季文之詩，稱讚其有

〔註117〕（元）劉壎《水竹佳處記》，《水雲村稿》卷三，清《文淵閣四庫全書》本。
〔註118〕（元）劉壎《記夢》，《水雲村稿》卷十三，清《文淵閣四庫全書》本。
〔註119〕（元）劉壎《跋戴嵩牛》，《水雲村稿》卷七，清《文淵閣四庫全書》本。

「顏筋柳骨」。〔註120〕前後看似閒筆，其實卻是作者語言凝練的體現，以眾人所熟知的名家書法，比照目前這位朋友的詩文，不僅立意新穎，更可以讓讀者在最短的時間內瞭解其詩歌的風格。

三、碑傳墓銘

劉壎作爲一時名筆，留下了不少碑傳墓銘文字。其中碑文有《參政隴西公平寇碑》、《豐郡三皇廟碑》、《眞元萬壽宮碑》等，語言較爲典雅，多以四字成句。劉壎碑文還間有駢儷，如《眞元萬壽宮碑》「願力感夫神靈，誠意動夫檀信」等。劉壎還善於通過敘述方式的變化，適時增強文章的氣勢，如在《參政隴西公平寇碑》中，介紹叛軍的進攻路線：

> 至元二十有五年，佘寇鍾明亮起臨汀，擁眾十萬，聲搖數郡，江閩廣交病焉。猓健豕突，草萎木枯，血肉塡溪谷，子女充巢穴。有旨進討，輒僞降以欵我師。明年，邱元起廣昌，與明亮掎角，彌漫浸淫，遂及我豐。豐民素弗貳，顧力不克拒，則有被脅而從者焉，勢張甚。又明年春，賊大至，陳河田，陳九陂，又陳小菜，鋒交焰熾，勢益張。

前面敘述叛軍的步步進犯，還能兼顧各方面的反應：政府出兵討伐，叛軍時戰時降，百姓不願附逆卻又無力抵抗。及至寫道「又明年春」，叛軍的勢力突然大增，作者隨之變換敘述手法，完全拋棄了細節描寫，連用三個簡單的「陳」字，凸顯了叛軍猛烈的攻勢，已經讓人無從招架，也沒有時間作出反應。短小緊促的三四字句，讓人壓抑得喘不過起來，在渲染叛軍囂張氣勢的同時，更給人以大禍將至、無處可逃的沉重感。在這樣千鈞一髮的危難時刻，參政李世安果斷出兵，討伐叛軍，並且一舉殲之，大獲全勝：

> 一日，陰霾劃開，天宇澄霽，則參政李公來。號令新，和氣回，軍聲壯，風采肅。乃啓城關，乃發倉粟，乃寬刑辟，乃緩商徵。政有便民者罔弗舉，民始有生意，賊亦望風鳥獸散。〔註121〕

李世安整飭軍容，帶來全新的面貌，更增強了軍隊的戰鬥力，這裡三字成句，刻畫出果敢淩厲的氣勢。接著寫李世安撫恤百姓，卻突然加了四個「乃」字，

〔註120〕（元）劉壎《羅季文詩跋》，《水雲村稿》卷七，清《文淵閣四庫全書》本。
〔註121〕（元）劉壎《參政隴西公平寇碑》，《水雲村稿》卷二，清《文淵閣四庫全書》本。

三字句變為四字句，氛圍由淩厲變為和穆。通過句式的簡單變化，精確地傳達了李世安以嚴治軍、以和治民的不同態度。

　　劉壎還留下三篇傳記：《趙撫州傳》、《詞人吳用章傳》、《義犬傳》。作者運用史家筆法，語言工整平穩，時有俊氣。每篇傳記後面均有讚語，並且在《詞人吳用章傳》後面還有附傳，這些都是史家筆法的體現。根據傳主的不同身份，三篇文章各有側重：《趙撫州傳》重在敘述生平事跡；《詞人吳用章傳》重在評價文學影響；《義犬傳》則重在描寫江心寺長老祖傑的猖狂，義犬所佔篇幅不足百字。作者善於通過語言刻畫人物形象，反映人物性格。如《義犬傳》中的江心寺長老祖傑，陳某為躲避官府欺壓，捐田入寺求他庇祐，他卻仗勢胡為，淫人妻子，陳某無奈逃走，卻一下子更加激怒了祖傑：

　　　　傑聞其逸，大怒。訪知所在，厚募惡少年十有四人，飫以豐饌，
　　餌以重賞，使往屠之，曰：「截取婦人雙乳來為證。」惡少年如命。

祖傑仗勢欺人，別人惹不起，甚至也躲不起。他重賞收買惡少年，喪心病狂地叫囂：「截取婦人雙乳來為證」。簡簡單單一句話，殘忍霸道、狂妄無法的形象便躍然紙上。後來事情敗露，官府派兵捉拿祖傑，祖傑卻毫無慌亂之態：

　　　　及事露，同知即議移檄萬戶府，遣兵圍寺。傑出迎曰：「吾既
　　能作事，豈不能當事？官姑少寬我，容入房收衣缽行矣。」許之。

〔註122〕

官府派兵圍捕，祖傑非但不跑，反而主動出迎，何等從容不迫，視官法如無物。一句「吾既能作事，豈不能當事」，可見他已早謀退路，才敢如此驕橫跋扈，有恃無恐。

　　劉壎留下了大量墓誌、墓表，語言厚重，感情濃烈，結構脈絡清晰，並且勇於剖白墓者心跡，使文章如死者親述。如所作《趙深道墓誌銘》，開篇即敘述宋末危局：

　　　　自襄失守，江左東南日夜告急，議者疑必亡，忠臣諱言亡，亡
　　矣復圖存，僅存卒不免亡。崎嶇萬險，期有所建立，眷命不祐，川
　　決冰消。使人沉憤鬱鬱，搏手就盡，至於無可奈何，而後為不得已
　　之舉。蓋志士所不忍言，而千載所共哀也。

在當時的情勢下，人人都知道南宋必亡，不過君臣依然甘冒萬險，抱著「圖存」的幻想盡最後的努力。可惜上天不遂人願，南宋終於難逃滅亡的命運，

〔註122〕　（元）劉壎《義犬傳》，《水雲村稿》卷四，清《文淵閣四庫全書》本。

君臣的頑強掙扎付諸流水，誠然可歌可泣又可悲可歎。此處以「亡」爲眼目、
樞紐，在「必亡」與救亡的博弈中，突出了形勢的危急，可謂得左氏、司馬
之文法。作者接著介紹墓主趙深道的事跡，趙深道是宋朝皇室旁支，宋末堅
持抗元，意圖興復，至元十六年（1279），南宋最後一個小王朝覆滅，興復已
然無望，趙深道於是在次年歸順元朝。後人認爲趙深道身爲皇室宗支，不該
向元朝投降，劉壎引用前人事例爲之辯解：「箕子，商之冑也，臣於周；范質，
周之賢也，相乎宋。聖人固列箕於三仁，而考亭先賢，亦躋質於名臣之錄。」
既然聖人都能對特定環境下的改事二朝持寬容態度，後人又何必過於苛刻。
後人之所以如此批判，是因爲不能夠易地而處：

> 深文者猶曰誅殺多濫，曰操執不完，悲夫。書曰：「責人斯無難。」
> 誠使諸君易地而處之，能爲公所爲乎，吾有以知其不能也。不能爲
> 公所爲而訾其所未易爲，誠何心也？

評價別人的時候一定要考慮當時的情勢，設身處地去體諒別人的心跡，而不
是只作空洞的批判。劉壎的可貴之處，正在於他能夠同情地敘述墓主的生平，
猶如死者在自述一般。〔註123〕

劉壎雖然常常爲墓主辯解，不過卻從無諛墓之嫌。如《本州教授曾月崖
墓表》，記述了一位終身以科舉爲念的儒士，作者並不贊同他對科舉的態度，
更不對他的這種執著妄加讚賞，而是把他當做一個被時代所誤的人，終篇都
充滿惋惜之情。前面直言「誠可哀也」，後面又說「茲可哀也」，也是一種結
構上的照應。〔註124〕劉壎不僅不肯諛墓，更加不肯諛時，他的許多墓誌作品，
都客觀記述了元朝政治的昏暗。如《奉議大夫南豐州知州王公墓誌銘》，記載
延祐年間：「鄰封南城縣緣僞鈔，縱首惡妄指，株連州民至數十，尉領卒踰境
會巡檢掩捕，若劇盜然。」官軍等同於盜賊，百姓苦不堪言。〔註125〕劉壎另
有《先母揭氏孺人壙誌》、《孺人傅氏墓誌銘》，從中可以看出作者的成長經歷
與婚姻狀況。他還有《自志》一篇，全是議論抒情文字，講述自己「道不行，
守道不易；學不用，嗜學不厭」的「迂腐」行徑，表達自己「不易節媚世取

〔註123〕 （元）劉壎《趙深道墓誌銘》，《水雲村稿》卷八，清《文淵閣四庫全書》
本。

〔註124〕 （元）劉壎《本州教授曾月崖墓表》，《水雲村稿》卷八，清《文淵閣四庫全
書》本。

〔註125〕 （元）劉壎《奉議大夫南豐州知州王公墓誌銘》，《水雲村稿》卷八，清《文
淵閣四庫全書》本。

富貴」的高尚氣節。〔註126〕

　　《四庫全書總目》評價劉壎古文，承認其「灝瀚流轉，頗爲有氣」，同時也指出他的一個缺點：「時以俳句綺語攙雜其間，頗乖典則，則罩精儷偶，先入者深，有不知其故態之萌者矣。」〔註127〕清人孫梅也認爲：「壎之所長在以散體爲四六，壎所短即在以四六爲散體，故其雜文不古不今，轉成僞體。」〔註128〕劉壎工於四六，古文中難免留下四六的影子。這也和當時的風氣密切相關，四六文「所具有的音節鏗鏘、便於宣讀的特點」，使它滲入到各種文學體裁，甚至「成爲新興的話本小說和戲曲的有機組成部份」〔註129〕。總而言之，劉壎古文創作，既沒有劉辰翁父子的奇險，也沒有謝枋得等人的悲壯，更多表現爲平正典雅。其中偶有俳句綺語，大多明白易懂，沒有炫博耀奇的意圖，也不影響行文的流暢，因此並不影響其創作水平。

第四節　劉壎的非時文與工四六

　　南宋後期，傳統時文的弊端已經完全顯現，劉辰翁父子以奇險救卑陋，創作走向另一條歧路。與此同時，也有人採用較緩和的方式，對傳統時文進行改造，江西劉壎便是一例。劉壎終南宋一朝未進太學，未涉官場，並且如我們前面所述，對與科舉相關的時文強烈批判。不過在他的作品中，卻有許多與時文相關的四六體，以及前代科舉常用的古賦。

一、批判科舉時文

　　對於南宋後期的時文風氣，劉壎持強烈反對的態度。劉壎反對時文，並不是從藝術角度出發，而是與他提倡高明光大的陸學大有關聯，他曾直言不諱地向友人提及：

　　　　夫士稟虛靈清貴之性，當務高明光大之學。然爲昔之士，沉埋
　　於卑近而不獲超卓於高遠者，蓋宋朝束縛天下英俊，使歸於一途，

〔註126〕（元）劉壎《自志》，《水雲村稿》卷八，清《文淵閣四庫全書》本。
〔註127〕（清）永瑢《四庫全書總目》卷一百六十六「集部十九・水雲村稿」，清乾隆武英殿刻本。
〔註128〕（清）孫梅《四六叢話》卷三十三「作家七」，清嘉慶三年吳興舊言堂刻本。
〔註129〕程千帆、吳新雷《兩宋文學史》頁522，《程千帆全集》第十三卷，河北教育出版社，2000年12月。

> 非工時文，無以發身而行志，雖有明智之材，俊傑之士，亦必折抑
> 而局於此。不爲此，不爲名士，不得齒薦紳大夫。是以皇皇焉竭蹶
> 以驅，白頭黃冊，翡翠蘭苕，至有終老而不識高明之境，可哀也。

時文格式化的要求限制了士人的思維，蒙蔽了他們高明的本心，誘使他們終生沉迷於書冊而不覺。不僅如此，劉壎還從政治的高度，批判時文的禍國之罪：

> 比歲襄圍六年，如火益熱，即使刮絕浮虛，一意救國，猶恐不
> 瞻。士大夫沉痼積習，君亡之不恤，而時文乃不可一日廢也。痛念
> 癸酉之春，樊城暴骨，殺氣蔽天，樊陷而襄亦失矣。壯士大馬如雲，
> 輕舟利楫如神。敵已刻日渡江吞東南，我方放解試，明年春，又放
> 省試。朝士惟談某經義好，某賦佳，舉吾國之精神功力，一萃於文，
> 而家國則置度外……愛文而不愛國，恤士類之不得試，而不恤廟社
> 之爲墟。由是言之，斯文也，在今日爲背時之文，在當日爲亡國之
> 具。〔註130〕

時文多爲膚廓的套話，在太平之時尚可作爲黼黻盛世的工具，到了國家危難之際，便失去了唯一的實用價值，反而會分散國家的人力物力，成爲消耗國脈的亡國之具。劉壎的這一言論雖然有些偏頗過激，卻能從中看出他對時文的反感已經到了何種地步。

劉壎反對時文，不僅是因爲時文的風格卑弱缺乏風骨，更是和他對科舉的反對態度一脈相承的。劉壎在爲好友曾友龍所作墓表中，表達了自己對科舉的反對態度：

> 自唐貴進士科，宋因之成俗，凡齒章縫、親觚翰，率以詞章科
> 目爲儒者之極功，而它不皇務。其得之也，於人家國正亦未知其何
> 如；而偶失之，即愁苦怨抑，如不欲生。如學佛而不臻疾證，如修
> 仙而不遂沖舉，甚至垂絕猶耿耿淒斷，爲終古之恨，若吾故人曾君
> 者，誠可哀也。〔註131〕

就是這位曾文龍，早年也是「器識開擴，不爲拘儒局士」，可惜後來還是走上科舉之路，一試不中，猶不死心。不久宋亡，科舉廢除，曾文龍對此一直耿

〔註130〕 （元）劉壎《答友人論時文書》，《水雲村稿》卷十一，清《文淵閣四庫全書》本。

〔註131〕 （元）劉壎《本州教授曾月崖墓表》，《水雲村稿》卷八，清《文淵閣四庫全書》本。

耿於懷，「間遇嘗擢第成名者，輒傾倒禮敬，曰吾羨也」。直到「大德甲辰歲，年六十有九，一日悵然曰：『吾試禮部時，吾與某人俱，吾賦與某人正同，然某人得之，吾竟失此一領綠衫，吾遺恨也。』」身邊好友的情狀引起劉壎極大的同情和反思：

> 吾聞之流涕，蓋距科廢已三十年，距屬纊幾日耳，憤悶未平猶
> 若此，吾故曰可哀也。繇唐虞迄洙泗，聖賢迭興，其垂世立教良有
> 在。人之所以為人，士之所以樹立不朽，疑不專在科目得失間。彼
> 電火槿荂，何與千載，顧流俗驅靡之，致令吾徒坐此鬱勃，至於老
> 且死，猶悲憤憔悴，不自解，蓋世之通患，而亦未有若君甚切者，
> 滋可哀也。

科舉迷人心性，一至於此。其實時文對人心的戕害也如科舉，上述劉壎與之論辯時文的那位友人，也曾無奈地感歎道：「吾非樂為時文也。吾平生長技止是，捨是無以自見，且無以應庠序之季考也。」〔註132〕可見科舉時文對人的影響，不僅在於一時，簡直影響一生，像作者所描述的這種情況，恐怕不是一二孤例，而是當時社會的一種普遍現象。難怪劉壎要如此大聲疾呼，批判科舉誤人、時文誤國了。

當然，劉壎這些批評時文的言論，皆發於南宋滅亡之後，是作者在國破之後反思的結果。事實上，劉壎早年也未能免卻世俗的影響，參加了咸淳六年（1270）舉行的科舉鄉試：「庚午科舉，忝魁亞榜，決意明年赴京補，期見明公於輦下。有旨分試江西，竟不果來。」〔註133〕雖然最後僅中副榜榜首，與中舉失之交臂，而且又錯過了混補國學的機會，但是他畢竟經歷科場，難免也要創作時文。劉壎追憶自己的學文經歷，自稱「予幼獨酷好公（江萬里）時文，每見一篇，熟玩不釋，夢寐猶記」〔註134〕，並且相當坦誠地表示，「我輩沉薶場屋時文中，卒無片語登峰造極」〔註135〕。劉壎認識到時文創作的無用，不過有時候也為自己進行辯解：「吾儕所作時文，本自無用，然能以義理

〔註132〕 （元）劉壎《答友人論時文書》，《水雲村稿》卷十一，清《文淵閣四庫全書》本。

〔註133〕 （元）劉壎《通問雪澗陳提舉》，《水雲村稿》卷十一，清《文淵閣四庫全書》本。

〔註134〕 （元）劉壎《題古心文後》，《水雲村稿》卷七，清《文淵閣四庫全書》本。

〔註135〕 （元）劉壎《隱居通議》卷六「詩歌一‧自知集序」後，清《海山仙館叢書》本。

爲主，發揮聖賢心事於千百載之上，亦自打顚不碎。」〔註136〕問題在於，時至南宋後期，時文創作已經完全失去活力，所謂義理，也多是抄襲前人語錄而已，不惟不能發揮聖賢心事，反而會迷失自己的本心。

二、四六文的三個層次

現存劉壎文集中，並沒有留下他參加科舉的應試文章，不過卻有很多對仗工整的四六文。劉壎認爲，宋代諸大家雖以古文著稱，但是在制誥表啓等文體中，仍不免以駢儷對仗的四六文爲主：「雖歐、曾、王、蘇數大儒皆奮然爲之，終宋之世不廢。」與時文的地位相似，四六文是宋代文人士大夫的必修課程：「士大夫方遊場屋，即工時文，既擢科第，捨時文即工四六，不者弗得稱文士。大則培植聲望，爲他年翰苑詞掖之儲，小則可以結知當路，受薦舉，雖宰執亦或以是取人。蓋當時以爲一重事焉。」劉壎面對這一社會現實，承認四六文的實用價值，並進一步分析道：「今究觀所作，雖無補國家實政，然否泰盛衰陞降之運，亦可因是觀之。何者，世道休明則辭氣盛壯，固非濁世昏俗所能及也。」〔註137〕四六文常應用在廟堂、官場等較鄭重的場合，所以很大程度上可以反映時代的氣運。可惜，到了南宋後期，國勢日衰，世道自然也難稱「休明」，時人受社會環境影響，也很少出現「辭氣盛壯」的創作。

劉壎不僅承認別人的四六文創作，自己也因爲能做四六而相當自負，他曾在《隱居通議》中記載了一段故事，可以說明他自豪的心態：

> 幼安本以箋表見知諸公間，然四六殊不及賦筆。景定中，曾仲實侍郎起家爲江西運使兼知隆興府，會前宰相瀆山謝公方叔寓居隆興。謝公居相位時，曾公實爲宰屬，曾公屬予通謝相啓，予爲之言曰：「詣丞相府，曾聞堂上之都俞；佩太守符，來問山中之安否。」曾公既到任，大合樂以宴謝公，幼安當爲樂語，有曰：「我某官，今郡太守，舊宰府僚。入政事堂，得與聞於國論；送夔龍集，每親近於元臺。」其後文會，幼安笑曰：「吾文正同子意，而子之語殊勝予也。」予笑曰：「先生古賦獨步當世，是謂大手筆，而與晚進校小技，

〔註136〕（元）劉壎《隱居通議》卷十五「文章三・張才叔義」後，清《海山仙館叢書》本。

〔註137〕（元）劉壎《隱居通議》卷二十一「駢儷一・總論」，清《海山仙館叢書》本。

　　無乃卑乎？」幼安復大笑。〔註138〕
面對友人「語殊勝」的誇讚，劉壎毫無謙讓之意，可見他自己也有此評價。
劉壎將這則故事詳細記錄在自己的作品中，一方面當然是通過這些文人的雅
事，彰顯二人的深厚友誼，另一方面也是爲了顯示自己的特長，不能排除炫
耀的成分。

　　劉壎《隱居通議》有「駢儷」三卷，專門評價前人的四六文創作，他根
據自己的審美標準，認爲前人的四六文有三個層次：

　　1. 專尚風骨，自作議論。南宋作家能達到這一層次的，首推陸游：「若意
脈沉厚，風骨蒼勁，雖不用古人語而自作議論，辭意俱到，尤爲超絕。近世
惟陸放翁深得此體，故其表啓獨步一時。」〔註139〕劉壎非常推崇陸游的四六
文創作，認爲「其文初不累疊全句，專尚風骨，雄渾沉著，自成一家，眞駢
儷之標準也。」〔註140〕風骨是劉壎對所有文體的一貫要求，據他自己回憶：「予
嘗與次山言，不論古文、時文、詩章、四六，但凡下筆鑄辭，便當以風骨爲
主。若文字有骨氣，雖精彩差減，正亦自佳。」〔註141〕而四六文作爲廟堂製
作，只有風骨遒健，才能表現朝廷的氣勢，世道的休明。

　　陸游四六文的另一特點就是自作議論，不依傍古人言語，這也與劉壎一
向堅持的「學以明理，文以載道，其妙在乎自得」〔註142〕甚爲契合。但是，
不用古人語，不代表不讀古人書；自作議論，也不代表可以自由杜撰。陸游
四六文的善於議論，就是以深厚的學識爲基礎的：「以議論爲文章，以學識發
議論，非胸中有千百卷書、筆下能挽萬鈞重者不能及。」〔註143〕只有把學識
與筆力融爲一體，才能創作出有氣勢、有風骨的四六駢文。陸游四六文的自
作議論，形式上主要表現爲不堆砌古人全句。劉壎對此非常欣賞，他在評價
馮夢得的作品時說：「稟經酌雅，極有本原，初不爲謬。其短處在砌疊全句，

〔註138〕（元）劉壎《隱居通議》卷四「古賦一・總評」，清《海山仙館叢書》本。
〔註139〕（元）劉壎《隱居通議》卷二十三「駢儷三・馮初心諸作」，清《海山仙館叢
　　　　書》本。
〔註140〕（元）劉壎《隱居通議》卷二十一「駢儷一・陸放翁諸作」，清《海山仙館叢
　　　　書》本。
〔註141〕（元）劉壎《隱居通議》卷二十二「駢儷二・拾遺」，清《海山仙館叢書》本。
〔註142〕（元）劉壎《答友人論時文書》，《水雲村稿》卷十一，清《文淵閣四庫全書》
　　　　本。
〔註143〕（元）劉壎《隱居通議》卷二十一「駢儷一・陸放翁諸作」，清《海山仙館叢
　　　　書》本。

以求典實之工，不知全句太多，反傷重滯而無神化之妙。作四六自有法度，不用全句固不可，純用全句亦不可。」〔註144〕馮夢得諸作，如作者所舉：「賈似道生母胡氏加封，有曰：『母以子貴，書特書而屢書；君爲臣綱，老吾老而及老。』」「母以子貴」出《春秋公羊傳》，「書特書而屢書」出韓愈，「君爲臣綱」出《白虎通德論》，「老吾老而及老」出《孟子》，全聯皆用成句，未免給人掉書袋子的嫌疑。〔註145〕陸游四六文也並非全出自撰，如劉壎所舉《除刪定官謝丞相自敘》，中有「瀾繙記誦，媿口耳之徒勞；跌宕文辭，顧雕蟲而自笑」一聯，「瀾繙」出韓愈，「雕蟲」出揚雄，作者取其意、取其詞，卻又不用成句，既能顯示學識積纍，又可表露自鑄才情。〔註146〕

2. 用事精切，褒貶得當。劉壎認爲，在陸游之後，南宋的四六文創作應屬劉克莊：「後來惟劉潛夫尚書極力追攀，得其旨趣，壯年所作絕似之。」〔註147〕劉壎在《隱居通議》裏收錄了劉克莊多篇作品，稱讚他「筆力高妙，不假琱鐫，而用事尤精切」〔註148〕。四六文創作常常引用故典以比附現實，如果引用切當，自然能借助古人的氣勢增強文章的說服力。劉壎對這一點特別重視，將此作爲評價四六作家的一個標準。他評價趙必昂諸作，認爲「切當而不塵腐」，評價范禮諸作，也贊爲「尤切當」。〔註149〕當然，在這方面做得最好的還是劉克莊。劉克莊所作制誥，多是「無案底者」，如山東李璮歸附，

〔註144〕（元）劉壎《隱居通議》卷二十三「駢儷三·馮初心諸作」，清《海山仙館叢書」本。

〔註145〕（漢）何休《春秋公羊傳解詁》卷一「隱公第一」：「子以母貴，母以子貴。」（唐）韓愈《昌黎先生文集》卷十八《答元侍御書》：「足下年尚強，嗣德有繼，將大書特書屢書，不一書而已也。」（漢）班固《白虎通德論》卷七《三綱六紀》：「君爲臣綱，夫爲妻綱。」《孟子》卷一「梁惠王上」：「老吾老以及人之老，幼吾幼以及人之幼，天下可運於掌。」

〔註146〕（元）劉壎《隱居通議》卷二十一「駢儷一·陸放翁諸作」，清《海山仙館叢書」本。（唐）韓愈《昌黎先生文集》卷七《記夢》：「夜夢神官與我言，羅縷道妙角與根。挈攜陬維口瀾翻，百二十刻須臾間。」（漢）揚雄《揚子法言》卷二：「或問吾子少而好賦，曰：『然，童子雕蟲篆刻。』俄而曰：『壯夫不爲也。』」

〔註147〕（元）劉壎《隱居通議》卷二十一「駢儷一·陸放翁諸作」，清《海山仙館叢書」本。

〔註148〕（元）劉壎《隱居通議》卷二十一「駢儷一·劉後村諸制」，清《海山仙館叢書」本。

〔註149〕（元）劉壎《隱居通議》卷二十二「駢儷二」「趙次山諸作」、「范去非諸作」，清《海山仙館叢書」本。

安南國王遜位，「朝廷以前無此例」，創作尤為困難，但是劉克莊仍能從歷史中找到類似的掌故，體現了他用事的工夫。如朝廷追封李璮之父李全，製詞中有「昔周封蔡仲，志郭鄰之愆；漢爵弓高，原馬邑之責」一聯，劉壎分析說：「漢韓王信以馬邑降匈奴，後其子穨當復歸漢，詔封為弓高侯，正與李全事體同。其妙如此。」〔註150〕這裡只分析下半聯，其實上半聯也很精切，按《尚書‧蔡仲之命》：「惟周公位冢宰，正百工，群叔流言，乃致辟管叔于商；囚蔡叔于郭鄰，以車七乘；降霍叔于庶人，三年不齒。蔡仲克庸祗德，周公以為卿士。叔卒，乃命諸王，邦之蔡。」〔註151〕父得罪而子受爵，也與李璮父子事體相類，用事極為切當。

劉壎認為，四六文用事不僅要事體相類，更重要的是感情色彩不能偏失，他舉例說道：「山東來歸時，賈師憲初入相，馮景說夢得以啟賀，有曰：『周公大誥淮夷，卒寧王之圖事；孔子既相魯國，歸齊人之侵疆。』雖曰切當，然周孔事業，賢相亦難以語此，況僉壬之賈似道乎？」〔註152〕將賈似道比作周公、孔子，確實有些所擬不倫。感情色彩不當，會使作品陷於諂諛，用事再精切也不可取。劉克莊在這方面同樣可為楷模，賈似道之父賈涉封魏王，他草擬制詔，其中說道：「忠臣義士，知祖逖誓江之心；故老遺黎，悲宗澤過河之志。」此聯的妙處，不僅在於「以祖對宗，以誓江對過河，又精切」〔註153〕，更在於祖逖、宗澤皆北伐名將，功未成而身先死，與賈涉身份經歷、功業成就都非常相似。

3. 立意清新，造語穩熟。劉克莊之後可以四六文名家者，劉壎認為「有車震卿東、趙次山必岊、范去非禮、歐聖弼良，雖文體各不同，然同出一時，年事相若，互以筆力頡頏，後進不及者，望之若仙。」其中「震卿文尤蒼勁峻潔，有風骨」，「次山文明贍精切」，「去非筆端流麗俊快，一塵不染」，（歐良）「文典實莊重而乏正氣」。〔註154〕車東之文有陸游風格，趙必岊之文有劉

〔註150〕（元）劉壎《隱居通議》卷二十一「駢儷一‧劉後村諸制」，清《海山仙館叢書》本。

〔註151〕（漢）孔安國《尚書注疏》卷十《蔡仲之命第十九周書》，《四部叢刊》景宋本。

〔註152〕（元）劉壎《隱居通議》卷二十一「駢儷一‧馮景說賀賈相啟」，清《海山仙館叢書》本。

〔註153〕（元）劉壎《隱居通議》卷二十一「駢儷一‧劉後村諸制」，清《海山仙館叢書》本。

〔註154〕（元）劉壎《隱居通議》卷二十二「駢儷二‧盱江總評」，清《海山仙館叢書》本。

克莊餘味，此處不必再論，歐良之文正氣不足，也可略而不談，這裡主要看的劉壎對范禮四六文的評價。范禮之文有兩點值得稱道，一是立意清新，「灑然無塵俗氣」，「如賀揚州，又曰：『軍士歡呼，盡醉瓊花之露；文書愁暇，笑尋楊柳之春。』」南宋後期，揚州屢經戰亂，作者拋下戰爭的殘酷不寫，留意處只在楊柳瓊花，雖然有些脫離實際，確也稱得上「無塵俗氣」。立意的清新常能帶來語言的靈動，劉壎對此極力稱讚：「去非筆端流麗俊快，一塵不染」、「去非作文，有極俊麗者」，通過上面的例子，也能看出這一特點。二是造語穩熟，無「槎牙蒼鬱之態」。范禮文章的語言風格，既有流麗的一面，更有穩熟的一面，如「（包恢）得轉通議大夫，去非爲作謝表，曰：『百畝畢公田之事，詔俾奉行；十行賜方國之書，恩叨遷轉。』」極爲平正妥帖。穩熟和流麗並不對立，劉壎曾將二者放在一起，評價范禮爲文「穩熟、流麗、可愛也」。〔註155〕不過劉壎顯然對穩熟的風格更爲欣賞，他批評劉克莊「晚年稍變，槎牙蒼鬱之態，覺枯槁矣」〔註156〕，楊萬里「病於太奇，遂至刻露」〔註157〕，不如范禮「造語穩熟」、「甚穩熟」。劉壎還記述自己的一段創作經歷：「制置使加職名，因任次山，屬余作賀語，有曰：『尊俎折衝，呈赤雲之勝氣；江山如畫，照黃紙之除書。』次山稱其穩熟。」〔註158〕對於好友給出的評價，劉壎顯然是非常驕傲的。

三、劉壎的四六文創作

劉壎留下的四六文，據《全元文》第十冊所收，共有近 300 篇，其中不僅包括各類贊銘啓表，也包括不少疏告祝文，甚至還有一些青詞和醮詞。至於其創作的藝術特點，可以通過其《賀包尙書除端明樞密》一文進行分析：

> 峻陞紫殿，密運洪樞。來大老於海濱，丕聳華夷之望；用眞儒
> 於天下，誕和朝野之瞻。兵本尊強，廟謨宏遠。某官擔當宇宙力量，

〔註155〕劉壎對范禮的評價，以及這裡所舉的例子，除「流麗俊快，一塵不染」一句外（前已注明出處），皆出自《隱居通議》卷二十二「駢儷二・范去非諸作」，清「海山仙館叢書」本。

〔註156〕（元）劉壎《隱居通議》卷二十一「駢儷一・陸放翁諸作」，清《海山仙館叢書》本。

〔註157〕（元）劉壎《隱居通議》卷二十三「駢儷三・馮初心諸作」，清《海山仙館叢書》本。

〔註158〕（元）劉壎《隱居通議》卷二十二「駢儷二・拾遺」，清《海山仙館叢書》本。

掀揭日月聲名。有孝肅公剛方，得大臣體；由象山翁傳授，爲學者
師。兩朝咸仰其儀型，八坐獨高于獻納。淮南憚汲長孺，頓寢姦謀；
江右有王茂洪，何憂世事。蓋踐履素，根於誠實，宜觀聽易，見於
感孚。方聖明臨御之初，聿新治化；念者舊凋零之後，尚有老成。
播告大廷，超陞樞府。人望翕服，皆酌酒而賀范韓；天聲奮張，可
制挺而撻秦楚。然而國脈未壯，時弊日滋。進取良難，固無復神州
陸沈之責；太平自叱，或者咎江沱宴安之非。況救楮之策已窮，而
通財之務尤急。仰惟魁壘之耆俊，必有經濟之遠圖。成長治，建久
安，初不出《四書》之外；荷美名，都顯號，會當躋三代之隆。某
辱在門牆，欣傳綸綍。洪鈞轉一氣，所願入於化爐；黃麻似六經，
尚竦聽於宣布。〔註159〕

　　劉壎這篇四六文，基本上符合自己的標準：從語言上講，全文穩熟平正，
無詰屈聱牙之態：從用事上講，也沒有什麼不當之處。開篇「來大老於海濱，
丕聳華夷之望；用眞儒於天下，誕和朝野之瞻」一聯，看似平實無典，理解
起來也沒什麼困難，其實作者卻大有深意。「大老」語出《孟子》：

　　　　孟子曰：伯夷辟紂，居北海之濱，聞文王作興，曰：「盍歸乎來？
　　吾聞西伯善養老者。」太公辟紂，居東海之濱，聞文王作興，曰：「盍
　　歸乎來？吾聞西伯善養老者。」二老者，天下之大老也，而歸之，
　　是天下之父歸之也，天下之父歸之，其子焉往？〔註160〕

一方面，將南宋皇帝比作周文王，表達了希望朝廷任賢用能的態度。另一方
面，將包恢比作伯夷、姜太公，不僅是對其道德品質的肯定，更是對天下士
人的激勵：包恢既入朝閣，天下士人皆應出山，爲朝廷效力。「眞儒」語出揚
雄《法言》：

　　　　或問：「魯用儒而削，何也？」曰：「魯不用儒也。昔在姬公用
　　於周，而四海皇皇，莫枕於京。孔子用於魯，齊人章章，歸其侵疆。
　　魯不用眞儒故也，如用眞儒，無敵於天下，安得削？」〔註161〕

將包恢擬於周公、孔子，雖有諂諛的嫌疑，不過這裡主要不是說包恢，而是

〔註159〕（元）劉壎《賀包尚書除端明樞密》，《水雲村稿》卷九，清《文淵閣四庫全
　　　　書》本。
〔註160〕（戰國）孟軻《孟子》卷七「離婁上」，《四部叢刊》景宋大字本。
〔註161〕（漢）揚雄《法言》卷七，《四部叢刊》景宋本。

在說朝廷能用賢人，則承平可期，無敵於天下。結合南宋當時岌岌可危的局勢，最大的危險正在於疆土被削，劉壎此語，正有激勵朝野的時效。劉壎能寓典故於平實的語言之中，正符合他既「以學識爲議論」又不堆砌全句的要求。

至於劉壎用典的切當，可以參看下面一聯：「淮南憚汲長孺，頓寢奸謀；江右有王茂洪，何憂世事。」汲長孺即西漢汲黯，爲人耿直，「淮南王謀反，憚黯曰：『好直諫，守節死義，難惑以非。至如說丞相弘，如發蒙振落耳。』」〔註162〕王茂洪即東晉王導，晉室東遷之初，「過江人士每至暇日，相要出新亭飲宴，周顗中坐而歎曰：『風景不殊，舉目有江河之異。』皆相視流涕，惟導愀然變色，曰：『當共勠力王室，克復神州，何至作楚囚相對泣邪？』眾收淚而謝之。」〔註163〕其從兄王敦叛亂，王導不爲所動，堅決匡扶晉室。劉壎引用這兩個典故，除了勉勵南宋君臣「克復神州」之外，還與當時的政治形勢有關。包恢此時進入朝閣，普遍認爲有趨附賈似道的嫌疑，劉壎雖然對包恢的做法也頗有微詞〔註164〕，不過還是鼓勵他與賈似道劃清界限。汲黯可以憑自己的忠直威嚇淮南王不敢擅反，包恢也應該憑自己的道德品質影響賈似道不致胡作非爲；如果賈似道真敢胡作非爲，則王導可以大義滅親，包恢也應該認清是非匡扶宋室。宋末陳宗禮也曾受賈似道之邀入朝，受到時人非議，劉壎曾大力爲之辯解：

> 咸淳中，賈似道久柄國，國勢岌岌矣。仇視端直，寄命憸回，
> 校風丁無大異。常獨憚公方嚴，居然禮敬。公多遠引高臥，每以不
> 能致公自歉。一旦聞公翻然治任，語兩浙部使者趙德茂以公出，故
> 喜動顏面，其欽重若此也。天假公年，共政而久處，摩屬規正之，
> 似道必爲公動，則救敗局，回危機，將宗社生靈實嘉賴焉。〔註165〕

包恢與陳宗禮經歷相似，劉壎此言，也可以看作他對包恢的態度，而這篇四六所用的汲黯、王導的典故，也恰如其分地表達了作者的觀點。

作者此文並沒有諂諛的成分，還表現在他對時事有清醒的認識，雖然文

〔註162〕（漢）司馬遷《史記》卷一百二十「汲鄭列傳」，清乾隆武英殿刻本。

〔註163〕（唐）房玄齡《晉書》卷六十五「王導」，清乾隆武英殿刻本。

〔註164〕包恢約劉壎同入政府，劉壎以母老辭，且作詩以送之，詩中有「早了經綸尋獨樂，不須靈壽向人扶」，諷刺包恢此時入政府是趨附賈似道。

〔註165〕（元）劉壎《陳文定公奏議序》，《水雲村稿》卷五，清《文淵閣四庫全書》本。

中舉了很多古代賢臣的例子，也對包恢寄寓了很大的期望，但是最後卻不得不承認：「進取良難，固無復神州陸沉之責；太平自叱，或者咎江沱宴安之非。」「神州陸沉」出《晉書·桓溫傳》：

> 於是過淮泗，踐北境，與諸僚屬登平乘樓，眺矚中原，慨然曰：「遂使神州陸沉，百年丘墟，王夷甫諸人不得不任其責。」袁宏曰：「運有興廢，豈必諸人之過？」溫作色，謂四座曰：「頗聞劉景升有千斤大牛，啖芻豆，十倍於常牛，負重致遠，曾不若一羸牸，魏武入荊州，以享軍士。」意以況宏，坐中皆失色。〔註166〕

王夷甫即王衍，西晉名士，尚清談，因而誤國。劉壎這裡引用袁宏之言，實際上就是在爲王衍開脫。既然承認西晉的滅亡乃是天命，南宋的衰弱自然也不應怪在儒士們的頭上。更能表現作者思想是下聯。當年劉克莊擬詔賜賈似道，便有「昔宇宙翻覆，殆哉岌岌乎；今江沱宴安，是誰之力也」〔註167〕的稱讚，作者這裡反其意而用之，以「宴安」爲非，並提醒包恢不要走賈似道的老路。

　　劉壎的四六文，思想傾向比較明顯，所用典故也多切合實際。語言平實自然，多處用典，卻並不顯得生硬，也不妨礙語言的流暢。劉壎在《隱居通議》裏引用趙必岊對其四六文的評價，除了「造語穩熟」以外，還有「此乃以散文爲四六者，正是片段議論，非若世俗抽黃對白而血脈不貫者也」。〔註168〕其實不獨劉壎，宋人的四六文大多具有這樣的特點，程千帆在《兩宋文學史》中論述道：「宋四六乃是駢文中的散文，或在一定程度上散文化了的駢文。」〔註169〕劉壎的四六文多作於宋亡之前：「集中所載諸啓劄，大抵皆在宋世所作。」〔註170〕自然承襲了這一時代特徵，具體變現爲：一、突破嚴格的四字、六字爲句，喜用長句，如文中「成長治，建久安，初不出《四書》之外；荷美名，都顯號，會當躋三代之隆」等聯；二、多用虛詞串聯文氣，如文中「來大老於海濱，丕聳華夷之望；用眞儒於天下，誕和朝野之瞻」等聯；三、事

〔註166〕（唐）房玄齡《晉書》卷九十八「桓溫」，清乾隆武英殿刻本。

〔註167〕（宋）劉克莊《賜太傅右丞相賈似道辭免第賜宅家廟令有司條具以聞恩命不允詔》，《後村集》卷五十六，《四部叢刊》景舊鈔本。

〔註168〕（元）劉壎《隱居通議》卷二十二「駢儷二·拾遺」，清《海山仙館叢書》本。

〔註169〕程千帆、吳新雷《兩宋文學史》頁516，《程千帆全集》第十三卷，河北教育出版社，2000年12月。

〔註170〕（清）永瑢《四庫全書總目》卷一百六十六集部十九「水雲村稿」，清乾隆武英殿刻本。

典之外，愛用語典，如文中「進取良難，固無復神州陸沉之責；太平自叱，或者咎江沱宴安之非」等聯。從內容上講，劉壎沒有入朝代言的經歷，所以也沒有制誥之類的作品，他的四六文，主要是傳統的表箋賀啓，同時也包括一些疏告祝文等應用文字。這也和時代文風密切相關，南宋以來，四六文逐漸走出廟堂士林，表現出濃厚的社會日用趨向。〔註171〕

　　總之，劉壎對前人的四六文，有自己獨特的評價標準，在自己的四六創作中，也能符合自己的標準，在南宋眾多的四六大家中，實可佔據舉足輕重的一席之地。

〔註171〕參見楊忠《〈四六膏馥〉與南宋四六文的社會日用趨向》，《北京大學學報（哲學社會科學版）》，2005 年 5 月。

第三章 劉壎與元代前期的江西詩壇

　　江西是宋代詩歌的重鎮，宋代最具代表性的詩歌派別，便是以黃庭堅、陳師道爲代表的江西詩派。不過到了南宋中期以後，江西詩派重理致、輕意味的特徵，逐漸受到世人的批判，並由此出現了反江西派的「四靈」及江湖派詩人。江湖派詩人以恢復唐詩爲旗號，不過由於時代的原因，實際上只是取法晚唐的姚合、賈島，並沒有盛唐詩人的氣勢。但是，江湖派的興起，卻引發了唐詩與宋詩孰優孰劣的爭論，詩壇上也出現了宗唐與宗宋的不同聲音。嚴羽《滄浪詩話》提出「詩有別材，非關書也；詩有別趣，非關理也」〔註1〕的著名論斷，批評宋詩缺少意味和情趣，主張宗唐。方回《瀛奎律髓》卻受江西詩派影響頗深。在這樣的詩壇風氣下，劉壎提出折衷唐宋的主張，一定意義上平息了時人的爭論。

第一節　宋末元初的宗唐與宗宋之爭

　　縱觀宋代前期的詩壇，並沒有形成自己獨特的風格，直到江西人黃庭堅的出現，才發展出一個具有鮮明個性的江西詩派。黃庭堅作詩主張鍊字鍊句，講究格法佈局，尤其重視化用古人言辭，提倡「取古人之陳言，入於翰墨，如靈丹一粒，點鐵成金也」〔註2〕。其後經過陳師道、陳與義的推廣，江西詩派蔚然成爲有宋一代詩壇的大宗。南宋中期以後，「趙紫芝、翁靈舒輩獨喜賈島、

〔註1〕　（宋）嚴羽《滄浪詩話・詩辯》，明《津逮秘書》本。
〔註2〕　（宋）黃庭堅《答洪駒父書三首》其三，《豫章黃先生文集》卷十九，《四部叢刊》景宋乾道刊本。

姚合之詩，稍稍復就清苦之風，江湖詩人多效其體，時自謂之唐宗」〔註3〕。
崇尚晚唐的江湖詩風的出現，具有一定的社會背景，「作爲一個朝代的末世，
晚宋與晚唐的社會環境甚爲相似，南宋後期出現的以賈島、姚合詩爲主要內容
的晚唐詩風的盛行，本質上也正是晚唐衰世之音的復現」〔註4〕。正是江湖詩
派的出現，引發了詩壇宗唐、宗宋的爭論。

一、劉克莊的宗唐與方回的宗宋

　　南宋後期的江湖詩人成分複雜，在如何宗唐的問題上也存在分歧，不過
在批判以江西派爲代表的宋詩時卻相當一致。對於江西體與晚唐體的優劣，
劉克莊曾有一段評論：

> 古詩出於情性，發必善；今詩出於記問，博而已，自杜子美未
> 免此病。於是張籍、王建輩稍束起書袋，刪去繁縟，趨於切近。世
> 喜其簡便，競起效顰，遂爲晚唐體，益下去古益遠。豈非資書以爲
> 詩，失之腐；捐書以爲詩，失之野歟？〔註5〕

相對於古詩的出於性情，二者似乎皆有不足。不過作爲江湖派盟主，劉克莊
雖然也批判晚唐體，不過對江西體顯然更爲不滿：

> 唐文人皆能詩，柳尤高，韓尚非本色。迨本朝則文人多詩人少，
> 三百年間，雖人各有集，集各有詩，詩各自爲體，或尚理致，或負
> 材力，或逞辨博，少者千篇，多至萬首。要皆經義策論之有韻者爾，
> 非詩也。自二三巨儒及十數大作家，俱未免此病。〔註6〕

他直言宋代三百年無詩，雖然言辭過於激烈，但是「經義策論之有韻者」一
語，還是相當準確地道出了宋詩的基本特徵。

　　劉克莊對江湖派只宗晚唐的觀點也提出了批判，他將唐人的詩作分爲古
體和唐體，古體「以元（稹）、白（居易）、韋（應物）、柳（宗元）爲最突出
的代表；而唐體則是以姚（合）、賈（島）爲最典型的例證」〔註7〕。他承認
江湖詩人承襲晚唐體，是對「鍛鍊精而性情遠」的江西詩派的反撥，不過同

〔註3〕　（宋）嚴羽《滄浪詩話·詩辯》，明《津逮秘書》本。
〔註4〕　許總《宋詩史》頁790，重慶出版社，1997年3月。
〔註5〕　（宋）劉克莊《韓隱君詩》，《後村集》卷九十六，《四部叢刊》景舊抄本。
〔註6〕　（宋）劉克莊《竹溪詩》，《後村集》卷九十四，《四部叢刊》景舊抄本。
〔註7〕　王明建《劉克莊詩學研究》第六章「唐體觀」第一節「唐體的含義及其缺陷」，
　　　　河北大學博士學位論文，2003年5月。

時也清醒地看到，晚唐體存在著題材瑣屑、詩風纖弱的毛病。相比而言，他更喜歡韋應物、柳宗元等人的自然本色。

南宋後期另一個宗唐反宋的代表人物是嚴羽，他著有《滄浪詩話》一書，針對宋人「以文字爲詩，以才學爲詩，以議論爲詩」的弊病，提出了「詩有別材，非關書也；詩有別趣，非關理也」的著名論斷。對於有宋一代的詩歌發展，嚴羽曾有簡短的概括：

> 國初之詩尚沿襲唐人，王黃州學白樂天，楊文公、劉中山學李商隱，盛文肅學韋蘇州，歐陽公學韓退之古詩，梅聖俞學唐人平淡處。至東坡、山谷始自出己意以爲詩，唐人之風變矣。山谷用工尤爲深刻，其後法席盛行，海內稱爲江西宗派。近世趙紫芝、翁靈舒輩獨喜賈島、姚合之詩，稍稍復就清苦之風，江湖詩人多效其體，一時自謂之唐宗。不知止入聲聞辟支之果，豈盛唐諸公大乘正法眼者哉？嗟乎，正法眼之無傳久矣，唐詩之說未唱，唐詩之道或有時而明也。今既唱其體曰唐詩矣，則學者謂唐詩誠止於是耳，得非詩道之重不幸耶？〔註8〕

嚴羽對宋詩的批判，不像劉克莊那樣激烈，只是集中在以黃庭堅爲宗的江西體，對北宋之初的詩人仍然認可，其中尤重王安石，直言「公絕句最高，其得意處高出蘇、黃、陳之上」〔註9〕，因爲「在嚴羽看來，荊公體實際上是一個由『宋調』向『唐音』復古的詩學模式」〔註10〕。他所喜歡的唐詩，也是平淡自然、充滿「興趣」的唐詩，不是瘦寒枯寂的晚唐體。他反對「假借」唐詩之名的江湖體，主張「推原漢魏以來，而截然以盛唐爲法」，明確了自己宗唐與江湖派宗唐的區別。

南宋後期，江湖派佔據了詩壇的主流，因此很少有詩人替江西派張目。不過在宋末元初，卻出現了一位很有影響力的江西派後勁，他就是方回。方回特別重視江西詩派，並爲江西詩派整理出「一祖三宗」的傳承體系：「古今詩人，當以老杜、山谷（黃庭堅）、後山（陳師道）、簡齋（陳與義）四家爲一祖三宗，餘可預配饗者有數焉。」〔註11〕在方回之前，最先提出「江西詩

〔註8〕　（宋）嚴羽《滄浪詩話・詩辯》，明《津逮秘書》本。

〔註9〕　（宋）嚴羽《滄浪詩話・詩體》，明《津逮秘書》本。

〔註10〕　王術臻《揚其盛唐本色而抑其宋調──嚴羽對「王荊公體」的解讀》，《語文學刊》，2010年第3期。

〔註11〕　（元）方回《瀛奎律髓》卷二十七「清明」後，清《文淵閣四庫全書》本。

社」概念的呂本中，只將黃庭堅作爲宗派之祖，方回於此抬出杜甫，明顯帶有借杜甫爲江西詩派壯大聲勢的意圖。

方回著《瀛奎律髓》，選評唐宋大家律詩，曾明確說出自己選詩的標準：

老杜詩爲唐詩之冠，黃、陳詩爲宋詩之冠。黃、陳學老杜者也。嗣黃、陳而恢張悲壯者，陳簡齋也；流動圓活者，呂居仁也；清勁潔雅者，曾茶山也。七言律他人皆不敢望此六公矣。若五言律詩，則唐人之工者無數，宋人當以梅聖俞爲第一，平淡而豐腴，捨是則又有陳後山耳。此余選詩之條例，所謂正法眼藏也。〔註12〕

雖然在五言律詩中加入梅堯臣一人，不過大抵仍以江西詩派爲主。對於宋末盛行的晚唐詩風，方回給予激烈的批判：

葉水心適以文爲一時宗，自不工詩。而「永嘉四靈」從其說，改學晚唐，詩宗賈島、姚合。凡島、合同時漸染者，皆陰攓取摘用，驟名於時，而學之者不能有所加，日益下矣。名曰厭傍「江西」籬落，而盛唐一步不能少進。〔註13〕

這裡不僅批判「四靈」，連推揚「四靈」的葉適也一起批判，至於爲數眾多的江湖詩人，自然屬於「日益下」者了。方回極力讚揚宋詩，在文學史上有一定的積極意義，「在尊唐抑宋之風占壓倒優勢的時代，方回最早對宋詩的藝術特徵從總體上作出比較深刻的體認，而且擺脫了以唐詩爲最至高典範的傳統觀念的束縛，這對於後人獨立地思考宋詩的性質和價值是有一定啓迪作用的。」〔註14〕

方回雖然極力推崇江西詩派，不過對唐詩也並不排斥。相反，對於各個時代的唐詩，都能給予相當的承認：

予選詩以老杜爲主，老杜同時人，皆盛唐之作，亦皆取之。中唐則大曆以後、元和以前，亦多取之。晚唐諸人，賈島開一別派，姚合繼之，沿而下，亦非無作者，亦不容不取之。〔註15〕

〔註12〕 （元）方回《瀛奎律髓》卷一「與大光同登封州小閣」後，清《文淵閣四庫全書》本。

〔註13〕 （元）方回《瀛奎律髓》卷二十「道上人房老梅」後，清《文淵閣四庫全書》本。

〔註14〕 莫礪鋒《從〈瀛奎律髓〉看方回的宋詩觀》，《文藝理論研究》，1995 年第 3 期。

〔註15〕 （元）方回《瀛奎律髓》卷十「春日題韋曲野老村舍」後，清《文淵閣四庫全書》本。

不僅如此，爲了中和當時尊唐貶宋的詩壇風氣，他還特別強調宋詩對唐詩的繼承與借鑒：

> 人或尚晚唐詩，則盛唐且不取，亦不取宋。殊不知宋詩有數體：有九僧體，即晚唐體也；有香山體者，學白樂天；有西崑體者，祖李義山。如蘇子美、梅聖俞並出歐公之門，蘇近老杜，梅過王維，而歐公直擬昌黎，東坡暗合太白。惟山谷法老杜，後山棄其舊而學焉，遂名黃、陳，號江西派，非自爲一家也，老杜實初祖也。〔註16〕

宋詩的各派，都是學唐詩而來，就連江西詩派，也是傳杜甫一脈，因此無需厚此薄彼。方回對宋詩的肯定，本身即具有折衷唐宋的傾向：「如果說南宋以來詩壇上尊唐抑宋風尚的形成是宋人辨唐、宋之異的選擇的話，方回肯定宋詩，則是求唐、宋之同的結果。」〔註17〕

二、宋元鼎革對詩壇風氣的影響

南宋後期的詩壇，江湖派取代江西派異軍突起，儘管以晚唐爲宗的創作宗旨一直飽受爭議，但是「如果不是元一統天下，可以預見南宋詩壇上江湖派必將『一統江湖』，成爲人數眾多、壓倒一切的主流派」〔註18〕。宋元鼎革的殘酷現實，打破了江湖詩人卑弱狹小的創作局面，詩人們經歷了國破家亡的巨大悲痛，增加了創作的感情厚度，也提升了詩歌的品味價值。這一時期的詩風轉變，可以江西詩壇的文天祥等遺民詩人爲例。

南宋末年的文天祥，詩歌創作明顯帶有江湖派的特徵。文天祥曾爲蕭敬夫詩集作序，論及詩歌的功用：

> 累丸承蜩，戲之神者也；運斤成風，伎之神者也。文章一小伎，詩又小伎之遊戲者。秋屋蕭君自序其詩，乃有不克盡力之恨。昔人謂杜子美『讀書破萬卷』，止用資『下筆如有神』耳。讀書固有爲，而詩不必甚神。予謂秋屋稿亦云可矣，顧何足恨哉？〔註19〕

蕭敬夫死於抗元鬥爭，此序應作於南宋末年。文天祥將讀書與作詩分爲兩途：

〔註16〕　（元）方回《瀛奎律髓》卷一「甘露寺」後，清《文淵閣四庫全書》本。

〔註17〕　王劍《方回〈瀛奎律髓〉研究》第二章第三節，上海師範大學碩士學位論文，2003 年 5 月。

〔註18〕　楊鐮《元詩史》第四卷「南方詩人」第 334 頁，人民文學出版社，2003 年 8月。

〔註19〕　（宋）文天祥《跋蕭敬夫詩稿》，《文山先生全集》卷十，《四部叢刊》景明本。

讀書可以奮發有爲，作詩卻只是遊戲小伎，因此在創作中不必克盡其力，也
不必爲詩詞不工而心懷遺憾。此處對杜甫「讀書破萬卷，下筆如有神」的辯
解，明顯帶有江湖派「捐書以爲詩」的習氣。正是在這樣觀點的影響之下，
文天祥前期的詩歌「無以別於一般調弄筆墨的文人之所爲」，甚至「可以說全
部都草率平庸」。文天祥前期 240 多首詩歌，「雖然其間有一些詩篇是抒發憂
時之感，或揭露統治集團的矛盾和罪惡的，但更多的卻是題詠匆匆、酬應瑣
瑣之作」〔註20〕。由此可以看出，文天祥早期的詩歌創作與當時的江湖派詩
人並無太大區別，如果沒有宋元鼎革的歷史劇變，他也許一直就是一個江湖
詩人。

宋元鼎革的社會現實，改變了文天祥的詩學觀。「在《指南錄‧後序》和
《集杜詩‧自序》裏，他分別表明了『悲予志』和『史有考』以及『以詩紀
所遭』的詩歌創作觀，這實際上反映了他對詩歌功能的再認識。文天祥後期
詩歌既具體記載了歷史的眞實，又充分抒發了自己的情志」，將自己的抗元經
歷以及對南宋的忠誠，一一表現在詩歌創作中。詩歌內容的轉變也促使了其
詩歌風格的轉變，「文天祥前期詩歌創作正如他自己所言『席上人多賦晚唐』，
走的是江湖詩人學習晚唐的路子，形成了他前期詩歌融情於景、簡淡自然的
風格」，「後期由於社會環境、生活經歷、思想面貌與詩學觀的變化，詩歌風
格變爲：直抒腳臆、雄渾激越、沉鬱悲壯。」〔註21〕在這樣的轉變過程中，
文天祥對杜甫「詩史」精神的借鑒發揮了重要作用：

> 余坐幽燕獄中，無所爲，誦杜詩，稍習諸所感興，因其五言集
> 爲絕句。久之，得二百首，凡吾意所欲言者，子美先爲代言之。日
> 玩之不置，但覺爲吾詩，忘其爲子美詩也。乃知子美非能自爲詩，
> 詩句自是人情性中語，煩子美道耳。子美於吾隔數百年，而其言語
> 爲吾用，非情性同哉？昔人評杜詩爲詩史，蓋其以詠歌之辭寓紀載
> 之實，而抑揚褒貶之意燦然於其中，雖謂之史可也。予所集杜詩，
> 自余顚沛以來，世變人事概見於此矣，是非有意於爲詩者也。後之
> 良史，尚庶幾有考焉。〔註22〕

〔註20〕 黃蘭波《文天祥詩選》前言，人民文學出版社，1979 年 7 月。
〔註21〕 朱小寧《試論文天祥前後期詩風的變化》，南昌大學碩士學位論文，2005 年 5
月。
〔註22〕 （宋）文天祥《集杜詩自序》，《文山先生全集》卷十六，《四部叢刊》景明本。

正是因為對杜詩的喜愛與借鑒，才使得文天祥衝破了江湖詩派的局限，他用飽滿的愛國熱情，書寫了一曲壯麗的遺民詩篇，成為中國歷史上愛國詩人的典範。

宋末遺民詩人中，可與文天祥相提並論的，還有江西人謝枋得。與文天祥前期以詩為遊戲不同，謝枋得特別重視詩歌的功能，認為：「詩於道最大，與宇宙氣數相關。人之氣成聲，聲之精為言，言已有音律。言而成文，尤其精者也。凡人一言，皆有吉凶，況詩乎？詩又文之精者也。」〔註23〕將詩與道的關係上升到文道之上。還在南宋時期，他已經看到統治者的腐敗無能，黎民百姓的痛苦掙扎，並在詩歌裏多有反映。到了宋元鼎革之際，詩歌創作更加沉鬱悲壯，「宋亡前後的大部份作品，慷慨激昂，感情奔放，真實地反映了自己堅持抗敵的愛國思想和決不屈膝的民族氣節，也在一定程度上反映出南宋潰滅前後的社會真實景象」〔註24〕。謝枋得同樣深受杜甫詩歌的影響，認為：「幽不足動天地、感鬼神，明不足厚人倫、移風俗，刪後真無詩矣……三百篇之後，便有杜子美名言也。」〔註25〕他認為杜詩不僅音律嚴整，更重要的是志趣高遠，因此學習杜詩，應該先瞭解其中的志趣，而不僅僅是格律。與當時重視杜甫律詩的風氣不同，他主張先由唐人絕句入手，慢慢升格為杜詩的精神：「唐人學子美多矣，無其志，終無其聲音。獨絕句情思幽妙，可聯轡齊驅於變風。境上章泉、澗泉二先生，誨人學詩，自唐絕句始，熟於此，杜詩可漸進矣。」〔註26〕至於謝枋得自己的詩歌，也以絕句和古體詩為主。可以說，謝枋得借鑒的是杜詩的精神，而不是格律。

三、劉辰翁對陳與義和李賀的推崇

在宗唐與宗宋的爭論與交流中，有一個人物逐漸得到了雙方的共同認可，他就是被方回納入江西派的陳與義。陳與義是兩宋之交的著名詩人，呂本中作《江西詩社宗派圖》，並未將他收錄其中，南宋人將他與江西詩派聯繫在一起，「二者的紐帶是杜甫」〔註27〕。但是陳與義學杜，又與黃庭堅、陳師道不同，「總的來看，黃庭堅和江西詩派詩人雖然肯定杜甫憂君愛國的博大情

〔註23〕　（宋）謝枋得《與劉秀岩論詩》，《疊山集》卷五，《四部叢刊續編》景明本。
〔註24〕　劉玲娜《論謝枋得》，西南大學碩士學位論文，2008年。
〔註25〕　（宋）謝枋得《章泉澗泉二先生選唐詩》序，清嘉慶《宛委別藏》本。
〔註26〕　（宋）謝枋得《章泉澗泉二先生選唐詩》序，清嘉慶《宛委別藏》本。
〔註27〕　鄧紅梅《陳與義詩風與江西詩派辨》，《學術月刊》，1994年第8期。

懷，可他並沒有將這種情懷納入到他的詩歌創作中，實際創作中更注重學杜甫夔州以後詩歌那種高超的藝術手法和對詩歌技法精深的鍛鍊。他們的詩有老杜的頓挫而沒有老杜的沉鬱。而陳與義則在戰亂中開始學杜，對杜甫在『安史之亂』時，面對國家危亡，個人飄零不偶的情懷體驗獨深，所以他更側重於學習老杜在戰亂中的創作精神，他雖在藝術技法上沒有老杜那樣豐富多彩，但在精神上逼近老杜」〔註28〕。正是因爲陳與義和江西詩派同中有異，才使後人對他是否屬於江西詩派存有爭論〔註29〕。嚴羽《滄浪詩話・詩體》列「陳簡齋體」，認爲「亦江西詩派而小異」〔註30〕，方回更是將他列入江西詩派「一祖三宗」之中，認爲他是黃庭堅與陳師道之外的又一巨匠：「黃、陳二老詩各成一家，未有能及之者，然論老筆名手，黃、陳之外，江西中多有作者，呂居仁、陳簡齋其尤也。」〔註31〕劉克莊卻認爲：「元祐後，詩人迭起，一種則波瀾富而句律疏，一種則鍛鍊精而情性遠，要之不出蘇、黃二體而已。及簡齋出，始以老杜爲師，《墨梅》之類尚是少作，建炎以後避地湖嶠，行路萬里，詩益奇壯……造次不忘憂愛，以簡嚴掃繁縟，以雄渾代尖巧，第其品格，故當在諸家之上。」〔註32〕將陳與義看作是以杜甫精神反抗蘇、黃詩體的代表，「如此，他與江西詩派間就不是詩技的『小異』，而是詩道的大不同了」〔註33〕。不僅如此，劉克莊稱陳與義「地湖嶠，行路萬里，詩益奇壯」，顯然有將其拉入江湖派陣營的意圖。

不同人物對陳與義的不同認識，使他成爲宋元之際最受歡迎的詩人之一。錢鍾書曾經明確指出：

吳草廬《吳文正公全集》卷九《董震翁詩序》極稱簡齋，且曰：『近世往往尊其詩』，同卷爲聶文儼、諶季岩，卷十三爲董雲龍、黃養浩等人詩序，均以似簡齋許之。程鉅夫《雪樓集》卷十五《嚴元

〔註28〕 杭勇《論陳與義與江西詩派學杜之差異》，《學術交流》，2009 年 8 月。

〔註29〕 直到今天，仍有人對此持懷疑態度，李琨作《陳與義屬於「江西詩派」嗎？》（《遼寧大學學報》，1999 年第 4 期），認爲陳與義的詩「多學習陶、韋、柳和杜甫的創作技巧和創作方法，形成了自己的獨特風格」，「無論思想內容和藝術風格都與江西詩派相去甚遠，實不應爲江西詩派中人」。

〔註30〕 （宋）嚴羽《滄浪詩話・詩體》，明《津逮秘書》本。

〔註31〕 （元）方回《劉元輝詩》，《桐江集》卷五，清嘉慶《宛委別藏》本。

〔註32〕 （宋）劉克莊《後村集》卷一百七十四《詩話・前集》，《四部叢刊》景舊抄本。

〔註33〕 鄧紅梅《陳與義詩風與江西詩派辨》，《學術月刊》，1994 年第 8 期。

德詩序》:『自劉會孟盡發古今詩人之祕,江西詩為之一變,今三十
年矣,而師昌谷、簡齋最甚,餘習時有存者。』合二人之言揣之,
則簡齋詩盛行於元初江西詩人間。〔註34〕

至於簡齋體盛行的原因,程鉅夫分析道:「李變眩,觀者莫敢議;陳清俊,覽
者無不悅。此學者急於人知之弊也。」〔註35〕其實還有一個更重要的外在原
因,陳與義生在兩宋之交,風雲變幻的政治背景正與宋末元初相似,他在詩
歌裏表達的情愫,更容易被宋末元初的世人接受。

在宋末元初陳與義詩風盛行的過程中,劉辰翁發揮了重要作用。他不僅
親自選評陳與義詩歌,更在很多地方對陳與義稱讚不已,如在《箋注簡齋詩
集序》中寫道:

> 詩至晚唐已厭,至近年又厭,謂其和易如流,殆不可與莊語,而
> 學問為無用也。荊公妥帖排奡,時出經史,然格體如一。及黃太史矯
> 然特出新意,真欲盡用萬卷,與李、杜爭能於一辭一字之頃,其極至
> 寡情少恩,如法家者流。余嘗謂晉人語言,使壹用為詩,皆當掩出古
> 今,無它,真故也。世間用事之妙,韓淮陰所謂是在兵法,諸君未知
> 之者,豈可以馬尾而數、蟲魚而注哉?後山自謂黃出,理實勝黃,其
> 陳言妙語,乃可稱破萬卷者,然外示枯槁,又如息夫人絕世,一笑自
> 難。惟陳簡齋以後山體用後山,望之蒼然,而光景明麗,肌骨勻稱。
> 古稱陶公用兵,得法外意,以簡齋視陳、黃,節制亮無不及,則後山
> 比簡齋,刻削尚似,矜持未盡去也。此詩之至也。〔註36〕

在這篇序文裏,劉辰翁直斥晚唐體格調卑俗,「不可與莊語」;又批評黃庭堅
寡情少恩,作詩缺少真情,並且在技法上面過於死板,不懂淮陰活用兵法之
妙;陳師道作詩,雖然理致勝於黃庭堅,不過言辭也更加枯燥無味。只有陳
與義能「得法外意」,取法江西派而不拘泥江西派,既保持江西派鍊字鍊句的
刻削的特點,從總體上保證詩歌肌骨的勻稱,又避免了江西派枯槁無情的矜
持的缺陷,在細節上保證詩歌光景的明麗。只有如此,才能達到「詩之至」
的境界。劉辰翁對於宋詩,既反對江湖派捃書以為詩,格調低下,也反對江
西派以學問為詩,理勝於情。他打破宗唐與宗宋的界限,選取唐宋諸家之詩

〔註34〕錢鍾書《談藝錄(補訂本)》頁471,中華書局,1993年3月。
〔註35〕(元)程鉅夫《嚴元德詩序》,《雪樓集》卷十五,清《文淵閣四庫全書》本。
〔註36〕(宋)胡穉《箋注簡齋詩集》卷首劉辰翁序,元刻本。

進行點評，其中既有王維、孟浩然的天籟自然，也有李賀的雄奇奔放，更有杜甫、陸游的憂君愛國，主旨全在一個「眞」字。

劉辰翁遍注唐宋詩作，其中最重視的除陳與義外，便是李賀，其子劉將孫曾經指出：

> 先君子須溪先生於評諸家詩最先長吉。蓋乙亥闢地山中，無以紓思寄懷，始有意留眼目，開後來，自長吉而後，及於諸家……自是傳本四出，近年乃無不知讀長吉詩，效昌谷體。〔註37〕

劉辰翁對昌谷體在宋末元初的盛行起到了積極的推動作用，他自己對李賀的認識也有一個前後變化的過程：

> 舊看長吉詩，固喜其才，亦厭其澀，落筆細讀，方知作者用心，料他人觀不到此也。是千年長吉，猶無知己也……千年長吉，余甫知之耳。詩之難讀如此，而作者常嘔心，何也？樊川反覆稱道形容，非不極至，獨惜「理不及騷」，不知賀所長正在理外，如惠施堅白，特以不近人情，而聽者惑焉，是為辯。若眼前語、眾人意，則不待長吉能之。此長吉所以自成一家與？〔註38〕

劉辰翁提倡眞實情感的自然流露，因此對李賀詩歌的詭譎冷澀，一開始還不能十分接受，後來在評點其詩的過程中，才慢慢體會到李賀的眞情所在，並且自命為李賀的唯一知己。杜牧稱李賀詩「理不及騷」，劉辰翁卻認為，李賀詩的長處就是不循常理、「不近人情」，情感的眞實往往就在於它的獨特，而獨特的情感也需要獨特的語言才能表達，「只有透過賀詩瑰奇譎怪的辭句，領略到其所蘊藏的深層意義，感受到其中所透發出的濃烈情感，才能眞正領悟李賀詩歌的千古魅力」〔註39〕。劉辰翁指出李賀「所長正在理外」，與嚴羽所謂「詩有別趣，非關理也」有一定的相似之處，都強調不能用同一標準的常理來束縛詩人的獨特情感。

劉辰翁喜歡李賀的詩歌，一方面，和他作為江西人「恥與人同」的地域性格分不開；另一方面，也和他南宋遺民的身份密切相關。與文天祥、謝枋得等言辭激烈的作家不同，劉辰翁詩文中表達的遺民心態較為隱曲，「劉辰翁的詩歌很少放言無忌，不少時候故意遮掩，隱晦其詞，為了達到這個目的，

〔註37〕（元）劉將孫《刻長吉詩序》，《養吾齋集》卷九，清《文淵閣四庫全書》本。
〔註38〕（元）劉辰翁《評李長吉詩》，《須溪集》卷六，清《文淵閣四庫全書》本。
〔註39〕孔妮妮《論「心學」思想在劉辰翁詩歌創作理論中的體現》，《合肥學院學報（社會科學版）》，2007 年 3 月。

有時句意晦澀甚至不通，他也毫不在乎」〔註 40〕。正因爲如此，他才對李賀詩歌的「澀」比別人多了一層理解。

第二節　劉壎的詩歌理論

在這樣江西派與江湖派各領風騷，宗唐與宗宋爭執不下的詩壇背景下，劉壎提出了自己獨到的詩歌理論：他盛讚江西詩派，具備了鮮明的地域特徵；折衷唐宋詩歌，表現了強烈的融合精神；重視詩歌的教化功能，彰顯了濃厚的道學品格。他提出的一系列詩歌理論，標誌著宋詩向元詩的過渡。

一、盛讚「江西詩派」

談論劉壎的詩歌理論，首先要從他對唐、宋詩歌的不同評價開始。劉壎承江西詩派餘績，其《隱居通議》論詩歌，便是從「黃陳詩序」開始，引用鄱陽許尹之言，點評詩歌歷史：

> 六經所以載道，傳之後世，而詩者止乎禮義，道之所存也。周詩三百五篇，有其義而亡其辭者六篇而已。大而天地日星之變，小而蟲鳥草木之化，嚴而君臣父子，別而夫婦男女，順而兄弟，群而朋友，喜不至瀆，怨不至亂，諫不至訐，怒不至絕，此詩之大略也……周衰，官失學廢，大雅不作，久矣。由漢以來，詩道浸微陵夷，至於晉宋齊梁之間，哇滛甚矣。曹、劉、沈、謝之詩，非不工也，如刻繪染縠，可施之貴介公子而不可用之黎庶；陶淵明、韋蘇州之詩，寂寞枯槁，如叢蘭幽桂，宜於山林而不可置之朝廷之上；李太白、王摩詰之詩，如亂雲敷空，寒月照水，雖千變萬化而及物之功亦少；孟郊、賈島之詩，酸寒儉陋，如蝦蟹蜆蛤，一啖便了，雖咀嚼終日而不能飽人。惟杜少陵之詩出入古今，衣被天下，藹然有忠義之氣，後之作者未有加焉。宋興二百年，文章之盛追還三代，而以詩名世者，豫章黃庭堅魯直，其後學黃而不至者，後山陳師道無己。二公之詩，皆本於老杜而不學杜者也。〔註41〕

劉壎引用這篇序文作爲談論詩歌的開端，認爲其「斷制古今詩體，深合繩尺，

〔註40〕焦印亭《劉辰翁研究》第三章第四節「須溪詩的藝術特色」，四川大學博士學位論文，2007 年 3 月。

〔註41〕（元）劉壎《隱居通議》卷六「詩歌一·黃陳詩序」，清《海山仙館叢書》本。

自三百篇沿漢晉以來，下至唐宋數語，核之靡不的確」，因此也可將這看作是劉壎的觀點。文中重視詩歌的載道教化功能，奉《詩經》爲最高典範，至於漢魏以後諸作，則無一不存在這樣那樣的缺點。他將建安時期的曹植、劉楨與南朝時期的沈約、謝朓相提並論，認爲他們的共同特點是格律嚴整卻過於雕飾，不方便表達普通人的情感；對於後人普遍讚賞的陶淵明、韋應物，他又覺得過於枯槁，缺少富貴之氣；即便是像李白、王維這樣的大詩人，從純粹藝術的角度，已經達到不可企及的高度，不過仍然缺少社會關懷；至於孟郊、賈島等晚唐詩人，更是「寒酸儉陋」，不值一提。許尹對前人如此嚴苛地批判，無非是要藉此抬高江西詩派，尤其是江西詩派的「一祖三宗」。他直言詩歌以杜甫爲至高無上，黃庭堅、陳師道雖然本於老杜，可也有自己的創新。

劉壎本人也對杜甫推崇備至，評價「杜作爲古今之冠」，「更千百世無能及者」，他在《隱居通議》中收錄杜詩多篇，認爲杜詩雖然風格多變，不過每一種風格都能達到極高的成就：「少陵句法，或以豪壯，或以巨麗，或以雅健，或以活動，或以重大，或以涵蓄，或以富豔，皆可爲萬世格範者。」他還以親身經歷印證杜詩的妙處：

> 《光祿阪行》云：「馬驚不憂深谷墜，草動只怕長弓射。」昔人但以此等作言語看，予身經亂離，奔竄林藪，每詠此句，然後知少陵狀景之妙用。如「快鶻風火生」，此句壯健飛動，可以想見花卿之雄；至於《羌村》三首，宛然陶體；《同穀》諸篇，宏縱奇峭，中涵深悲，詩之至也。〔註42〕

劉壎分析杜詩創作的特點，認爲「杜句皆有根本，非自作語言也……後世作詩者，無根之言耳」〔註43〕，這也和黃庭堅「無一字無來處」的說法如出一轍，純是江西派對杜詩的評價。

劉壎常將黃庭堅與杜甫並舉，稱爲「杜黃」，可見其對黃庭堅的重視。黃庭堅學習杜甫，不是生硬地模仿：「東坡詩似太白，黃、陳詩似少陵，似而又不似也。」〔註44〕譬如杜甫以律詩知名，但「山谷所長在古體，固不

〔註42〕俱見（元）劉壎《隱居通議》卷七「詩歌二‧杜少陵」，清《海山仙館叢書》本。
〔註43〕（元）劉壎《隱居通議》卷七「詩歌二‧杜句皆有出處」，清《海山仙館叢書》本。
〔註44〕（元）劉壎《隱居通議》卷六「詩歌一‧李杜蘇黃」，清《海山仙館叢書》本。

以律名，然時作律詩，亦自有一種句法。」〔註 45〕他對杜詩的學習，主要
是鍊字鍊句的工夫，「善於奪胎換骨」〔註 46〕，甚至比杜甫更進一步，「跂
子美而加嚴」〔註 47〕。劉壎引用劉玉淵之言：「淵明詩之佛，太白詩之仙，
少陵仙佛備，山谷可仙可佛，而儼然以六經禮樂臨之。」認為「蓋論詩之
極致矣」，因此提倡大家學習杜、黃，「學詩不以杜、黃為宗，豈所謂識其
大者」〔註 48〕。

劉壎對陳師道也有評述：「後山翁之詩，世或病其艱澀，然擊斂鍛鍊之工，
自不可及。」陳師道詩歌「語短而意長，若他人必費盡多少言語摹寫，此獨
簡潔峻峭，而悠然深味，不見其際」，其鍊字鍊句之工，不在杜、黃之下，「凡
人才思泛濫者，宜熟讀後山詩文以藥之」〔註 49〕。對於元初風靡江西詩壇的
陳與義，劉壎卻沒有特意提及。

劉壎重視江西詩派，其中誠然有尊重鄉賢的成分，但也與其陸學背景有
一定關係。他曾引用陸九淵的評論，為自己張目：

> 詩亦尚矣。原於賡歌，委於風雅，風雅之變，擁而溢焉者也，
> 湘累之騷，又其流也。《子虛》、《長楊》之賦作而騷幾亡，黃初而降，
> 日以漸薄。惟彭澤一原，來自天稷，與眾作殊趣，而澹泊平夷，玩
> 嗜者少。隋唐之間，否亦極矣，杜陵之出，憂君悼時，追躡騷雅，
> 而才力宏厚，足鎮浮靡，詩家為之中興。自此以來，作者相望，至
> 豫章而益大肆其力，包含欲無外，搜抉欲無秘，體制通古今，致思
> 極幽渺，貫穿馳騁，功力精到。一時如陳、徐、韓、呂、三洪、二
> 謝之流，翕然宗之，江西遂以詩社名天下。雖未極古之原委，而其
> 植立不凡，斯亦宇宙之奇詭也。開闢以來，能自表見於世若此者，
> 如優曇花，時一見耳。〔註 50〕

如同在思想上否認漢唐諸儒一樣，陸九淵也否認漢唐詩人的創作，不過卻對

〔註 45〕　（元）劉壎《隱居通議》卷八「詩歌三・山谷諸作」，清《海山仙館叢書》本。
〔註 46〕　（元）劉壎《隱居通議》卷十一「詩歌六・奪胎換骨」，清《海山仙館叢書》
　　　　　本。
〔註 47〕　（元）劉壎《隱居通議》卷十「詩歌五・劉玉淵評論」，清《海山仙館叢書》
　　　　　本。
〔註 48〕　（元）劉壎《禁題絕句序》，《水雲村稿》卷五，清《文淵閣四庫全書》本。
〔註 49〕　（元）劉壎《隱居通議》卷八「詩歌三・後山」，清《海山仙館叢書》本。
〔註 50〕　（元）劉壎《隱居通議》卷六「詩歌一・象山評論江西詩派」，清《海山仙館
　　　　　叢書》本。

江西詩派讚賞有加，譽爲「宇宙之奇詭」。劉壎在哲學思想上尊崇陸九淵，在文學評論上自然也受其影響。

二、折衷唐宋詩

劉壎推重江西詩派，對於宋代的其它詩人，也常常給予較高的評價。他曾爲歐陽修進行辯解：「學者每恨公詩平易淺近，少鍛鍊之工，不得與少陵、山谷爭雄，予獨以爲不然。公之所作，實備眾體，有甚似韋蘇州者，有甚似杜少陵者，有甚似選體者，有甚似王建、李賀者，有富麗者，有奇縱者，有清俊者，有雄健蒼勁者，有平淡純雅者。」當然，他也能認識到歐陽修的缺點：「所可恨者格卑耳，要亦崑體之餘習也。」〔註51〕他也曾爲曾鞏做過類似的辯解：「自『曾子固不能作詩』之論出，而無識者遂以爲口實，乃不知此先生非不能詩者也。蓋其平生深於經術，得其理趣，而流連光景、吟風弄月非其好也。往往宋人詩體多尚賦，而比與興寡，先生之詩亦然。故惟當以賦體觀之，即無憾矣。」〔註52〕這裡不僅破除了世人對曾鞏的指責，還概括出了宋詩尚賦體、貴理趣的時代特徵。不過，劉壎對宋詩並非一味讚揚，也能清醒地認識其缺點，他贊同劉克莊對宋詩的評論，認爲「後村『經義策論之有韻者』一句，最道著宋詩之病」〔註53〕。他甚至引用兩宋之交韓駒之言，承認宋詩不如晚唐：「唐末人詩雖格致卑淺，然謂其非詩不可。今人作詩雖句語軒昂，止可遠聽，而其理則不可究。此陵陽韓子蒼室中語也，允謂深中宋詩之病。」〔註54〕這裡的「理」不是指詩歌包涵的道理，應是指詩歌創作的理路。

對於南宋後期詩宗晚唐的現狀，劉壎同意方回的意見，認爲宗晚唐不自「四靈」始：

> 方紫陽序羅壽可詩曰：詩學晚唐，不自四靈始。宋劖五代舊習，詩有白體、崑體、晚唐體。……晚唐體則九僧最迫眞，寇萊公、魯三變、林和靖、魏仲先父子、潘逍搖、趙清獻之父，凡十

〔註51〕（元）劉壎《隱居通議》卷七「詩歌二·歐陽公」，清《海山仙館叢書》本。
〔註52〕（元）劉壎《隱居通議》卷七「詩歌二·曾南豐」，清《海山仙館叢書》本。
〔註53〕（元）劉壎《隱居通議》卷十「詩歌五·後村論詩有理」，清《海山仙館叢書》本。
〔註54〕（元）劉壎《隱居通議》卷十「詩歌五·韓陵陽論晚唐詩」，清《海山仙館叢書》本。

> 家，深涵茂育，氣勢極盛。歐陽公出，而一變爲李太白、韓昌黎
> 之詩，蘇子美二難相爲頡頏，梅聖俞則宋詩之出類者也。晚唐於
> 是退舍。……嘉定而降，稍厭江西。永嘉四靈復爲九僧舊。晚唐
> 體非始於四靈也。後生晚進不知顛末，靡然宗之，涉其波而不究
> 其原，日淺日下。〔註55〕

晚唐體早在北宋已經盛行，「四靈」之前至少已有十家，「四靈」爲反抗江西
體，復學晚唐，也是從繼承九僧開始的。劉壎認爲，「四靈」所學，不專在晚
唐體，同時也在學中唐的韓愈，甚至還在學北宋詩備眾體的王安石：

> 「天街小雨潤如酥，草色遙看近卻無。最是一年春好處，絕勝
> 煙柳滿皇都。」此韓詩也，荊公早年悟其機軸，平生絕句實得於此，
> 雖殊欠骨力，而流麗閒婉，自成一家，宜乎足以名世。其後學荊公
> 而不至者，爲「四靈」趙靈芝、翁靈舒、徐靈暉、徐靈淵，又其後
> 卑淺者落江湖，風斯下矣。〔註56〕

「四靈」轉益多師，作品尚有可讀之處，至於江湖詩人，則日見卑淺，不足
爲論了。

劉壎論詩，深受江西詩派的影響，對宋詩褒過於貶。但是，他對唐詩明
顯更加喜愛：

> 唐人翻空幻奇，首變律絕，獨步一時。廣寒霓裳，節拍餘韻，
> 飄落人間，猶挾青冥浩邈之響。後世乃以社鼓漁椰，欲追仙韻，千
> 古吟魂應爲之竊笑矣。詩至於唐，光岳英靈之氣爲之彙聚，發爲風
> 雅，殆千年一瑞世。〔註57〕

劉壎以「千年一瑞世」盛讚唐代詩歌，主要是因爲：一，唐代詩人勇於創新，
確定了律詩與絕句的不同體制，在劉壎看來是「獨步一時」的；二，劉壎更
看重唐詩的精神風貌，即幽靜高遠不落塵俗的「仙韻」。以上兩點，恰與宋詩
「以故爲新，以俗爲雅」〔註58〕的風格形成強烈對比。

劉壎尤其喜歡唐人的律詩，認爲「律詩始於唐，盛於唐」，唐代律詩的成

〔註55〕　（元）劉壎《隱居通議》卷六「詩歌一・方紫陽論詩」，清《海山仙館叢書》
　　　　　本。
〔註56〕　（元）劉壎《隱居通議》卷十一「詩歌六・半山絕句悟機」，清《海山仙館叢
　　　　　書》本。
〔註57〕　（元）劉壎《新編絕句序》，《水雲村稿》卷五，清《文淵閣四庫全書》本。
〔註58〕　（宋）蘇軾《東坡志林》卷九，明刻本。

就絕非後世可及：「入宋則古文、古詩皆足方駕漢唐，惟律詩視唐益寡焉。」
〔註 59〕在他看來，唐代以後，律詩便成絕響，即便蘇軾、黃庭堅這樣的大詩
人，也以不能工於律體爲歉，直到與自己同時代的諶祐，才實現了律詩的中
興：「唐律絕響三百年，公自出機軸，掃空凡馬，蒼山翁號當時大詩人，猶推
讓出一頭地。識者謂律詩至公中興。」〔註 60〕劉壎重視唐人之詩，還表現在
他稱頌宋人之詩的時候，常常拿唐詩的風格作爲模板，如評價陸士規《題黃
陵廟詩》：「興致深長，殊有唐人標格。」〔註61〕又如評價謝枋得《自況》：「婉
娩沉著，有唐人風致。」〔註 62〕他在分析了唐詩與宋詩的不同特徵之後，又
有「大抵詩以興意爲主，是誠可爲作詩法」〔註 63〕的觀點，唐詩重意味，宋
詩重理趣，劉壎此言，毫無掩飾地表達了自己對唐詩的偏愛。

　　劉壎所處時代的詩壇，宗唐、宗宋的爭論方興未艾，總得來說，他還是
採用了一種折衷的方式，既承認唐詩的巨大成就，也不否認宋詩的獨特魅力。
對於唐詩與宋詩的不同特徵，劉壎也有精到的分析。他首先從創作目的出發，
認爲：「唐自少陵外，大抵風興工，江西作者，大抵雅頌長。」〔註64〕風興者
更注重表達一己之情懷，雅頌者更注重褒揚聖賢之功業。創作目的的不同自
然帶來創作手法的差異，並進一步形成不同的風格：「唐詩之清麗空圓者，比
與興爲之也；宋詩之典實閎重者，賦爲之也。」〔註65〕。劉壎認爲，唐宋詩
之間的不同是客觀存在的，不能以一個時代的標準去要求另一個時代的詩
人。他引用蘇軾《鴻泥》一詩爲例：

　　　　「人生到處知何似，應似飛鴻踏雪泥。泥上偶然留指爪，鴻飛
　　那復計東西？老僧已死成新塔，壞壁無由見舊題。往日崎嶇還記否，
　　路長人困蹇驢嘶。」此東坡集律詩第一首，蓋和子由。此詩若繩以

〔註59〕（元）劉壎《隱居通議》卷八「詩歌三‧律選」，清《海山仙館叢書》本。
〔註60〕（元）劉壎《隱居通議》卷八「詩歌三‧桂州七言律撅」，清《海山仙館叢書》
　　　　本。
〔註61〕（元）劉壎《隱居通議》卷十一「詩歌六‧黃陵廟詩」，清《海山仙館叢書》
　　　　本。
〔註62〕（元）劉壎《隱居通議》卷十二「詩歌七‧疊山自況」，清《海山仙館叢書》
　　　　本。
〔註63〕（元）劉壎《隱居通議》卷十一「詩歌六‧觀邸報題詩」，清《海山仙館叢書》
　　　　本。
〔註64〕（元）劉壎《隱居通議》卷十「詩歌五‧劉玉淵評論」，清《海山仙館叢書》
　　　　本。
〔註65〕（元）劉壎《隱居通議》卷七「詩歌二‧曾南豐」，清《海山仙館叢書》本。

　　唐人律體，大概疏直欠工，然鴻泥之諭，眞是造理，前人所未到也。

　　且悠然感慨，令人動情，世不可率爾讀之，要須具眼。〔註66〕

蘇軾此作既有宋詩的理趣，也有深沉的感慨，雖然不合唐人律體，也不影響它的藝術價值。

　　劉壎論詩折衷唐宋，但是對二者並非同等看待，而是處處顯示對唐詩的更爲鍾情。他強調融彙各家，力求至善，並在爲朋友詩集作序時，明確了提高詩境的建議：

　　　　細讀五古佳處，造詣似韋；七古佳處，部勒似韓、杜；律雖小

　　　　劣，句亦多佳。雖則云然，予更有肘後爲君助。混合陶、韋、柳三

　　　　家以昌其五古；孰復少陵諸大篇以昌其七古；則又取法少陵五律以

　　　　昌其五律；取牧、錫、渾、滄諸作以昌其七律。如登華嶽不止於中

　　　　峰寺，解包駐錫，必登絕頂，望見滄海日出處，不亦善夫？〔註67〕

在劉壎看來，朋友的各體詩歌，已經皆有可讀之處，但他仍然希望朋友轉益多師，以期達到更高的成就。這裡所舉的前輩詩人，皆爲唐人，甚至包括晚唐的許渾。可見劉壎對各個時代的唐詩，都有一定程度的關注和重視。

三、強調詩歌的厚人倫與貴和平

　　劉壎論詩，特別重視其教化人倫的功能。他在評價前人詩歌時，有關世道是一個重要的標準，他曾引用諶祐之言，認爲「詩有關於世道，久矣」，並批評當世詩人「率然成句而謂之詩，蠹蝕雜襲，污我大雅，眞詩道之厄也哉」〔註68〕。他在《贊詩十韻》中，強調詩人創作應關注社會現實：「杜吟忠憤緣多難，歐語溫醇際太平。從古詩歌關世道，欲提掾筆頌文明。」〔註69〕正是因爲對人倫教化的重視，劉壎於宋末諸詩人中，最推崇積極抗元救國的文天祥，《隱居通議》所收前人詩歌，便以杜甫和文天祥最多。他讚揚「文丞相人品、科名、官爵俱爲宋朝第一」，僅憑這三點，便可「不必論其詩文，自有與天同壽者」了〔註70〕，與科名、官爵相比，最重要的當然是人品：「文丞相天

〔註66〕　（元）劉壎《隱居通議》卷十「詩歌五・鴻泥」，清《海山仙館叢書》本。

〔註67〕　（元）劉壎《曾從道詩跋》，《水雲村稿》卷七，清《文淵閣四庫全書》本。

〔註68〕　（元）劉壎《隱居通議》卷六「詩歌一・桂州評論」，清《海山仙館叢書》本。

〔註69〕　（元）劉壎《贊詩十韻》（其七），《水雲村吟稿》卷一，清道光十年刻本。

〔註70〕　（元）劉壎《隱居通議》卷十二「詩歌七・道體堂刊《文山集》」，清《海山仙館叢書》本。

祥至公血誠，捐軀死國，忠義之節照暎古今，固不以文章為存亡也。」〔註71〕
劉壎有感於其忠義之心，所以「每讀文丞相詩，味其情思，想其風景，令人
悲不自勝，為之悵然，廢卷竟日」〔註72〕，詩歌能達到如此感人的效果，自
然算是難得的佳作。劉壎嘗作《文丞相家傳跋》：

> 丞相至公血誠，貫金石而燿日月，居然與張、許、二顏分席。
> 追數仗節死義之年，倏閱三十有三矣。昔人有云：「中原之於晉，日
> 遠日忘。」思之令人隕涕，恃死不朽，賴存此編。其廣傳之，使忠
> 臣義士流芳千古，非民彝世教一助乎？〔註73〕

這裡明確指出，保存文天祥的家傳，就是為了讓文天祥的精神千古不朽；希
望文天祥的精神千古不朽，就是為了以忠義之心教化世人。

劉壎自己還作有《補史十忠詩》，以詩歌的形式，記載宋元之際為國捐軀
的忠勇之士。他們分別是李芾、趙昂發、文天祥、陸秀夫、江萬里、密祐、
李庭芝、陳文龍、張世傑、張珏，其中趙昂發詩兼詠其妻雍氏，江萬里詩兼
詠其弟萬頃，因此十首詩裏，其實記載了十二個人。劉壎在這組詩前面的小
引裏寫到：

> 詩以厚倫美化為本，如曰諧俗寄情而已，即千篇奚益？每思張、
> 許、二顏同時死國，名芳唐史，與天長存。近代死節數公，何愧往
> 昔？顧《麥秀》、《黍離》無繇仿柳州狀逸事，上太史，庶幾不朽。
> 竊以慨念更後幾年，遺老漸盡，舊聞銷歇，將無復知有斯人者。悲
> 夫，哀哉！死，臣子職分，古人常事爾。死矣，寧願其傳不傳，乃
> 亦不可無傳者，為其繫彝倫、關風教，屬後代之臣子，愧前日之不
> 如數公者也。〔註74〕

在這段話裏，劉壎再次強調了「詩以厚倫美化為本」的觀點，並表示為此十
忠作詩，正是為了防止後世「無復知有斯人者」。他在這組詩的後面還寫道：
「十詩存即十忠不亡，十忠不亡，吾十詩亦永存矣。」劉壎這種以詩存史的
做法，深得杜甫「詩史」的精髓。在劉壎看來，對於已經犧牲的這些人來說，
死國只是在盡臣子本分，流傳千古並非他們所望，後世紀念這些人，其實是

〔註71〕（元）劉壎《隱居通議》卷十二「詩歌七‧文丞相采薇歌」，清《海山仙館叢
書》本。
〔註72〕（元）劉壎《隱居通議》卷十二「詩歌七‧古體」，清《海山仙館叢書》本。
〔註73〕（元）劉壎《文丞相家傳跋》，《水雲村稿》卷七，清《文淵閣四庫全書》本。
〔註74〕（元）劉壎《補史十忠詩（有引）》，《水雲村吟稿》卷一，清道光十年刻本。

為了淨化人心，讓他們忠義的思想永留人間。

劉壎論詩，還重視其中的清靜之境、和平之氣。他為范去非詩集作跋，盛讚其詩「清麗圓活，字字冰雪」，並批評「今世以詩鳴者，喧啾聒耳，何曾有似吾故人者」〔註75〕。所謂今世「喧啾聒耳」者，指的應是某些嗟老憂貧的江湖詩人，其詩格調卑淺，自然難以達到清靜幽遠的冰雪境界。他又為鄧德光詩集作跋，稱「其詩和平無暴氣，清醇無險語。倘更振纓濯塵，入悟境，奪活機，世間好語盡當奄有」〔註76〕，好的詩歌，不僅要有和平自然的語言，更要有不染一塵的意境。在與朋友探討詩歌創作之法時，劉壎更是直言無隱：「書有妙機觀活動，詩無他訣貴和平。」〔註77〕

需要指出的是，劉壎堅持的清靜之境，並非一味強調清淡，也不排斥絢爛的色彩，最重要的是不能塵腐，落入別人窠臼：「如玉壺冰露，不受纖塵；如千峰峭立，雲光霞彩，絢爛五色。最妙處擺脫窠臼，自作標致」〔註78〕，絢爛的五色並不影響冰露的靜謐清潔，只要呈現得當，不陷於豔俗，仍可稱為幽遠清靜。他稱讚趙崇璠之詩「思致不群，超出世俗」〔註79〕，強調的也正是不落俗套。另一方面，語言的和平也不代表純任自然，而是要講求一定的節度，並且要有一定的學識作為支撐：

予以諸老前後言語參玩，乃知前輩作詩，俱有節度。如今人率爾五七字，湊砌成章，遽名曰詩，宜其不足傳矣。學不廣，聞不多，其何能淑？〔註80〕

作詩要講節度、學識，所以不能苟作，要在工整之中求自然，在學識之中見個性。劉壎曾以戰爭為例，說明詩歌創作貴在工，而不在多：「獨嘗以用兵觀詩：淮陰，漢大將，以背水一戰傳；公瑾，江東豪傑，以赤壁一捷傳；謝安石，風流宰相，以淝肥一勝傳。傳者不以多也，中其肯綮，以是收名，定價有餘。」〔註81〕詩歌若想工整，自然要注意結構佈局，劉壎還曾以書法為喻闡述這個道

〔註75〕　（元）劉壎《月厓吟月稿跋》，《水雲村稿》卷七，清《文淵閣四庫全書》本。
〔註76〕　（元）劉壎《琴泉詩稿跋》，《水雲村稿》卷七，清《文淵閣四庫全書》本。
〔註77〕　（元）劉壎《答友論詩》，《水雲村吟稿》卷七，清道光十年刻本。
〔註78〕　（元）劉壎《跋平遠樓稿》，《水雲村稿》卷七，清《文淵閣四庫全書》本。
〔註79〕　（元）劉壎《隱居通議》卷九「詩歌四·趙白雲詩」，清《海山仙館叢書》本。
〔註80〕　（元）劉壎《詩說》，《水雲村稿》卷十三，清《文淵閣四庫全書》本。
〔註81〕　（元）劉壎《書南居陳君丁亥集後》，《水雲村稿》卷七，清《文淵閣四庫全書》本。

理：「書家最重『屋漏痕』、『鐵鉤鎖』，推爲『顏筋柳骨』。」〔註82〕同樣，只有結構工整，才能顯示詩歌的風骨。

至於如何培養詩人的學識，劉壎曾給出明確的建議：

> 嘗聞之師曰：詩不易作，亦不可苟作。且當使胸中有數百卷書，韻度不俗，乃可下筆。子歸，試取六經、子、史精讀之，又取諸傳記、百家雜説博讀之，又取騷、選、陶、韋、柳與李、杜盛唐諸作，國朝黃、陳諸作熟讀之。山谷先生所謂「用一事如軍中之令，置一字如關門之鍵」，涵泳變化，優孟似叔敖矣。〔註83〕

爲了培養深厚的學識，詩人不僅要博覽經史，更要通古明今，如此，才能在創作的時候以古人爲法，逐步達到古人的成就。劉壎引用黃庭堅之言，說明詩歌創作中鍊字的重要性，從而也進一步說明，他對節度和學識的重視，正是受到了江西詩派的影響。

綜合自己的詩學觀念，劉壎還爲心目中的好詩劃分了不同的層次：「君索予説詩，予爲言杜、黃音響，又爲言陶柳風味，又爲溯江沱、汝濆之舊，生民、瓜瓞之遺，又爲極論天地根原，生人性情。」〔註84〕這裡首先承認杜、黃的成就，是他推崇江西詩派的一種表現，也是他作爲江西人的地域情懷。不過在此之上，劉壎又提出陶淵明和柳宗元，也表現出他對清靜之境的追求。當然，劉壎心目中最好的詩歌，仍然是《詩經》裏的篇章，因爲這些最關乎人倫教化。至於詩歌的最終來源，劉壎則認爲應該來自上天賦予人的眞實性情，這既是對「詩言志」傳統的繼承，也「受到陸學之影響」，「實沾染有濃厚的心學思想」〔註85〕。

當然，更能反映劉壎心學思想的，還是他將「悟」的思想直接植入到了詩歌理論中。他在爲友人題詩時寫道：「道自深思悟，詩從靜境參。」〔註86〕這裡顯然是互文的修辭，即無論是作詩還是體道，都要在安靜的環境中深入思考，以求達到悟的境界，而清靜和久思，正是進入悟境的重要條件。劉壎

〔註82〕（元）劉壎《羅季文詩跋》，《水雲村稿》卷七，清《文淵閣四庫全書》本。

〔註83〕（元）劉壎《跋石洲詩卷》，《水雲村稿》卷七，清《文淵閣四庫全書》本。

〔註84〕（元）劉壎《雪崖吟稿序》，《水雲村稿》卷五，清《文淵閣四庫全書》本。

〔註85〕張紅、饒毅《劉壎詩學思想初探》，《中南大學學報（社會科學版）》，2006年6月。作者將「生人性情」與前面幾項並列，認爲劉壎將詩歌分成了四個層次，本文未採此說。

〔註86〕（元）劉壎《題深靜亭》，《水雲村吟稿》卷三，清道光刻本。

專門作有《贊詩十韻》，其中第一首就講到了悟的作用：

> 朔風翻浪捲千橈，老月行空照一瓢。
>
> 筆尚有靈吟興健，春今何地客魂消。
>
> 後天不朽惟詩壽，悟道能深即句超。
>
> 獨立青冥餐沆瀣，鳴鸞鏘鳳自笙簫。〔註87〕

無論是「朔風翻浪」的高亢之詩，還是「老月行空」的清新之作，只要體現出高超的詩技，都能夠讓詩人永垂不朽。而要想培養高超的詩技，就得從悟道開始，這裡的「道」不止是天道，更是指詩道本身，一旦悟到為詩之道，自然能寫出超凡的詩句。因為自己悟到的東西，肯定都是與眾不同的東西，通過這種途徑寫出的詩句，才能給人眼前一亮的清新感覺。

第三節　劉壎以詩為「心史」的創作

劉壎秉承杜甫「詩史」的精神，詩歌創作緊扣社會環境的變遷，尤其是自身的不同遭際；同時，作為一名陸學傳人，劉壎也特別強調自心的抒發，這就使得劉壎的詩歌，一定程度上具有了「心史」的特點。他身經宋、元兩代，並在隱與仕之間徘徊，在不同的歷史條件下，詩歌創作也呈現出不同的特徵。本節分三個階段進行分析。

一、南宋晚期（1240～1276）

劉壎生活的南宋，已經處在風雨飄搖之中，長年對抗的金朝已經滅亡，不過取而代之的蒙古卻更加兇猛難擋，頻頻對南宋發起攻擊。劉壎憑著一股少年銳氣，在巨大的亡國壓力下慷慨悲歌。他的現存詩歌中，紀年最早的是作於二十歲時的《岷山導江圖》：

> 江出岷來脈絡通，翻波湧峽各西東。
>
> 蜀山隱隱浮雲淡，漢壘茫茫落照紅。
>
> 風景豈曾移古昔，畫圖空在老英雄。
>
> 傷心一發褒斜路，何日三軍向洛中。〔註88〕

〔註87〕　（元）劉壎《贊詩十韻》其一，《水雲村吟稿》卷五，清道光刻本。

〔註88〕　（元）劉壎《岷山導江圖》，《水雲村吟稿》卷四，清道光刻本。紀年據龔望曾《水村先生年譜》，《水雲村吟稿》卷末附錄。

作者通過眼前的岷山圖，想到了三國時期的悲劇英雄諸葛亮，空有滿腹妙計，可惜終於沒有創下蓋世的功業。作者更由三國想到了南宋，中原多年淪落，收復無望，蒙元軍隊又步步緊逼，國勢日衰，尾聯「何日三軍向洛中」的感歎，不僅是替諸葛亮惋惜，更是對南宋局勢的悲歎。作者年少之時，尙有滿腹銳氣，曾「閱輿地志，極愛西州風景形勢，雅欲溯巫峽、闚劍關，周視古英雄爭戰處，略慰胸中之奇」〔註89〕。正是因爲有這股銳氣，劉壎儘管也曾悲觀感歎，但是卻從來不肯絕望，並且當時的形勢，偶而也會出現光明的一面。就在他二十歲這年，蒙古大汗蒙哥卒於征宋途中，南宋危局得到暫時的緩解，劉壎作《聞合州解圍》，難掩欣喜之情：

> 愁聞客話墊江危，凱奏西來報解圍。
> 沂峽船飛烏鳥樂，連雲城在鮑魚歸。
> 煙開四蜀山如洗，地接三秦馬亦稀。
> 何事天顏猶未喜，長江風色動宵衣。〔註90〕

正在形勢危急之際，突然收到如此捷報，作者重新對南宋的命運建立了信心，他將蒙哥汗猝死比作秦始皇暴斃用鮑魚掩屍體臭味，暗中或許還包含著一種希冀：希望蒙古國也像秦朝那樣短命。這首詩的背景與杜甫《聞官軍收河南河北》有些相似，可惜作者並沒有如杜甫「漫捲詩書喜欲狂」〔註91〕，相反卻以「天顏猶未喜」的想像，表達了自己對時局的清醒認識：雖然四川暫時恢復了寧靜，可是忽必烈在長江的攻勢依然猛烈，南宋王朝仍岌岌可危。

　　劉壎時刻關注著抗擊蒙元的形勢，並爲前線的勝負而喜悲。雖然在大多數情況下，劉壎對形勢保持著清醒的認識，不過面對某些突如其來的「勝利」，也難以掩飾理想主義的激情。宋理宗景定元年（1260），忽必烈引兵北歸，前線督戰的賈似道以大捷報，劉壎欣然作《白鹿磯》，盛讚賈似道抗元的功績：

> 赤雲勝氣伏參旗，鄂渚功成又鹿磯。
> 袞鉞西來天動色，旌裘北去月流輝。
> 江花雨過樓船在，營柳春閒戍馬歸。
> 催築沙堤迎騎火，古今奇捷兩淮淝。〔註92〕

〔註89〕（元）劉壎《蜀江圖跋》，《水雲村稿》卷七，清《文淵閣四庫全書》本。
〔註90〕（元）劉壎《聞合州解圍》，《水雲村吟稿》卷四，清道光刻本。
〔註91〕（唐）杜甫《聞官軍收河南河北》，《杜工部集》卷十二，《續古逸叢書》景宋本配毛氏汲古閣本。
〔註92〕（元）劉壎《白鹿磯》，《水雲村吟稿》卷四，清道光刻本。

劉壎在宋亡以後對賈似道多有批判，不過此時卻認爲賈似道「擊退」蒙軍功莫大焉。他甚至將此次勝利與東晉謝安大破前秦的淝水之戰相提並論，淝水之戰過後，北方少數民族政權分崩離析，南方漢族政權恢復穩定，作者也希望借白鹿磯之勝仗，穩固南宋搖搖欲墜的國勢。景定三年（1262），蒙古江淮大都督李璮向南宋投誠，劉壎更是樂觀地預測，恢復中原的時機就要成熟，他作《壬戌李璮納款》，表達了自己的興奮之情：

> 舊聞海岱隔輿圖，新喜英雄有捷書。
> 地洗黃塵沾雨露，天開紅日照青徐。
> 壺漿夾道王師進，辮髮加冠正統初。
> 三輔兩河今響應，翠華寧久駐杭蘇。〔註93〕

李璮的父親李全，當年便是來往於金、宋的反覆小人，李璮此時向南宋投誠，也是出於反抗蒙古朝廷的需要。可是對於這樣一個人，劉壎仍然寄予了很大期望，不僅夢想朝廷趁機收復青州、徐州，更希望在李璮的影響下，三輔、兩河各地軍民都起來響應，從而一舉收復中原，還都汴梁。這些當然不過是作者美好的願望，有勇無謀的李璮不久即被忽必烈派兵消滅。

劉壎一廂情願的美好設想到底不能挽救南宋日益艱難的困境，公元 1264 年，宋理宗去世，即位的度宗對賈似道更加寵信，國事漸不可爲。此時的劉壎也逐漸對政府失去了信心，開始走上獨善其身的道路。宋度宗咸淳二年（1266），包恢因迎合賈似道公田法得到升遷，僉書樞密院事，邀請劉壎出山相助。劉壎以母親年邁爲由，婉言謝絕，並作詩以諷之：

> 天朝有詔起眞儒，星履升班翼斗樞。
> 盰志特書新政府，包家重見舊龍圖。
> 三邊烽息開千祀，八表塵清煥六符。
> 早了經綸尋獨樂，不須靈壽向人扶。〔註94〕

劉壎對包恢升遷的感情比較複雜：一方面希望包恢能像包拯一樣剛正不阿，並藉此機會匡正朝風，實現「三邊烽息，八表塵清」的夙願，挽救朝廷頹勢；另一方面，又深怕包恢加入賈似道一流，同流合污。因此他奉勸包恢，要學習不附王安石新法的司馬光，建獨樂園以善其身，不要像東漢後期的孔光，一把年紀還向專權的王莽妥協，接受其所賜靈壽杖。包恢於咸淳四年（1268）

〔註93〕　（元）劉壎《壬戌李璮納款》，《水雲村吟稿》卷四，清道光刻本。
〔註94〕　（元）劉壎《賀宏齋包尚書遷樞密》，《水雲村吟稿》卷四，清道光刻本。

去世，兩年之後，陳宗禮僉書樞密院事，劉壎也作詩相送，表達了幾乎是同樣的觀點。劉壎對二人的這些勸告，正可以看作他自己此時的心靈寫照。

在賈似道欺下瞞上的治理下，南宋的國勢一天天衰落，劉壎詩歌裏的感情，也由對理想的頑強追求轉爲對現實的痛苦接受。宋度宗咸淳十年（1274），元軍渡江成功，南宋走上滅亡的邊緣，劉壎以史筆的手法作《甲戌十二月十四日》，沉痛記錄了這一事件：

> 風吹帆度鼈蓬洲，老將星奔戰舸流。
> 人仰宗祧延漢祚，天昌曆數向幽州。
> 女中堯舜恩何極，江表英雄夢已休。
> 縱是背城堪借一，未知旗蓋有靈不？〔註95〕

在這首詩裏，作者嚴厲批判了夏貴等將領的臨陣潰逃，指責他們辜負了太皇太后的恩情。但是他並未把南宋潰敗的全部責任推給將領的抗戰不力，而是委於「曆數」這一不可捉摸的神秘因素。作者這時已經對時局完全失去了希望，他認爲即便將士們「背城借一」〔註96〕殊死一戰，也未必能挽回失敗的命運。宋恭帝德祐二年（1276），元軍進駐臨安，作者終於徹底絕望。根據《年譜》記載：「邑人鄧秀山謀仗義興復，決策先生，對以『烏合之師非素練，必無成』。鄧不聽，後果如其言。」〔註97〕雖然自己已經絕望，不過對於奮勇抵抗的南宋軍民，劉壎還是給予了極高的評價，他在這一年作有《文丞相南歸次桂舟韻》：

> 禾黍秋風周不西，誰將妙著轉危機。
> 獻城壯士朝燕去，戀闕孤臣泛海歸。
> 江路雁驚千騎出，水天龍挾五雲飛。
> 間關萬險君臣義，成敗由天孰是非。〔註98〕

在國家存亡的關鍵時刻，奮勇抵抗乃是臣子的職分，至於成敗如何，則只能聽天由命，這在事實上已經預言了文天祥的失敗。作者對文天祥「明知不可爲而爲之」的義舉給予了極高的評價，並通過與眾多降臣的對比，突出了文

〔註95〕（元）劉壎《甲戌十二月十四日》，《水雲村吟稿》卷四，清道光刻本。

〔註96〕《左傳·成公二年》：「子又不許，請收合餘燼，背城借一。」杜預注：「欲於城下，復借一戰。」

〔註97〕（清）龔望曾《水村先生年譜》「德祐二年」，《水雲村吟稿》卷末附錄，清道光刻本。

〔註98〕（元）劉壎《文丞相南歸次桂舟韻》，《水雲村吟稿》卷四，清道光刻本。

天祥的這一形象。「壯士」一詞，充滿了對南宋守軍的嘲諷，他們不是壯於拼死抵抗，而是壯於獻城投降，只爲換得新朝的官位。

至此，宋元鼎革的歷史已經完成，雖然在南方還有景炎、祥興兩個小朝廷以南宋的名義繼續抵抗，但是至少在作者生活的江西，歷史已經翻開新的一頁。

二、元世祖時期（1276～1294）

劉壎在元代的生活與詩歌創作，以元成宗元貞元年（1295）出任南豐州學正爲界，可以分爲前後兩個階段。前一階段，劉壎的表現基本上算是一個遺民詩人，在南宋滅亡伊始，就陷入了對故國的思念之中，這一點可參見作於 1276 年的《琴操·丙子秋思》：

> 風索索兮月輝輝，人聲四寂兮鳥不飛。
>
> 天一色兮何其，憑高悵望兮云誰之思。
>
> 東浙水兮南海，山川是兮市朝改，綺窗朱户兮草翳之。
>
> 春風回首兮，嗟伊人之何在？
>
> 易水流漸兮區脱縱橫，寒風蚤至兮霜露先零。
>
> 彼鶴髮之憔悴兮，又韶穉之零丁。胡不歸來兮，縶何堪乎陰凝？
>
> 江深兮波急，痛前事兮追駟馬而莫及。
>
> 天兮何皐兮，黍離離而沾濕。胡不歸來兮，使我廢餐而掩泣。
>
> 我思美人兮悲斷腸，夜幽幽兮曷再覩乎白日之光？
>
> 楚水寒兮楚山蒼，恨復恨兮與天而俱長。〔註99〕

這篇組詩一開始就通過悲涼的環境描寫，抒發自己對亡宋的思念；第二段更詳細記述了南宋滅亡之後，君臣逃亡福建、廣東的悲慘遭遇；第三段感念北去的南宋皇室，「鶴髮」指皇太后，「韶穉」指年幼的恭帝；最後兩段表達了遺民的無限傷感。全詩情緒低落，讀之使人落淚。清代吳宣臣評價說：「《黍離》、《稷實》之悲，奚減悠悠蒼天恨耶？情文兼至，可匹《麥秀》，可續《離騷》，視昌黎《琴操》諸作以古擬今，覺此當境慘愴，字字血淚。」〔註100〕

劉壎懷念故國，甚至到了入夢的程度，他在至元十六年（1279）的某個

〔註99〕 （元）劉壎《琴操·丙子秋思》，《水雲村吟稿》卷一，清道光刻本。
〔註100〕 （元）劉壎《琴操·丙子秋思》詩後，《水雲村吟稿》卷一，清道光刻本。

夜晚，曾經做了一個夢，夢醒之後便作詩以記之：

　　紀夢　有引

　　　己卯四月，夢見紫色石如屏，中有「元祐」二字，前畫一冠服
　　者，儀觀如泰陵，覺而悲之。

　　　紫屏恍惚映凫鷖，朔雪飄零徧黍離。

　　　夢裏喜看元祐字，覺來猶記太平時。

　　　宸毫飛迅風雷壯，天表光昭日月垂。

　　　淚盡洛陵今已矣，稽山松柏正堪疑。〔註101〕

作者夢中見到的雖是北宋的哲宗，不過醒來之後記起的「太平時」，應該是指
自己親見的南宋之事。南宋滅亡之後，收復中原自然無望，埋葬北宋諸帝的
洛陵只能任其荒蕪，更可恨的是，就連南宋諸帝的陵墓，也被元朝的江南釋
教大總統楊璉眞伽挖掘一空。幸得南宋遺民唐玨、林景熙等收拾諸帝遺骸，
重新埋於會稽山之蘭亭。可惜在廢墟中收拾的，究竟是不是南宋諸帝的骸骨，
還不能夠十分確定，全詩最後「堪疑」二字，將作者難以言表的悲傷濃化到
了極致。直到至元二十九年（1292），劉壎還做過類似的夢，不過這次的懷念
對象，從北宋的哲宗直接變成了南宋的理宗：

　　記夢　有引

　　　夢至一殿庭，燈燭中有帝服者，心謂穆陵也，拜稽求宸翰，意
　　若許可，覺而賦之。

　　　鼎湖龍去杳無還，邂逅宸遊縹渺間。

　　　花滿御屏瞻鳳宸，雲浮華袞識龍顏。

　　　天臨喜接恩光近，夢斷誰知曆數慳。

　　　景定遺民心欲死，覺來何處認稽山？〔註102〕

作者因夢中見到宋理宗而激動萬分，醒來之後才記起南宋已亡，不禁感歎天
命無常。全詩最後，作者更直接表達了欲死的遺民心態，以及對南宋諸帝陵
墓被挖掘的滿腔憤懣。

　　劉壎自己雖然拒絕參加鄉人的抗元活動，但是對於宋元鼎革之際的死國

〔註101〕（元）劉壎《紀夢》，《水雲村吟稿》卷五，清道光刻本。
〔註102〕（元）劉壎《記夢》，《水雲村吟稿》卷六，清道光刻本。

義士，還是給予了極高的評價。他在至元二十年（1283）作《補史十忠詩》，以「詩史」的方式表達對南宋將士的崇敬之情。因本文篇幅有限，僅舉一首為例：

丞相都督信國文公天祥

時平輒棄置，事迫甘前驅。嗚呼忠義臣，匪直科目儒。

江寒朔吹急，列城同一趨。豈不計便安，綱常義當扶。

移檄喻諸鎮，奮袂躬援枹。川決莫我回，萬險棲海隅。

天乎不可濟，道窮竟成俘。一死事乃了，吾頭任模糊。

悠悠譏好名，責人無已夫。三衢有魁相，投老作尚書。〔註103〕

此作首先為文天祥太平時期受到的不公平待遇鳴不平，不過正是這種不公平，恰恰反襯了文天祥在危急時刻挺身而出的愛國精神。劉壎對南宋死節之士的這種複雜感情，同樣反映在對李芾的悼念中：「三已甘退休，連帥起遲暮。今急而求子，流落弗敢怒。」〔註104〕這裡雖有對南宋朝廷平時不知重用人才的不滿，更多的還是對義士為國為民不計前嫌的欽敬。劉壎批判科舉誤國，但是像文天祥這樣彪炳千古的忠義之臣，早已不能以「科目儒」視之。在悼念陳文龍的一首詩裡，劉壎將他和文天祥當作科舉的最後遮羞布：「長揖丙辰魁，九天雙黃鵠。不有二忠存，千古笑科目。」〔註105〕南宋向來科舉繁盛，最後卻只能依靠一兩個忠臣免遭後世嘲笑。作者對文天祥、陳文龍由衷的讚歎，正是對眾多不忠不義之臣辛辣的諷刺，其中尤為後人不恥者，便是同為南宋狀元、後來降元做了禮部尚書的「三衢魁相」留夢炎。在謳歌正面人物之餘，拿同時期的反面人物進行對比，是《補史十忠詩》的一個慣用手法，如在盛讚密祐位卑不敢忘憂國的同時，批判許多高級將領的不戰而降：「小臣裨校耳，職也宜死綏。盧州大將在，白首豎降旗。」〔註106〕在盛讚張世傑頑強抵抗的同時，大

〔註103〕　（元）劉壎《補史十忠詩》「文天祥」，《水雲村吟稿》卷一，清道光刻本。

〔註104〕　（元）劉壎《補史十忠詩》「李芾」，《水雲村吟稿》卷一，清道光刻本。「三已」指多次罷官；「連帥」指地方長官。

〔註105〕　（元）劉壎《補史十忠詩》「陳文龍」，《水雲村吟稿》卷一，清道光刻本。文天祥是宋理宗寶祐四年（1256）丙辰科狀元，陳文龍是宋度宗咸淳四年（1268）戊辰科狀元。

〔註106〕　（元）劉壎《補史十忠詩》「密祐」，《水雲村吟稿》卷一，清道光刻本。盧州大將指宋將夏貴，降元。

罵許多賣國求榮的將軍：「渭濱多貴將，卻笑斯人迂。」〔註107〕通過反面人物的對比，更加凸顯正面人物的高大。

　　在反思南宋亡國的過程中，劉壎對賈似道的怨氣上升到了極點，他在至元二十一年（1284）作《賈似道》律詩三首，對其進行無情的批判。茲選其中的第二首分析：

> 輦轂誰知有趙皇，宮庭也只説平章。
>
> 威名高出格天閣，心事深如偃月堂。
>
> 豈有元勳居葛嶺，卻容哨騎到錢塘。
>
> 慈元垂淚攜孫去，多謝先生爲送將。〔註108〕

此詩重點刻畫賈似道恃寵而驕、威震天下的囂張氣勢，將他和歷史上著名的兩位佞臣秦檜、李林甫進行對比。秦檜深得宋高宗寵幸，高宗曾親臨其宅第，書「一德格天之閣」以賜之；李林甫建堂如偃月，常在其中苦思害人，排斥異己。在劉壎看來，賈似道殘害忠良的心思恰與李林甫相似，而其所受皇帝恩寵，比秦檜有過之而無不及。儘管賈似道在南宋滅亡之前已經死去，不過仍要爲王朝的隕滅負最大的責任，末句一個「謝」字，反話正說，將南宋君臣對賈似道誤國的憤恨表現到了極致。劉壎另有《賈似道》絕句一首，可供對照閱讀：

> 三百年餘曆數更，東南萬里看昇平。
>
> 黃金臺上麒麟閣，混一元勳是賈生。〔註109〕

這首詩作於至元二十七年（1290），作者同樣以反諷的語氣，從元朝統治者的立場出發，認爲能夠滅宋的關鍵，恰恰是南宋自己的重臣賈似道。在朝代鼎革的歷史時刻，對敵人有功，自然就是對祖國有罪，對敵人而言功勞越大，對祖國而言罪行也就越大，劉壎這種批判手法，與歷史上許多詩人對亡國禍水的嘲諷頗有相似之處〔註110〕。

〔註107〕 （元）劉壎《補史十忠詩》「張世傑」，《水雲村吟稿》卷一，清道光刻本。

〔註108〕 （元）劉壎《賈似道》，《水雲村吟稿》卷五，清道光刻本。

〔註109〕 （元）劉壎《賈似道》，《水雲村吟稿》卷十一，清道光刻本。

〔註110〕 （元）劉壎《隱居通議》卷十一「詩歌六·吟詠誅奸」，列舉了後人吟趙飛燕、西施等亡國禍水的詩篇，如「李泰伯覯詠溝宮云：『哀平外立國權分，只爲當時乏嗣君。試問莽新誰佐命，祇應飛燕是元勳。』鄭毅夫獬詠范蠡云：『十重越甲夜成圍，宴罷君王醉不知。若論破吳功第一，黃金只合鑄西施。』趙漢宗詠張麗華云：『陳事分明屬綺羅，香塵吹盡井無波。行軍長史何勞怒，次弟論功妄更多。』」並將自己此篇附於其後。

劉壎對南宋充滿懷念之情，不過另一方面，出於維護和平生活的渴望，他又對已經取得統治地位的元朝抱有期待。至元二十五年（1288），鍾明亮起兵作亂，剛剛過上平靜生活的江南百姓再次陷入紛紛戰火之中，劉壎作《佘寇》三首，表達了對「日沉蛇虺出，風急雁鴻哀」〔註111〕的時勢的擔憂。他同年還有《又報》一首，表達了自己對戰爭的反感：

> 又報汀佘警，偏增幕府憂。幾年此謀夏，何事亦防秋。
>
> 夜月飛鈴急，西風走舸浮。哀哀鳴澤雁，內地似邊州。〔註112〕

鍾明亮是廣南（今屬廣東）人，起事於福建汀州，因福建多佘族，所以稱鍾明亮軍為「佘寇」，也稱「汀寇」，一個「寇」字，已經表達了劉壎的態度：至少在這一事件中，與元朝的統治者站在了同一陣營。在這首詩裏，劉壎將鍾明亮對元朝的反抗看作邊裔政權侵擾中華的「謀夏」，將元朝對鍾明亮的鎮壓比作中原王朝抵禦匈奴的「防秋」，進一步表明了他對鍾明亮的敵視。當然，這種敵視未必是出於維護元朝統治的目的，而是因為鍾明亮的軍隊對江南百姓帶來的災難。至元二十七年（1290），江西行省平章政事李世安率兵討平鍾明亮，劉壎為之作《參政隴西公平寇碑》〔註113〕，高度讚揚了他對穩定江南社會的貢獻。另外還有《賀丞相平寇班師》律詩二首，茲選其一：

> 哀鋮東來見福星，熙熙和氣靄危城。
>
> 春行花柳回生意，雨足溪山轉好晴。
>
> 萬馬無聲軍令肅，三農有喜寇氛清。
>
> 沙堤少緩朝天步，且為江南致太平。〔註114〕

這首詩情感集中明朗，不提元朝的政治穩定，只提李世安為江南致太平的功績。正是有了李世安，才使原本岌岌可危的城池恢復了熙熙的和氣；正是有了李世安，才讓飽經戰爭摧殘的花柳恢復了生意。對於長期生活在戰爭陰霾下的人來說，一個強有力的政府才是自己安身的保障，元朝政府雖然摧毀了江南百姓的精神家園，卻也給他們提供了一個和平的生存環境。

經歷了亡國和戰亂的劉壎，對政治不再有太多的熱情，終於收起少年的

〔註111〕　（元）劉壎《佘寇》其三，《水雲村吟稿》卷三，清道光刻本。

〔註112〕　（元）劉壎《又報》，《水雲村吟稿》卷三，清道光刻本。

〔註113〕　（元）劉壎《參政隴西公平寇碑》，《水雲村稿》卷二，清《文淵閣四庫全書》本。

〔註114〕　（元）劉壎《賀丞相平寇班師》，《水雲村吟稿》卷六，清道光刻本。

雄心，把大部份時間用在交遊上，在與朋友的切磋交流中安度平生。他在至元二十八年（1291）作了一首《依韻答友》，通過對歷史人物的點評表達自己的人生態度：

> 長笑安昌授魯論，已輸陶令酒盈樽。
>
> 貂冠猶壓雪霜鬢，麟冢已荒煙雨村。
>
> 三徑舊遊人尚在，千年高致菊長存。
>
> 芬芳今古惟名節，若問黃塵永晝昏。〔註115〕

西漢時期的張禹，曾經作爲漢成帝的老師教授《魯論》，後來被封爲安昌侯，權傾一時。但是劉壎卻對他一笑置之，認爲他雖然在政治上取得了成功，卻不能逃脫歲月的沖刷，並且因爲品行卑劣，無法得到後人的敬仰。相比而言，陶淵明辭官歸隱，雖然政治上毫無作爲，卻因其崇高的節操常被後人緬懷。劉壎強調名節對於士人的重要性，也正是要以此激勵自己，不要爲了五斗米而折腰。他在《陳園陪使君飲》一詩中寫道：

> 皓髮西風岸，黃塵落照村。十年閒歲月，一念囿乾坤。
>
> 左計緣書誤，幽居覺道尊。皇天私我厚，清白福兒孫。〔註116〕

詩人不再糾結於國家大事，而是把乾坤寓於一念之中，在閑暇之中品道，並以幽居的方式衛道。他認爲自己最大的成就，就是保住了清白的名節，沒有曲己以從時，背道而媚世。

在同樣作於至元二十八年（1291）的《辛卯紀年》一詩中，作者感歎自己日漸年老卻一事無成，失望之餘也對自己以後的生活作了安排：

> 五十今逾二，勞生又一年。平川風雨暗，短鬢雪霜懸。
>
> 百計成癡想，多愁付宿緣。春深花滿岸，欲泛五湖船。〔註117〕

隨著年齡的增長，劉壎的心境愈加平靜，努力掙脫亡國的感歎悲傷，不再癡心於一些無望的幻想。一旦擺脫了這種愁緒，他就發現了大自然的美麗，百花在春天裏開得正豔，自己又何必辜負了這大好的時光，不如且去五湖泛遊，在山水之中得到眞正的解脫。除了徜徉山水之外，劉壎的另一個精神寄託，自然便是詩文與道義了。他在《偶成》一詩中寫道：

〔註115〕 （元）劉壎《依韻答友》其二，《水雲村吟稿》卷五，清道光刻本。

〔註116〕 （元）劉壎《陳園陪使君飲》其二，《水雲村吟稿》卷三，清道光刻本。

〔註117〕 （元）劉壎《辛卯紀年》，《水雲村吟稿》卷三，清道光刻本。

生世太不偶，感時常自憐。堪嗟髮早白，獨賴筆通玄。

　　至理憑誰語，好詩期久傳。此中苟有得，餘事付飛煙。〔註118〕

經歷了人生的幾多波折，他認爲自己不能再自哀自憐，而是要積極轉變思維，在道義的堅持中，在詩文的創作中，重新實現自己的價值。

　　總體而言，劉壎在這一時期的心態代表著當時江南文人的普遍心理，他們雖然仍懷念故國，對新朝卻也不再強烈反對，只是出於名節的問題，不願意出山與元朝合作。

三、元成宗至元仁宗時期（1295～1319）

　　至元三十一年（1294），元世祖忽必烈去世，皇孫鐵木耳即位，是爲成宗。江南知識分子對元朝的抗拒心理，隨著忽必烈的去世而逐漸熄滅，許多原本隱居的南宋遺民，這時也紛紛開始出仕新朝。元成宗元貞元年（1295），南豐州學缺官，經當地官員推薦，劉壎出山攝學正一職，期間雖曾因事「爲例革」〔註119〕，不過直到大德十年（1306），仍然在攝本州學正。在這段時間裏，劉壎對元朝統治的認同進一步加深，他在《又和述懷韻》一詩中寫道：

　　新政行寬大，遺風見泰和。詩書流化速，蠶畝駐春多。

　　吏牘閒丹筆，吟窗對綠柯。公餘有好句，廣作太平歌。〔註120〕

這首詩作於大德六年（1302），其中的「新政」可以說是所和丁知州的局部新政，也可以說是朝廷在全國實行的新政，不管怎麼說，劉壎對這種以寬大治民的舉措還是讚賞有加。「蠶畝駐春」，證明百姓得到了很好的休養；書吏筆閒，證明社會擁有了很好的治安；更重要的當然還是「詩書流化」，證明知識分子得到了一定的重視和重用。由此種種，與其說劉壎在勸別人作「太平歌」，不如說他自己已經在唱「太平歌」了。劉壎另有《古樟火》一首，專門讚頌元朝對儒學的重視：

　　文筆山頭舊吐花，花今移樹幻奇葩。

　　枝柯紅逗玲瓏玉，煙霧青籠縹緲紗。

　　歷甲一周回瑞氣，文光萬丈耀明霞。

〔註118〕　（元）劉壎《偶成》，《水雲村吟稿》卷二，清道光刻本。

〔註119〕　（元）劉壎《再通臧廉使書》，《水雲村稿》卷十一，清《文淵閣四庫全書》本。

〔註120〕　（元）劉壎《又和述懷韻》，《水雲村吟稿》卷二，清道光刻本。

　　　　近來廟論尊儒術，指日天風下詔鴉。〔註121〕

這首詩作於大德七年（1303），根據詩前小引：「州南有塔，此邦文筆山也。前癸卯歲六月九日爔，占者曰：文筆生花矣。於是陳文定公試殿廷，中選擢魁，三仕至執政。今六十年，又逢癸卯歲，塔前古樟浸柯葉滃鬱，乃九月望日爔。占者又曰：樟，章也，尖燄萬丈，又文章之祥矣。氣數循環，信而有徵。」陳文定公即陳宗禮，宋理宗淳祐四年甲辰（1244）進士，癸卯即此前一年（1243），至大德七年剛好「歷甲一周」。劉壎拿元朝之事與宋朝之事類比，說明他心裏面已經承認：元朝不僅繼承了南宋的政統，並且也繼承了南宋的文脈。他對元朝廟庭的尊重儒術感到欣慰，期待朝廷能多多招攬飽學的儒生，當然也包括自己。

　　在新的社會環境下，劉壎與各級官員的交往明顯增多，詩詞唱和更是屢見不鮮。他覺得已經到了出仕新朝的時候，甚至在《酬李德純見訪》一詩中，表達了時不我待的緊迫感：

　　　　雲浦斜陽外，論交記昔年。重逢如有約，久別竟堪憐。

　　　　錦囊悲昌谷，箋花待謫仙。致身宜及早，風翮會摩天。〔註122〕

作者重逢多年不見的老友，內心的激動自然難以抑制，言談之中也透漏著真誠。作者自認沒有李賀盛詩的錦囊，也沒有李白箋花的才情，這當然是一種謙虛的表達，不過或許也透漏著另一層意思：自己並不甘心將一生的才情都用在吟詩作句上面。所以最後一句「致身宜及早」，既是對朋友的勸告，也是對自己的勉勵。

　　可惜劉壎此時只是一個州學的學正，想要致身卻沒有合適的機會，他曾多次與擔任江西肅政廉訪副使的臧夢解通書，希望能得到後者的舉薦。大德六年（1302），臧夢解遷浙東肅政廉訪副使，他又寫信給一個李左丞，表達了同樣求薦的願望，但是由於種種原因，一直沒得到升遷的機會。他在大德四年（1300）作《酬旴城毛伯順》，表達了自己的苦悶心情：

　　　　剩欲揚鞭赴玉墀，卻嫌道遠馬行遲。

　　　　安閒賴有天憐老，疏懶久無心作詩。

　　　　二月鶯花佳麗地，萬家簫鼓太平時。

〔註121〕（元）劉壎《古樟火》，《水雲村吟稿》卷七，清道光刻本。
〔註122〕（元）劉壎《酬李德純見訪》其一，《水雲村吟稿》卷二，清道光刻本。

　　　　春光如錦堪行樂，未暇談經坐董帷。〔註123〕

作者一心報效朝廷，可惜苦於致身無門，只能在鬱悶中逐漸疏懶，甚至連作詩的興致也消磨殆盡。無奈的劉壎只能安享太平，寄情山水，甚至連學正的本分工作也不能十分用心了，末句名義上是沒有時間坐教席向諸生講經，其實更大的原因是沒有心思，因為區區一個學正，並不能滿足他「揚鞭赴玉墀」的美夢。

　　大德九年（1305），苦悶的劉壎終於等到了一個機會，經過臧夢解的薦舉，他得以入選朝廷銓注，為升遷打開了一道大門。或許是等了太久的緣故，或許是出於知識分子的矜持，在收到消息的那一刻，劉壎並沒有表現出特別的喜悅，心中反而充滿了感歎，他在作於這一年的《京報銓注》一詩中寫道：

　　　　黃敕青袍恨頗遲，不成歡喜反成悲。

　　　　鳳樓捧檄親何在，鳥哺投林養莫追。

　　　　病骨燈前和影瘦，敝裘馬上怯風吹。

　　　　老來終羨清閒好，說與孤雲野鶴知。〔註124〕

劉壎此時的不喜反悲，據他所說是因為這消息來得太遲：一來自己已經年老衰病，心有餘而力不足；二來母親已經去世多年，子欲養而親不在。不過這兩點也許都不是真正的原因，他當年向人求薦的時候，面臨的已經是同樣的情況。他在大德十年（1306）所作《酬張鏡泉》一詩，暗示了自己的真正悲愁所在：

　　　　不覺儒冠誤，霜華早滿頭。百年空自力，萬卷竟無酬。

　　　　海浪魚龍夜，天風鴻鵠秋。新知得三益，何羨爵封侯。〔註125〕

劉壎雖然已入銓注，但是這顯然並不是他想要的結果，他覺得自己是有鴻鵠之志的人，應該立刻被徵召入朝，加官封侯，而不是和大多數下層教官魚龍混雜。他曾對朋友直言不諱：「然使獲一教官，正亦不滿知道者一笑。」〔註126〕自己飽讀萬卷詩書，應該同於知道者一流，而不是被其當做笑柄。劉壎之前還為朝廷的重視儒術而歡欣鼓舞，此時卻發起儒冠誤人的感歎，其中的原因，當然是詩書並沒有給他帶來「黃金屋」、「千鍾粟」的豐厚回報。在此背景下，末句所謂「何羨爵封侯」，不過是一句自我寬慰罷了，他此時真正的願望，乃是「幻

〔註123〕（元）劉壎《酬盱城毛伯順》，《水雲村吟稿》卷六，清道光刻本。

〔註124〕（元）劉壎《京報銓注》，《水雲村吟稿》卷七，清道光刻本。

〔註125〕（元）劉壎《酬張鏡泉》其二，《水雲村吟稿》卷三，清道光刻本。

〔註126〕（元）劉壎《通問雪澗陳提舉書》，《水雲村稿》卷十一，清《文淵閣四庫全書》本。

身棲燕幕，癡夢想雞窠」〔註127〕，連做夢都想被收進帝王的彀中。

　　劉壎雖然入選朝廷銓注，可是並沒有很快得到新的職位，直到大德十一年（1307），仍然在攝南豐學正。元武宗至大二年（1309），才正式得到延平儒學教授的任命。劉壎作《新命至》二首，表達了自己的失望之情：

> 已共馴鷗有宿盟，忽傳靈鵲送歡聲。
>
> 九天雅墨黃金印，一騎貂裘白玉京。
>
> 官冷謾酬窗下讀，齒衰難向劍邊行。
>
> 生來果有藍袍分，何不當年試集英。
>
> 恨不當年試集英，老才換綠又何榮。
>
> 姓名聊脫編氓籍，銜位堪題墓邃銘。
>
> 先世累曾新進士，後昆可只老書生？
>
> 卻輸園綺山中笑，笑看伶優上戲棚。〔註128〕

在第一首詩中，劉壎直言儒學教授這樣的冷官不足以匹配自己的博學多識，不能夠酬勞自己的寒窗苦讀。況且延平又在邊遠的福建，遠離元朝的政治中心，這就更加難以施展抱負。想及此他不禁對元朝崇尚儒術的政策產生質疑，重新拿元朝對知識分子的態度與南宋對比，感歎自己沒能在南宋取得科名，卻只能在元朝當一個冷差。第二首詩一開始，劉壎就重複第一首的感歎，失望的情緒不可抑制。他也盡可能地安慰自己：儒學教授官階雖然不高，好歹也已經入了流品，生時可以擺脫平民的身份，死後還能在墓碑上刻寫官銜。他又以家族榮譽勸說自己接受新職：歷代先人都有功名，自己總不能到老還是一名書生。末聯提到商山四皓，又將自己比作伶優，實在是無奈現實下的一種自嘲：既沒有做成隱士顧全名節，也沒有進入朝廷實現價值，只能在冷官的職位上日漸衰老。

　　又過了兩年，至大四年（1311），劉壎才真正踏上前往延平的征途，從離開家的那一刻起，懷念家鄉就成爲他詩歌的一大主題，任它延平的山水再好，也無法和家鄉的風光相提並論。他在作於元仁宗皇慶元年（1312）的《春望》一詩中寫道：

> 客亭曉望物華鮮，春事於今又一年。
>
> 清淡官曹佳麗郡，昇平時世豔陽天。

〔註127〕（元）劉壎《丙午紀年》，《水雲村吟稿》卷三，清道光刻本。

〔註128〕（元）劉壎《新命至二首》，《水雲村吟稿》卷八，清道光刻本。

　　　兒孫半遂家何遠，書信全疏眼欲穿。

　　　坐想故園花更好，海棠暎杏錦難連。〔註129〕

來到延平一年，劉壎也發現了這裡的美好：既有豔麗多彩的自然景觀，更有
安定祥和的社會環境。唯一的不滿仍然在於，教官的職位實在過於清淡，不
能發揮自己的熱情。於是他又難免憶起家來，憶起遠在家鄉的兒孫，他終日
翹望著家鄉的書信，作爲唯一的精神慰藉，可惜總不能時時盼到，這無疑增
加了作者的異鄉客愁。面對著眼前豔麗的春光，他卻仍在懷念家鄉故園，那
裏有花有鳥，比眼前的一切更加生機勃勃。

　　劉壎偶而也能從自己的清淡官曹中得到一絲安慰，甚至感覺到一點榮
寵。就在皇慶元年，朝廷下詔嘉惠學校，劉壎「適典學事，祇被恩榮，眞千
載一時之遇也」。欣喜之餘，更不忘作詩以慶：

　　　曉迎驄馬到龍津，池藻宮槐轉好春。

　　　天詔風雷齊鼓舞，聖門日月倍光新。

　　　太平正啓文明運，樂育應多俊傑人。

　　　肅聽布宣尤喜躍，訓詞溫厚及儒臣。〔註130〕

元仁宗對儒學的重新眷顧，讓劉壎不禁倍感鼓舞，以爲文明之世將至，聖人
之學必興，自己作爲一名教官，也應該以多育英才爲己任。另外，訓詞既然
提到儒臣，自己也應升遷有望。可惜劉壎並沒有得到升遷，一直棲身於清淡
的官學。他爲此感到無比的遺憾，卻也終於無可奈何，他在延祐二年（1315）
的一個晚上做了一個夢，醒來之後作詩感歎道：

　　　客枕聞鐘曉夢殘，忽從夢裏覲天顏。

　　　力陳堯舜皇猷在，如侍幽燕帝闕間。

　　　窗外花光交掩暎，幾前草聖自縈環。

　　　應難親奉延英閣，一笑槐安國內還。〔註131〕

劉壎自感官職卑微，只能在夢中面見遠在幽燕之地的君王，將自己滿腹的治國
安邦之計一一獻上。醒來之後才發現，仍然孤身呆在延平，這時才猛然感覺到，
這輩子怕是無緣面聖了，剛才所做的不過是南柯一夢，自己終究要回到現實中

〔註129〕　（元）劉壎《春望》，《水雲村吟稿》卷九，清道光刻本。

〔註130〕　（元）劉壎《學校慶喜詩》，《水雲村吟稿》卷九，清道光刻本。

〔註131〕　（元）劉壎《記十一月十九夜夢》，《水雲村吟稿》卷九，清道光刻本。

來。作者之前曾兩次夢見宋朝帝王，這次夢見的卻是元朝皇帝，可見在他的內心之中，已經徹底退出南宋遺民的隊伍，安於做大元王朝的臣民了。

延祐三年（1316），劉壎從延平教授的職位上離去，回到自己朝思暮想的家鄉。雖然卸任歸田，但他對元朝政治的關心有增無減，甚至還涉及皇家內部的爭鬥。元仁宗違背與兄長武宗的約定，把自己的兒子封爲太子，將武宗之子外放爲周王，並進一步逼其逃亡漠北。劉壎認爲這不利於皇族內部的團結，在《延祐丁巳肆赦謝表》中懇請仁宗：「追懷棣萼之華，忍遺厥後；曲軫茅封之貴，甫麗於刑。」〔註 132〕另外他還在詩中寫道：「園扉草滿晝常靜，複道花濃春頓回。問寢龍樓應一笑，皇孫有日定歸來。」〔註 133〕天眞地認爲仁宗一定會赦免周王。延祐六年（1319）農曆八月七日，劉壎漫長的一生走向了終點，就在這一年，他還作有《蜀江圖》一首，表達了自己最後的政治歸屬：

> 誰挈坤維入畫圖，東西川合彙荊湖。
>
> 金湯夾岸提封接，玉帛連檣貢賦輸。
>
> 劍閣幾煩豪傑夢，錦城曾是帝王都。
>
> 如今混一兵氛息，聞道煙花漸似吳。〔註 134〕

曾經作爲宋元戰場的四川，見證了多少的英雄豪傑，不過現在早已歸屬元朝，年年繳納稅賦。並且由於元朝的統一，戰亂的日子一去不返，百姓過上了安居樂業的生活，喜慶的煙花，已經和富庶的江南沒有什麼區別。作者從統一南北、停止戰亂的角度出發，承認了元朝的政治合法性。

劉壎現存詩歌以律詩爲主，兼有少量的古體與絕句。至於其藝術成就，時人曾子良給予了很高的評價：「古視選，近古視黃；律五視杜，七視杜若黃；絕五視選，七視晚唐。」〔註 135〕由此可以看出，劉壎的詩歌創作受到江西詩派的強烈影響，但也不局限於江西詩派，而是兼採唐詩與選體的優長。清人馮雲鵷在此基礎上進一步拔高，認爲其詩「五古逼眞漢魏，七古頡頏盛唐，五七律備具三唐北宋格調，不名一家。昔人贊其視杜視黃，恐不足以盡之。」

〔註 132〕（元）劉壎《延祐丁巳肆赦謝表》，《水雲村稿》卷十五，清《文淵閣四庫全書》本。

〔註 133〕（元）劉壎《聞赦有喜呈府中諸大夫》，《水雲村吟稿》卷十，清道光刻本。

〔註 134〕（元）劉壎《蜀江圖》，《水雲村吟稿》卷四，清道光刻本。卷四原爲「宋時舊作」，但詩中既講「如今混一」，明顯當是作於元朝，故《年譜》繫於「延祐六年」。

〔註 135〕（元）劉壎《水雲村吟稿》卷首曾子良序，清道光刻本。

〔註136〕突出劉壎兼容並收的詩歌特點。二者的說法略有不同，也可以看出不同的時代特點，曾子良所在的宋末元初，江西詩派和晚唐江湖派是兩個最重要的詩歌派別，因此曾序要將劉壎詩歌與此二家相比附；明清以後，詩壇一直以盛唐詩和魏晉詩爲最高典範，馮雲鷞稱讚劉壎詩歌，自然更願意與這二者掛鈎。事實上，從我們所引用的多首詩歌也可以看出，劉壎很重視杜甫的詩史精神與愛國情操，卻疏於黃庭堅提倡的錬字錬句，即便是在崇尙雄奇的南宋時期，詩歌語言也比較平淡，更多的是以感情眞摯取勝。

　　明人符遂對劉壎詩歌的評價，則把目光主要放在了以詩爲史這一點上，他先是分析了律詩的出現給詩歌創作帶來的弊端：「如人之贈遺，物之品題，事之記述，景之摹寫，有無關於世，無寓於志者。甚者搜一字以爲奇，琢一句以爲工，求之本性情、驗風俗、見政治，無有也。」簡單地說，就是一味講究格律工整，忽視了情感的眞實表達。符遂認爲，律詩創作能突破這一弊端的首選杜甫，而劉壎的詩歌，直接可以與杜詩接踵：

> 故自肇律以來，歷世數十年，名家者何限，人惟喜少陵之詩，至有以史稱者，有以聖稱者。遂於水村之詩亦然，蓋其出處趨背，景賢嘉善，閔時病俗，悉於詩發之。間於各題或繫以甲子，或綴之引語，而宋季元初之事，與夫終身履歷，循循可考。且詞意渾厚，旨味雋永，雖無意雕琢，而朱弦疏越、一唱三歎之妙，自見於言外，蓋有以洗律弊、薄騷選，而與少陵並追三百篇之體制音響者矣。〔註137〕

二者最大的相同之處，即是以詩歌記述個人遭際與社會變遷，所以都可以「詩史」稱之。另外從語言上講，二者都不事雕琢、溫厚和平，也深得聖人「溫柔敦厚」之旨。這裡不再提劉壎對宋詩的繼承，因爲他的詩歌不是以才學爲資本、以理致爲追求，而是以自我爲主體，以性情爲中心，更具有唐詩甚至魏晉詩歌的風範。

　　劉壎的詩歌創作，反映了他在折衷唐宋的基礎上宗唐得古、融會各家的詩歌主張，也很好地詮釋了他對厚人倫與貴和平的創作要求，並且由於他的詩史精神與本心主張，賦予所作以歷史價值，對我們認識宋元交替時期的特殊社會背景，以及在此背景下知識分子的命運遭際，提供了最直觀的第一手資料。劉壎還有少量的詞作，語言清新，感情流暢。

〔註136〕　（清）馮雲鷞《重刻水雲村吟稿跋》，《水雲村吟稿》卷末，清道光刻本。
〔註137〕　（元）劉壎《水雲村吟稿》卷首符遂序，清道光刻本。

第四節　劉壎的古賦理論與創作

　　劉壎不僅有豐富的詩歌創作，對於古賦也相當重視〔註138〕，在其所著《隱居通議》中，「古賦」僅次於「理學」之後，成爲第一類被討論的文體。劉壎高度評價古賦的價值，認爲登高作賦乃是古代詩人的基本修養，可惜後人用力不深，少有精彩獨到的作品，往往陷入羅織辭藻的歧途。他在「古賦一」的「總評」中，提出了自己的基本理念和評價標準：

　　　　作器能銘，登高能賦，蓋文章家之極致。然銘固難，古賦尤難。自班孟堅賦兩都，左太沖賦三都，皆偉贍巨麗，氣蓋一世。往往組織傷氣骨，辭華勝義味，若涉大水，其無津涯，是以浩博勝者也。六朝諸賦，又皆綺靡相勝，吾無取焉耳。至李泰伯賦長江，黃魯直賦江西道院，然後風骨蒼勁，義理深長，駕六朝，軼班左，足以名百世矣。〔註139〕

前面我們曾經提到，劉壎提倡各類文體都要有風骨，古賦當然也不例外。他稱讚班固、左思的作品，不僅因爲它們有「偉贍巨麗」的辭藻，更因爲它們有「氣蓋一世」的骨力，相反，他對六朝諸賦頗有微詞，也是因爲它們往往過於纖巧，只重辭藻和結構，不重氣勢和意趣。劉壎讚賞北宋的李覯和黃庭堅，因爲他們的作品不僅符合風骨蒼勁的傳統要求，更具有「義理深長」的時代風貌。劉壎在風骨的基礎上強調義理，明顯受到了兩宋道學的影響，也與其陸學家身份密切相關，他稱讚南宋傅自得的古賦，因爲它們「不惟音節激揚，而風骨、義味足追古作」。劉壎還有一段類似的話，可以論證其古賦思想：

　　　　江文通作《別賦》，首句云：「黯然而銷魂者，別而已矣。」詞高潔而意悠遠，卓冠篇首，屹然如山。後有作者，不能及也。惜其通篇止是齊梁光景，殊欠古氣。此習流傳至唐，李太白諸賦不能變其體。宋朝國初猶然，直至李泰伯《長江賦》、黃山谷《江西道院賦》出，而後以高古之文變豔麗之格，六朝賦體風斯下矣。〔註140〕

所謂「齊梁光景」，不僅是指辭藻豔麗，更是指意境卑弱，北宋蘇軾曾批評「齊

〔註138〕　（漢）班固《兩都賦序》：「或曰：賦者，古詩之流也。」因此本文將其與詩歌放在一章進行分析。

〔註139〕　（元）劉壎《隱居通議》卷四「古賦一・總評」，清《海山仙館叢書》本。

〔註140〕　（元）劉壎《隱居通議》卷五「古賦二・別賦」，清《海山仙館叢書》本。

梁文章衰陋」〔註141〕，劉壎也在另一處提到：「衰草寒煙，猶帶齊梁光景，徒以重人黯然耳。」〔註142〕他主張以高古之氣救六朝賦體之弊，既重詞的峻潔，又重意的渾厚，只有二者結合，才能流傳千載。

一、劉壎的古賦理論

上面論述了劉壎對古賦的總體要求，具體而言，可以進一步分爲四點討論：

1. 峻潔有風骨。劉壎論賦提倡風骨，絕不是一句空洞的話，他在評價前人賦的時候，總會提到一些與風骨相關的詞，譬如「激壯」〔註143〕，譬如「奇健」〔註144〕。他還曾以吳鎰《義陵弔古賦》爲例，認爲這篇賦「殊蒼勁有風骨。」蒼勁本指樹木蒼老挺拔，用來評價詩文時，是指語言幹練，氣勢雄壯，沒有過多修飾，卻能震撼人心。但是古賦的蒼勁絕不是如鄉間老樹般任其枝幹伸展，而是要像花園裏的松柏隨時修剪，他在這篇古賦的結尾評價道：「此賦幽然而深，黯然而光，讀之令人淒然而悲，時有當裁截處，倘更鍛鍊而摯斂之，使歸峻潔，則前無古人矣。」〔註145〕語言注重裁截鍛鍊之工，這也明顯是受到了江西詩派的影響，鍛鍊之後，使蒼勁變爲峻潔，既有以險取勝的峻峭，又不失工整雅潔的風貌。當然，風骨不止是指凌厲的氣勢，也包括豐富的感情，二者缺一不可。他曾評價北宋蘇軾的作品：「東坡先生有《昆陽城賦》，殊俊健痛快。」〔註146〕這裡的「俊」不是俊俏之「俊」，而是同於峻峭之「峻」，「峻健」指的就是語言的強勁有力，而所謂「痛快」，指的是感情的抒發要淋漓盡致，不要拖泥帶水，欲說還休。只有把語言的強勁與感情的流暢結合起來，才能創作出優秀的古賦，使作品既有「怊悵述情」之風，又有「沉吟鋪辭」之骨，完整呈現出「捶字堅而難移，結響凝而不滯」的「風骨之力」〔註147〕。

〔註141〕（宋）蘇軾《東坡志林》卷一，明刻本。
〔註142〕（元）劉壎《隱居通議》卷二十「文章八·江東運司策問」，清《海山仙館叢書》本。
〔註143〕（元）劉壎《隱居通議》卷五「古賦二·述夢」，清《海山仙館叢書》本。
〔註144〕（元）劉壎《隱居通議》卷四「古賦一·山中松醪」，清《海山仙館叢書》本。
〔註145〕（元）劉壎《隱居通議》卷五「古賦二·義陵弔古」，清《海山仙館叢書》本。
〔註146〕（元）劉壎《隱居通議》卷五「古賦二·昆陽城」，清《海山仙館叢書》本。
〔註147〕（南朝）劉勰《文心雕龍》卷六「風骨」，《四部叢刊》景明嘉靖刊本。

2. 悲愴見眞情。劉壎認爲，古賦創作要包涵深厚的感情，而能夠打動人心的眞摯感情，常常都是悲愴之情。他很喜歡以《離騷》爲代表的楚辭，稱之爲「騷體」，當作賦中的絕佳典範，很大的原因就是其中包涵著濃烈的悲愴感情。他感歎「近世騷學殆絕」，直到北宋黃庭堅的出現，才恢復了騷體的傳統：「至宋豫章公，用功於騷甚深，其所作亦甚似。如《毀璧》一篇，則其尤似者也。」在這篇騷體賦的結尾，劉壎評價說：「公此作詞清邖而意悲愴，每讀令人情思黯然。」〔註148〕能夠讓人黯然傷神的作品，自然會被人久久回味，因此也自然能夠流傳千古。劉壎還舉更多作品爲例，表達他對悲愴之情的重視，如諶桂舟《落月》賦：「此桂舟諶公爲故友范去非作也，奇麗悲吒，趣味深長，足與《毀璧》並駕。」〔註149〕聯繫上下文可知，這裡的「趣味」不是深醇的理趣，也不是悠遠的意趣，而是作者反覆強調的悲愴情趣。他接連收錄歐陽修《述夢》、《哭女師》兩篇古賦，感歎其「遺哀遣卷，殆骨肉之情不能忘邪」〔註150〕，另外如前面所引《義陵弔古賦》，也是「幽然而深，黯然而光，讀之令人淒然而悲」。劉壎特別強調悲愴的情懷，一方面自然是受到了文人慷慨悲歌傳統的影響，所謂「窮苦之言易好」〔註151〕、「窮者而後工」〔註152〕，歷代有之。另一方面，也和他自身所處的時代背景有很大關聯，歷經朝代鼎革的巨大社會變遷，在戰亂中四處流離的悲慘生活，自然容易產生滿腹的悲愴情感，也自然容易被同樣包涵悲愴之情的古賦感動。

3. 清新出奇句。劉壎對古賦的要求是「峻」中有「潔」，同樣強健之中也要有清新。他經常把「清」字與別的字組合在一起，形成相互融合的風格要求，如稱讚歐陽修《秋聲賦》「清麗激壯」〔註153〕，稱讚陳宗禮《懷皋賦》「清峭可愛」〔註154〕，「清峭」一詞，正和「峻潔」意義相近。劉壎更強調的是「新」，因爲只有新，才能出奇。首先是語言要新，不能刻意模倣古人，他評價北宋邢居實《秋風三疊》說：「予詳此三疊雖爲人所稱，終非自出機杼，超軼絕塵」，並舉黃庭堅《龍眠操》中名句如「道渺渺兮驂弱，石巖巖

〔註148〕（元）劉壎《隱居通議》卷四「古賦一・毀璧」，清《海山仙館叢書》本。
〔註149〕（元）劉壎《隱居通議》卷五「古賦二・落月」，清《海山仙館叢書》本。
〔註150〕（元）劉壎《隱居通議》卷五「古賦二・哭女師」，清《海山仙館叢書》本。
〔註151〕（唐）韓愈《荊潭唱和詩序》，《昌黎先生文集》卷二十，宋蜀本。
〔註152〕（宋）歐陽修《梅聖俞詩集序》，《歐陽文忠公集・居士集》卷四十二，《四部叢刊》景元本。
〔註153〕（元）劉壎《隱居通議》卷五「古賦二・述夢」，清《海山仙館叢書》本。
〔註154〕（元）劉壎《隱居通議》卷四「古賦一・懷皋」，清《海山仙館叢書》本。

兮川橫。日月兮在下，風吹雨兮晝冥」作示範，認爲只有這樣才算是「語意老蒼陗勁，不犯古人，眞偉作也」〔註155〕。只有自己獨特的語言，才能表達自己獨特的思想，這也和陸九淵「恥與人同」的學術性格一脈相承。其次是立意要新，勇於提出自己的見解，他以南宋楊萬里《浯溪賦》爲例，稱讚此作：「出意甚新，殆爲肅宗分疏者。靈武輕舉，貽笑後代，其譏議千人一律，而此賦獨能推究當時人情國勢，宛轉辨之，犁然當於人心，亦奇矣。」對於這樣知名的歷史人物和歷史事件，更要擺脫前人千篇一律的評價，如此才能以奇取勝。當然，立意之新奇不等於故作驚人之論，必須要言之有理，才能讓人心服。劉壎在引述《浯溪賦》之前，還不忘批判楊萬里「多欲出奇，亦間有以文爲戲者」，對於這樣遊戲文字的作品，劉壎是堅決「不錄」的，只有像《浯溪賦》這樣新奇而又「甚當」的作品，才能眞正得到他的青睞。〔註156〕

　　4. 諷喻正人心。劉壎作爲一個陸學傳人，對社會人心有很高的道德要求，他在論詩歌的時候，就特別強調其「厚人倫」的教化功能，同樣在討論古賦的時候，也非常重視其諷勸規諫的作用。他在《隱居通議》中收錄傅自得《麗譙賦》，並在開頭介紹了此作的創作背景：「紹定中，建昌朱守憲以嚴刻激營卒周威、陳寶之變，朱陷於兵。里寓公聶善之侍郎子述撫定之。未幾而城內火，延燎郡廨、民居幾盡。時徐監丞琢來領郡事，更剙郡治，而鼓角樓尤壯偉。幼安爲作《麗譙賦》以寓頌規，辭旨精妙。」一般而言，像這類爲官家所作的應酬之作，大多是歌功頌德的馬屁文字，不過傅自得卻能在「頌」中寓「規」，深得漢大賦「諷一」之旨。其中的諷諫主要在收尾幾句：「出入是門，俛怍仰愧。囊帛匱金，祗爲私計。四民失業，五兵猶試。則前車之覆，厥鑒亦邇。」對地方統治者不能把之前的戰亂當做借鑒，繼續搜刮民財中飽私囊的做法表示極大的憤慨。劉壎對這幾句話猶爲讚賞：「結尾數語，辭嚴義正，凜然春秋袞斧之意，讀之令人恢惕。」他也希望作者的義正詞嚴能夠讓統治者有所覺醒，這才是古賦的核心價值。〔註157〕

　　自古以來，登高作賦就是讀書人的必修課程，到了唐朝，更是把詩賦作爲科舉考試的一項重要內容，入宋以後更重經義，詩賦逐漸淡出科舉考試的

〔註155〕　（元）劉壎《隱居通議》卷五「古賦二・秋風三疊」，清《海山仙館叢書》本。

〔註156〕　（元）劉壎《隱居通議》卷四「古賦一・浯溪」，清《海山仙館叢書》本。

〔註157〕　（元）劉壎《隱居通議》卷四「古賦一・麗譙」，清《海山仙館叢書》本。

內容，所以「近代工古賦者殊少」〔註158〕。劉壎在宋末元初重新對古賦高度重視，也可以看作是他反對宋代科舉制度的一種表現，同時也在一定程度上預示著古賦在元朝的捲土重來。劉壎評價古賦的這些標準，「不但豐富了賦論的內涵，於古代文論的範疇增添了磚瓦，是研究宋元文論的極值得重視的對象」，而且「不論從深度和廣度言，都足以在文論史上占一重要地位」〔註159〕。

二、劉壎的古賦創作

劉壎現存古賦共九篇，收入《水雲村稿》卷一，數量雖然不多，卻也能反映出他的創作標準和創作水平。先舉《觀雨賦》爲例〔註160〕，作者一開始便在引文中借友人之口指出：「昔人未有因觀雨而作賦者」，未見正文之前，已經突出了創作動機之奇。再看行文之中，作者並未把重墨放在雨勢，而是放在了大雨來臨前的風雲變幻上，這也顯示了結構佈局之奇：

> 俄而風威漸勁，雲氣彌黑。濃淡砌疊，如岡巒之橫出；倒景晃耀，映天地而碧色。爾乃排空如城，倏忽流鈴，海光搖閃，卷水南溟。陰風雄號，牛馬悲鳴。撼枯木，揚飛塵。彼有浴川登岸，如鳬雁亂群，拽衣挾巾，狂走兀唐。似揮刃之欲逼，亟投家而鼠竄。予方徐登野亭，憑闌倚楹。觀潝霅與洶湧，何瞬息而晦冥。乃見疏林低枝，聲戰敗屋，其著地者有如飛鏃。風益健而疾呼，雲挾雨於欲垂。列缺揮霍，霹靂轟飛。

作者用短促有力的語言描寫出風勢之大，給人一種大難將至的窒息感覺。接著又著力刻畫了當時人們的反應，慌亂之餘不知所措，如同失了群的孤雁，又如戰亂中的流民，百般無助，只知拼命往家逃奔。狂風呼嘯，電閃雷鳴，折斷的樹枝如亂箭般橫飛，好一副天昏地暗的驚悚畫面。本段語言十分蒼勁峻峭，讀之使人膽戰心驚，同時又十分簡潔凝練，沒有一個長句，沒有一處贅字，顯示了作者高超的語言技巧，著實稱得起「峻潔有風骨」。但是，作者如果僅僅止於寫風寫雨，還不能完全實踐自己的古賦標準，因此在此篇的最後，又提出了他作爲哲學家的思考：

> 蓋窮則變通，大易之義。豈惟造化之仁，將亦理之所必至。吾

〔註158〕（元）劉壎《隱居通議》卷四「古賦一・總評」，清《海山仙館叢書》本。
〔註159〕鄧國光《劉壎〈隱居通議〉的賦論》，《文學遺產》1997年第5期。
〔註160〕（元）劉壎《觀雨賦》，《水雲村稿》卷一，清《文淵閣四庫全書》本。

因觀雨而悟夫天道陰陽之機，世道陞降之際，則憮然而起曰：「如斯
而已乎，一反掌之轉移，亦甚易也。」

在這場大雨來臨之前，已是「暑浸肌兮若烝，氣塞膺兮如醮」般燥熱難耐，
然後瞬息之間便大雨磅礴，作者通過天氣的不斷變化，看出了陰陽世道變易
的必然性，這正是天道義理在自然與社會中的反映，也是作者身經宋元鼎革
後的深沉反思與自我寬慰。有了最後的思想昇華，這篇《觀雨賦》便符合了
「風骨蒼勁，義理深長」的雙重要求。

　　劉壎所作的古賦，常常也帶有強烈的批判和諷喻精神，這點可以《閱武
賦》為例〔註161〕。閱武是春秋時期便有的檢閱活動，相當於現在的軍事演習，
作者開篇便描寫了「縹緲浩蕩，灝氣淒爽。千騎翼而外圍，萬卒聚而內向」
的恢弘場面，並且也從正面肯定了國家軍隊「恭天命以征討，必靖亂而致平」
的積極作用。但是中途卻語意一轉，通過客人「誨予」之口，並以現實中的
兵禍為例，控訴朝廷「右武之流弊」：

且子獨不見夫邇日江鄉之苦兵者乎：一聞過師，麋奔鴻飛。踰
岡越巘，竄伏顛隮。荷甑釜而負衣橐，攜幼稚而扶老羸。或風雨而
雪霜，競號噭於寒饑。井竈無煙，況聞犬雞？蓋其引避之不遑，則
虜略淫污而周遺。悍卒紛其肆暴，主將僞為不知。分甘是務，誰卹
創痍？故乃粟空於廩，魚竭於池。或不幸而相遭，必執縛而鞭笞。
其遇敵也，率奪氣而怯戰；其賊民也，反攘臂而怒馳。逮軍行而民
還，則生業之已墮。既盡壞其器具，且不存於門籬。歲如此者數四，
歟雖生其奚為。斯窮黷之貽害，雖傳聞而已悲。

明明應該是征討致平的人民軍隊，人民不但不簞食壺漿地夾道歡迎，反而望
而生畏、避之惟恐不及。其中的原因不言自明：軍隊打著討賊的旗號，卻不
敢對賊軍正面作戰；百姓抱著太平的幻想，卻屢屢受其虜略淫污。對於百姓
而言，這樣的軍隊已經和盜賊沒什麼兩樣，甚至比盜賊更加可怕，因為他們
有國家政權作為後盾。作者描寫百姓生不如死的悲苦遭遇，超越了一己的感
情世界，顯示出更加博大的情懷，字字飽含血淚，讀之如在眼前。與黃庭堅
《毀璧》、歐陽修《哭女師》諸賦相比，雖然不是遣哀遣卷的骨肉之情，卻能
引起讀者更深層次的共鳴。通過對「右武流弊」的分析，作者對統治階層提
出了偃武修文的規勸：「仁以為城，義以為池。循吏布於郡國，良將鎮乎邊陲。

〔註161〕　（元）劉壎《閱武賦》，《水雲村稿》卷一，清《文淵閣四庫全書》本。

輕刑薄斂，除暴禁非。四民樂業，五兵何施？」這對於崇尚武力的元朝統治者來說，尤其具有強烈的現實意義。

劉壎「寓規於頌」的賦學理論，還在其《延平新郡賦》中得到了很好的表現〔註162〕。延平路原爲南劍路，當地的百姓認爲「劍非美名也，其字之偏傍從刃從兩口三人，此名大爲不祥」，不斷向朝廷奏請，於是在元仁宗延祐元年更名爲延平路。劉壎時爲延平路儒學教授，故作賦以賀。作者先是爲延平的崇山秀水、人傑地靈而驕傲，又因朝廷「滌濯俗忌」爲此地更名而歡欣，但是在一片歌頌之餘，也不忘對當地官員作出提醒：「名則美矣，實亦宜爾。倘敷政之失中，雖易名而何謂。」只有在現實中以「平」治郡，才能對得起「延平」的美名：「一平廣布，萬善斯備。萬善所感，諸福畢萃。」如果違背了持平之道，則「將見不平其鳴，喝喝沸沸，勃鬱哽塞，乖氣召沴」，只怕會招致更大的災禍。劉壎不願意作應酬文字，而是要處處實現文學「美教化，厚人倫」的功能，他在賦中對統治階層的規勸，既符合了自己正人心的創作主張，更顯示了自己對社會的關注。

劉壎現存的古賦之中，還有一篇懷古的作品，即《漢高帝廟賦》〔註163〕。作者在引文中不無驚奇地指出，漢高祖劉邦一生未嘗踏足南豐，可是當地卻有很多他的廟宇，這引起了他的深入思考，認爲「三代而降，政多以譎而不正，庶幾無愧者，高帝爾」，仁義公恕深入人心，所以百姓「世祀而弗忍忘」。此賦開篇先寫廟宇之破落頹敗：「蛛蟲絡兮積簷，龍蛇繪兮敗壁。」作者打聽之後才知道，原來這是漢高祖的廟宇，於是感歎之餘，追溯劉邦一生的功績：

> 芒碭二界，瑞彩成龍；泗上一亭，天開帝宮。揮青萍於酒後，
> 奪威斗於月中。時則霆迅電掣，霧霧風從，山石爲泐，草木失容。
> 集士馬兮雲黑，列旗幟兮天紅。聲撼河朔，勢赫川東，群狡眾黠，
> 束手鞠躬。開炎祀之四百，後三十世而勿窮。

由秦朝的泗水亭長做到漢朝的開國皇帝，劉邦的一生是戰鬥的一生，更是顯赫的一生，故能得到後世千年的敬仰。作者對劉邦死後的際遇充滿了複雜的感情，一方面，爲他廟宇的頹敗淒涼而唏噓感慨，並列舉歷史上的英雄人物作類比：「前有始皇、二世，後有備、權、操、懿」，都是「始焉肩摩轂擊，雲擾波沸；已而聲銷景沒，縮首喪志」，生前所有的輝煌業績，死後都只能「斂

〔註162〕（元）劉壎《延平新郡賦》，《水雲村稿》卷一，清《文淵閣四庫全書》本。
〔註163〕（元）劉壎《漢高帝廟賦》，《水雲村稿》卷一，清《文淵閣四庫全書》本。

於片木」。另一方面，又爲他受到百姓的紀念而深感欣慰，雖然肉身無法長生，功業無法永存，但是他的仁義精神卻能流傳千年而不滅，「荒祠野祭，正以著人心之騰歡；而仁深澤厚，廼於是乎可觀」，一定意義上講，鄉野百姓的祭拜比廟堂官府的供奉更有價值，更能證明他的深入民心。

當然，劉壎此賦並不只是爲了懷念漢高祖，更是爲了勸說元朝的統治者實行仁政，懷古的目的，說到底還是爲現實提供借鑒：

> 天道人事，終有止汔。倘盛極而不反，則必遞遷而周匝。惟道德之迂續延洪，勝智勇之震讋淩壓。使當百僚朝會之赫奕，而坐念千秋廟祀之毀殘，知興廢之靡常，斂威力而勿殫。委曆數於代謝，置生靈於安閒。雖不幸運去物改，祚移鼎遷，抑感恩懷德，終謳思而永歎。

元朝憑藉武力統一全國，正是勝極的時候，因此作者奉勸統治者，要學會及時收斂武力，改用仁義道德治理國家，讓百姓在安閒中過上太平日子。只有這樣，才能逃脫曆數的無常變遷，得到百姓的眞心愛戴，像漢高祖一樣永遠被後人祭祀不忘。

劉壎還有幾篇閒情小賦，語言清新流暢，感情閒淡自然。如作於延祐二年的《迎春賦》〔註164〕，刻畫了不同行業的人民在春天的不同樂趣：

> 若夫風日酣美，燕鶯嬌媚，亭館歡聲，畦隴生意，園林粲其錦鋪，笙簫喧而鼎沸，此則遊人之樂，自迎春始也；東作屆期，犁鉏如市，夫耕婦饁，兒嬉女侍，社鼓鼕鼕，秧歌娓娓，此則農人之樂，自迎春始也；晨曦初升，春誦勤止，坐對聖賢，心醉經史，講明政化之原，沉酣義理之味，此則士學之樂，自迎春始也。

作者在極爲平淡的語言之中，寫出了人們在春天的快樂感受，無論是遊人、農人還是士人，都能在春天找到自己的樂趣。雖然此篇的最後也有「君子獨惜夫日月之奔」的感慨，但更多的還是「有感於迎而爲之銷魂」的喜悅，表現了作者天道性命之外的別樣情懷。結句「援筆成賦，孰識其故？春風已知，入我窗戶」，言有盡而意無窮，作者已與春風暗結同心了。

劉壎的古賦創作雖然數量不多，卻也顯示了他不俗的創作水平，無論語言、結構，還是立意、思想，都能比較完整地體現自己對古賦的審美要求。劉壎雖然提倡賦作復古，但是並沒有一味模倣古人的風格，與前代賦作相比，

〔註164〕　（元）劉壎《迎春賦》，《水雲村稿》卷一，清《文淵閣四庫全書》本。

他的古賦具有強烈的時代精神：它們不像漢大賦那樣反覆鋪陳，語言更爲簡潔凝練，蒼勁有力；它們不像六朝賦那樣豔麗奢華，思想更加淳樸敦厚，關注世教人心。因爲處在朝代鼎革的特殊歷史時期，自身又是一名重視現實踐履的陸學傳人，劉壎對社會政治的現狀及走向都特別關注，屢屢在古賦中表達自己的政治觀點。這也使得他的古賦作品，某種程度上具備了政論的特色，對於我們瞭解劉壎的思想以及他所處的時代，都有很大的參考價值。